当代作家作品精选·散文卷

疏雨桐花开

路军　著

中国画报出版社·北京

图书在版编目 (CIP) 数据

疏雨桐花开 / 路军著. -- 北京 : 中国画报出版社,
2024.8
ISBN 978-7-5146-2403-8

Ⅰ. ①疏… Ⅱ. ①路… Ⅲ. ①散文集—中国—当代
Ⅳ. ① I267

中国国家版本馆 CIP 数据核字 (2024) 第 068590 号

疏雨桐花开

路军　著

出 版 人：方允仲
责任编辑：刘慧玲
责任印制：焦　洋

出版发行：中国画报出版社
地　　址：中国北京市海淀区车公庄西路 33 号　邮编：100048
发 行 部：010-88417418　010-68414683（传真）
总编室兼传真：010-88417359　版权部：010-88417359

开　　本：16 开（710mm × 1000mm）
印　　张：17.5
字　　数：236 千字
版　　次：2024 年 8 月第 1 版　2024 年 8 月第 1 次印刷
印　　刷：三河市中晟雅豪印务有限公司
书　　号：ISBN 978-7-5146-2403-8
定　　价：79.80 元

序言

谷物成熟的夜晚

高海涛

认识路军是在一个初夏时节。

2019 年 6 月，我携家人去中国作协雾灵山创作之家小住，路过河北平泉，得到了平泉市作协主席路军和当地作者的热诚接待，应邀讲课之外，还探访了我向往已久的辽河源森林公园，参观了闻名遐迩的平泉博物馆和山庄酒业集团。此刻读路军的这本散文集，特别是写辽河源与“就日馆”的几篇，感到一种特别的亲切，就像当日和路军在山间漫步，木栈悠悠，小溪淙淙，偶尔抬头，一抹镶着红边的金黄在辽阔地燃烧，恍若那条在远方被称作“巨流河”的大河，一路收集众水，穿过天地。

路军的散文，是有根有源的。从 2019 年至今，有时通过微信，我会读到他的作品，而现在集中读，印象更深。故乡与童年，是他的两个基本视点，这和所有写乡村散文的作家是一致的，但不同之处在于，他对记忆中故乡的展示几乎是某种再现，他笔下的冀东北乡村，呈现着类似《诗经》中描写的那种草木丰赡、平畴远风、钟灵毓秀的景象。他写那些大象形的云朵、小黄山与马盂山、大凌河与老哈河；写小桃树、梨树叶、白桦树的黑眼睛；写胡枝子、干打蕾、忍冬花；写行走的芦苇，不行走的蘑菇、慈姑、苔藓、瓦松、葛针；写枝头的红枣，田间的玉米、谷子，乃至草捆、水牛、水草、落雪、老井、野鸭、麻雀、燕子、黄蜂、蜻蜓。当然也写村落和农家，小巷和窗花、父亲和母亲、爷爷和他的马驹子，以及当年熟悉的各种农活——这种接近全景式的、原生性的、博物志般的追忆和记述，看似朴素，实则奢华，可以说，关于冀东北乡村，还从没有人把这么多的细节指给我们看，而路军做到了，他的写作是那么的耐心、用心，以抚今追昔的观察、记忆和宁静致远的想象，写出了乡村曾有和应有的样子，并表达了他和同时代人共有的童年经验与家园感。

帕斯捷尔纳克说："从前肖邦就这样创作，他把农庄、公园、干草堆和墓地，这些活生生的奇迹，都编进了自己的练习曲。"

这种万物如归的全景式写法，让人有一种陌生化的阅读体验，与那些偏重于讲述乡村旧事、故里人风的散文不同，路军的散文散发着更多的山野气息、草木气息，整体上既有自然维度的宽阔，也有社会维度的纵深，山林故乡——草木故乡——亲情故乡——精神家园，由远及近，从外向内，最后实现心灵感悟的升华。康德说："对自然之美的直接兴趣，永远是心灵向善的标志。"所谓看白云，才看清了自己，看山川，才看见了美丽。从草木的精气神到人的精气神，这是路军散文的基本经验和探求，而在审美的层面上，他的写作或许正如哲学家海德格尔所说："在这里，现实之物将她始终隐藏着的闪光每一次都崭新地馈赠于人，以便他在这光亮中能更纯正地看到、更清楚地听到属于他的本质的东西。"

是的，路军的大部分作品属于乡土散文，但读起来却总有些别样。这种别样性除了其他因素，我认为还有重要的一点，那就是书卷气和文化意味，这是一般的乡土散文所不具备的。实际上，路军在乡土散文之外，也写过一批很有特点的历史文化散文，如收在这本书中的《石子岭古韵》《辽鸡腿瓶》《一座城的背影》《兜鍪的时空》《瀑河之水天上来》等，这些散文钩沉史实，梳理文脉，学、识、情兼备，而且大多与冀东北的历史积淀有关，被誉为“爱不释手的历史人文画卷”。可以说，乡土与文化，是散文家路军的“绛树两歌”，这两种写作对他而言，就像接近平行的两条风景线。而尤为难能可贵的，我觉得是他能把二者融汇起来，写乡村的散文中往往会点缀史实及名物考证，发幽烛隐，而写历史文化的一些作品则又穿插着人生往事，流露出浓郁的乡情。这样的散文，至少其中的一部分，用评论家的话说，可称为“乡土文化散文”或“文化乡土散文”，而用我的话说，那就是“乡土散文中有文化散文的优雅，文化散文中有人生散文的沉实”。

二十一世纪前后至今的散文写作，无论乡土散文还是文化散文，在我看来都是现象级的，一方面是作者日益增多，作品新意迭出，但另一方面，也不难看出某种模式化的滥觞。有些所谓的文化散文，其实不过是“信息式写作”，仅凭零散的材料复制，就敢洋洋洒洒，评说历史，而乡土散文的模式化在于缺乏对乡土经验的真正尊重和了解，流于平庸的怀旧、普泛的乡愁和矫情的感怀，而真正的现实关怀和乡土精神却少之又少。在这样的情势下，一个散文作者要想不拘一格、突破局限，除了率真、诚挚的内心力量，还需要更高的眼界和不同凡俗的艺术整合才能。

在我看来，行走在冀蒙辽边地的路军就具有这样的才能和潜质，至少他的写作是相对沉静的，不装宏大，不趋时尚，也不拼凑信息，似乎从未放弃自己基于生命本真的追求。为了倾听大地，满耳都是草蜢，为了仰望星空，手边不离书页——特别是看了他的自述，我想，那个曾坐在大槐树下发呆的少年，他的写作姿态是贴近与行走，有时甚至是匍匐前行的。所以，当他立志要为故乡的草木生灵、历史风物留下痕迹的时候，他找到了散文。多年来，正是这种长怀本源、永忆初心的文体，让他的生命有了岁月感，也让他的岁月有了生命感。

总之，路军的散文很耐读，深接地气，也有博雅的情趣。很多人注意到，他的写作取材宽泛，同时又很讲究形式和章法。从遣词造句到篇章结构，可谓心有笔到，意出情发，轻弹重拨，体物写志，都是贴切而耐人寻味的。也许因为如此，近年来他的多篇散文，不仅有的被刊出和转载，还有的进入了地方的教材与试卷。这作为一种影响力，当然和作品的思想内涵及主题结构有关，但面对青少年读者，似乎也说明了一种特质，而这种特质，我觉得就是精神的成长。

美国作家福克纳说过："每个男孩都是一部伟大的成长小说。"而我认为，至少有些男孩，他们不是成长小说，而更像成长散文——这是我以前在某篇文章中表述过的观点，不是理论，只是感悟。成长散文的概念是否成立另当别论，事实上毕竟有许多年轻而练达的作者，他们更愿意以散文的形式来讲述自己和别人的故事，展示个人或群体的成长历程及其与时代的关系。路军就是这样的，时代生活的印记，地域文化的梦痕，在他笔下这些朝花夕拾的精粹短章中交相辉映，共同叙述了一个北方少年、边地少年的精神成长历程。他的行走和写作，可以说是对故乡的深情回报，而同时，也像是某种精神再生的仪式。

以上是我对路军散文大致的印象和观感。想起那年在辽河源与路军的交流，说都很喜欢梭罗的话"我信仰森林，信仰草地，信仰谷物成熟的夜晚"。是的，谷物成熟，人心踏实。我相信在文学普遍小众化的今天，这样平实真切的作品还是会拥有相对更多的读者。

（高海涛，一级作家、评论家、翻译家，辽宁作协特聘副主席，曾任辽宁文学院院长、《当代作家评论》主编）

目　录

目光有多远

一树枣

一座城的背影

山谷的诗意表达

不过，当我俯下身看那楚楚动人的石竹，我相信，这处沟壑，一定早已有之，远得你的悠悠思绪难以抵达远古的边界。那是“中国石竹”，也叫“中国沼竹”。

草木絮语

1

童年的不少记忆常常与神秘相系。一次我在大榆树下乘凉，小伙伴们东拉西扯，我被一则恐怖的消息吓着了："人的肩头夜里闪着两盏灯，夜里一个人走路不可随意回头，一回头便熄了一盏，有人不信，就回头，结果第三次还未等回头，肩头上便搭了两个爪子，是狐狸……"吓得我心怦怦的，都要跳出来了。

趁着巷子里还闪着微弱的路灯，我慌忙逃跑，不敢回头，耳边风声呼呼响。刚刚迈入了家门，石头墙角斑杂的叶子间，冒出一个长脸状的黑影，吓得我不敢动了。再一瞥，是木架下垂下的一枚饱满的葫芦，心一下子落了地。

母亲栽的葫芦，在东墙根一角，平常不太注意，等我看见的时候，它已披了一身淡青黄色的衣衫，离秋熟很近了，胖得像弥勒佛。

这些葫芦被摘掉后，放在西屋里。有一天，母亲刀劈两半，挖出葫芦瓤，抠出滑溜溜的葫芦籽，晒在外窗台上。一枚枚湿润的小生命，在来年春天，母亲点在院子墙角或者门前不远处的菜园子里。

一天，我正盯着葫芦籽看，母亲忽然提醒我：“葫芦籽不能生吃，生吃了会长龅牙的。”我便细端详，它们还长得真像一颗颗牙齿，鼓包、颜色不悦，像龅牙那样难看。为何生吃了葫芦籽，会长龅牙？我实在想不出理由。直到那一次在村东大榆树前看了黑白电影《小兵张嘎》，看到那个胖翻译官龇着龅牙、作威作福的形象后，便咯咯笑了。

劈开的葫芦被掏空内瓤儿，晒干后便是家里用的水瓢。那时候，许多人家里都用它盛水。母亲下地回来，额头汗淋淋的，用水瓢舀了一瓢水，咕咚咚喝下去，就是现在年已七旬，从地里回来也喝那些清水。我在故乡常干一些农活，葫芦水瓢舀水喝，很舒服。离开故乡后，竟然水土不服了，回一次老家，肚子总咕噜噜肠鸣，好像是一种“警告”。

也忘了哪一年，家里就不种葫芦了，塑料水舀子取代了葫芦水瓢。

时隔多年，我几乎都忘记了葫芦秧子和葫芦花什么模样了。直到一天行车乡村途中，路过一院落，临路的栅栏淹没在繁枝嫩叶中，一枚枚白色小花簪在阔大的绿叶间，引人注目。听见有人说了一句“葫芦花”，我轻声问身边一位来自农村的熟人：“什么花？”他侧头看了看我，一字一顿道：“葫、芦、花。”

院落主人在院子里种下了葫芦，夏雨常至，葫芦秧漫过来，喜庆、靓丽、高雅、纯洁等词汇涌上心头。

于是，喜欢“刨根问底”的我，自然地要追溯一下“葫芦”的历史，来弥补我的无知。

葫芦很早就已经成为先民喜爱的植物，它成熟后坚硬、浸水不烂的外壳，实在是存储的好器具。《诗经・豳风・七月》中有“七月食瓜，八月断壶”之句，这里的“壶”即为葫芦。阴历八月，成熟的葫芦摘下来，可以储水；“尝抱壶而度水者”中的大葫芦可以涉水渡江，颇为神奇。我很好奇，到底有没有那么大的葫芦呢？

早年，故乡过年贴年画，年画多数来自乡里大凌河北岸边的集市，产地是毗邻故乡的外省一座县城，还有的是从遥远的天津杨柳青来的。我见过画着李铁拐的年画，他手捧一个宝葫芦，除邪，献瑞。看《西游记》金角大王手里那个紫金葫芦装得下孙悟空，真是一件神奇的宝物。后来，我明白，道教的人物，喜欢宝葫芦，里面常常盛着灵丹妙药，那是他们的宝贝。

去年，我有几个月亲近草木，看其形，观其貌，查资料，诵古诗文，甚至看《名医别录》《救荒本草》等书，见识了不少第一次听说的草木名字、历史以及一些掌故。以草为药，从神农氏那个时代就开始了。

“悬壶济世”，是那个时代行医者的形象，葫芦里装着各种中草药，医救苍生。

那年，我去南方古镇周庄、乌镇等地闲游，见一个摊位，一面墙上悬垂着几十枚小葫芦，腰身宛如宝塔状，系以红绸布，顶端还保留着枝蔓，朴拙自然，喜气洋溢。我对妻子说：“家乡人若是种一些这样的葫芦，是不是也可以弄出一片天地来。”

一天晚上，教孩子读“一箪食，一瓢饮”，见“瓢”字右边意符为“瓜”字，便问谁知道为何用这个字。一孩子站起说：“瓢是葫芦……”但忽而改口了，“水瓢是一种……”我笑了，提示她回到刚才的说法，她说：“水瓢是葫芦做的，那形旁‘瓜’指的就是葫芦，葫芦也是一种瓜吧！”

我很高兴，问她：“你怎么知道的？”

“我在我奶奶家见到的。”

我鼓励道：“以后有机会可以写一篇关于葫芦与奶奶事情的作文了。”她郑重地点点头。

事后我想，这真是天意，一种事物淡忘了很久，在你拾起旧事，生出一层淡淡的乡愁时，竟有一个孩子还记得这“葫芦”。

葫芦的根，延续不断。

2

褐色的树皮显得深沉，一道道细密的纵裂纹宛如沟壑，沧桑感扑面而来。树高大，冠如华盖。第一眼看见这种树，我并不知道它的名字，一问才知是国槐。

我对刺槐印象深刻，故乡的山岭，越是贫瘠之地刺槐越多。十余岁时的暑假，我常常拿镰刀割刺槐枝条喂兔子，常常一伸手，还未攥紧树枝，就被尖利的硬刺扎伤了手指。入了秋，村里间伐刺槐林，母亲从小营子西梁的山上拖拽到山脚一大堆，马车拉回来，冬天大多填了土灶烧饭。

至于国槐，哪里知晓呢？故乡并未见过啊！

不知哪一年，小城兴林街两侧隔不多远栽植了一株株高大的国槐。树干自然比刺槐标致。春天，杏花、桃花、梨花渐次开放，国槐依旧一身素朴，光溜溜的枝条，好像还眠在冬天的梦里。它依恋冬天的什么呢？是六瓣的雪花、风的絮语，还是残冬的目光、冬画的浅淡？

我青年时期在美术课上学习吹画，一滴黑墨滴在宣纸上，嘴巴是一支毛笔，吹出树干、树枝，虬龙盘曲，真像一株春天里依然冷硬的国槐。

在北方，国槐长叶子大约进四月了，或者还要晚一些。至于像刺槐一样的流苏花儿并没有。直到浅秋来了，国槐花儿点染华盖，宛如发髻上攒了一束束的繁花，可见嗡嗡飞的蜜蜂。

秋风摇，不少花凋残了，落了一地的花瓣。而国槐花装点了秋天的眉宇，丰富了秋的表情。

即使现在，故乡人家的门前，山里的沟壑，我还未见过国槐的身影。我无法回到过去的时空，缺少草木史的故乡，追溯国槐的目光无法走得久远。

好在古老的草木自从被神农氏品尝，就留下了或浅或深的踪影。《神农本草经》说“国槐”：“生平泽。”《名医别录》说它生于河南。还记录槐实“以七月七日取之，捣取汁，铜器盛之，日煎，令可作丸”。这么看，国槐最早长在中原之地。魏晋时期“长安大街，夹树杨槐”。国槐已成为那个时代古老城市的风景树了。

国槐的身影还留在一行行的古老诗歌里。汉代题为《歌》的诗歌只有三句：“麦秀蕲兮雉朝飞，向虚壑兮背槁槐，依绝区兮临回溪。”抽穗的麦子、飞翔的野鸡飞向空谷，离开枯槁的古槐，依傍在险峻之处，下临曲折的溪涧。这是子牙唱的一首歌，这一片天地间，唯有草木鸟兽，他形影孤单却乐在其中。

东汉繁钦写过一首《槐树诗》：“嘉树吐翠叶，列在双阙涯。旖旎随风动，柔色纷陆离。”这些身姿绰约的国槐已长在南方之地。

“颂曰：今处处有之，其木有极高硕者”，本句出自苏颂于北宋嘉祐六年（1061）成书的《本草图经》。“颂”即北宋科学家苏颂，他是福建人，在庆历二年（1042）考中进士。苏颂精通天文、地理、药物等，行迹历经宿州、江宁、开封、颍州等地，国槐树寻常见。熙宁元年（1068）苏颂曾经出使辽国，途径塞北，留下了三十八首《使辽诗》，里面并没有国槐的身影。

冀北之地，长期处于游牧民族牧马之地，荒草萋萋，古槐的影子稀薄那也是自然的了，毕竟，古代草木迁徙的脚步，是走不快的。

明代陆启浤留诗：“槐叶黄时薤叶丹，儿人阁笔眼初寒。”清初，查慎行下笔描述：“明知计大谬，聊逐槐花忙。”塞外之地，见到了国槐驻足的身影。

前几年，我去甪直、周庄、乌镇等地闲游，途经北京，去得早，便去北京民俗博物馆（东岳庙）游览，进了瞻岱门，便可见一棵寿槐，好几百年了，还有一棵状元槐，树上系了难以胜数的红布条。

那一刻，神圣感油然而生。

3

小巷子里一家门前，废泡沫箱子盛了一些泥土，一朵淡紫色的茄子花倒垂着，茄子秧已长出几枚弯弯的紫色茄子。如今一年四季菜店里都有茄子，圆圆的胖得肚子鼓胀的是圆茄子，还有长棒槌一样的长茄子。

我年幼时，除了过年炒熟的一点瓜子、深秋分到的两篓子苹果，平常日子里没什么好吃的零嘴，何况，那时候粗疏饭食，基本就没有零嘴习惯的温床。若是放学到山野玩耍，饥肠辘辘之际看见谁家菜地里茄子秧上闪着紫色的茄子包，便偷偷地摘一个。若菜园临近溪水，冲洗几下；离溪水远，手擦抹几下便入口，刚刚入口，吃起来，似乎没什么味，越嚼越香了，微薄的甜味聊以弥补味蕾的缺憾。

这代价显而易见。茄子成熟时，花萼像一枚紫铜钟。不过，上面可是密布不少细微的刺儿，不仔细看，常忽略，以为是绒毛。手指被扎了，瞪眼看刺儿，却常常看不见身影。这被扎的教训，一直记得。而后，我便不再去园子里偷吃茄子了。

母亲喜欢土豆炖茄子。童年的菜园里，母亲总不闲着。茄子秧儿两三畦长势旺盛，摘下，洗净，切成厚片，大铁锅慢火炖。土豆香，茄子软如泥，滋味至今都想念。离开故乡，我曾多次做过土豆炖茄子，味道寡淡，总找不到在故乡时的那种味道。

偶有晚上归家，时间紧促，忙碌一天，深感疲惫，食物也就简单了。见买来几天后还不发蔫的茄子，洗好切成不厚不薄的片，搁在蒸屉里蒸个几分钟，蘸蒜泥而食，清淡爽口，也不错。

而我年少时，母亲熥茄子，一点油星没有，我也喜欢吃。现在，如发酵后蒸熟的玉米面、高粱面等，我都喜欢吃。这是一种本真的生活回归吧。

有一年，亲戚送来不少从农村老家采摘的茄子，就剁饺子馅儿。先炒熟肉馅，放上豆酱、切得很细的葱花再翻炒，晾晒一会儿，将小茄丁馅儿置炒锅内拌好。饺子熟，平日不喜茄子的孩子都吃了几个，问我什么馅儿，我只问他好吃不好吃，他说了好吃，我才告诉他，从此，他也食茄子了。

此前，如同水芹、旱芹，我以为茄子与它们一样是土生土长的中国蔬菜。见到关于“茄”的百科、古诗词等资料，才知茄子是舶来品。它的故乡为古印度，野生驯化而来。

张骞“凿空”西域，带来了葡萄、石榴等西域种子，史书上并未留下茄子的历史痕迹。

《汉书·张骞传》记载，张骞回国后，上书说汉朝去身毒国（今印度河流域一带）可以“从蜀，宜径，又无寇”。汉武帝便采纳了，从而“四道并出”。除了西域通道，便与西南夷联络，欲通滇国，又通大夏。大夏在汉西南两万两千里。不过，这条高山大河交织的险峻道路，动荡不止，并没有相通。

一直到了汉武帝元封二年（前 109 年），设置益州郡，和平时代降临，草木迁徙的脚步才走得平和安稳。

唐代杜宝编写的《大业拾遗录》记载：“改呼茄子为昆仑紫瓜。”或许，黑如芝麻的茄子种子跨越无数高山、无数河流，穿行沙漠瀚海、驼铃古道，一点点传至西域各国，扎根陌生的土地，再向东行走，步入中原。

元代《农桑通诀》说，隋炀帝时，将茄子名改为“昆仑瓜”，其中一种就来自暹罗。可见茄子迁徙之路并不止一处。

实际上，早在晋代，“茄”在晋代嵇含《南方草木状》中以“茄树”见于读者。不过，这并不是现在菜园子里常见的茄子，若以“番茄”样子来看，是不是“六月柿”（今番茄的古称）呢？还是茄子的一个特殊品种？不得而知。南梁沈约《行园诗》：“寒瓜方卧垄，秋菰亦满陂。紫茄纷烂熳，绿芋郁参差。”沈约在菜园里见到了西瓜、长得茂盛的紫茄子、芋头。菜园如此美好，自由自在，令人神往。茄子已经寻常见。

北宋的释守卓写过《昨日栽茄子》：“镬子头边得意时，开花着子不愁伊。几多不善根株者，祇见枝头又长枝。”茄子成为僧人日常的蔬菜了。质朴无华，草木与人之间总有特殊的联系。

今天，小小茄子已经遍布各地。

母亲一直用心侍弄菜园子，她年轻时，柜子里藏着不少蔬菜种子，是秋熟时采摘的，如白豆角、黑芝麻，老熟的茄子颜色我淡忘掉了，茄子籽黑乎乎的，一直没忘。

4

一个人行走于安静的巷子里，眼目关注的大多为草木。走过一家门口，目光一撇，心里忽而浮上几句“苔藓爬上墙”，欣喜之余思忖一会儿，我便换为“苔藓飞上墙”了。

墙，青砖垒砌，看不透年岁多久，坚硬地抗拒风转流年的侵蚀与磨折。巷子青砖黑瓦屋越来越少，若青砖冒出苔藓则别有古韵，只是，这样的场景太难见到，非好雨常至不可。

最近几个星期，天气乖戾得像一个贪玩任性的孩子，雨说来就来。但有时候又不知道半途被什么风景吸引，或者跑到哪一个山谷里流连忘返，然后，在一个朗朗晴日的时刻，忽而云朵如峰峦聚集，电闪雷鸣，雨便撒欢任性起来，这条巷子里的红瓦屋、黑瓦屋房顶上便水流如注。有一些水流不愿意就此离开，便借助风势，淋到了墙上。这一淋不要紧，天晴时的太阳光被瓦屋旁一棵海棠树遮挡了，不知道哪一天，新鲜的苔藓冒出来。

它们长在高处，一簇簇的，无数个，小得需肉眼睁大并贴近才看得见。小小卵形叶片的个体，你踏着我的肩膀，我踩着你的肩膀，抵达高处。那是苔藓们自己竖立的丰碑。

苔藓们下雨前在何处？我记得行走于辽河源茂盛的白桦林，乱石簇拥的溪谷，水流汩汩，夏季可以看见不少的石头上绿意盈盈，那是苔藓们最美好的季节。入秋，雨水稀少，苔藓失了伙伴，苔藓的模样空瘪，色泽干枯。不过，冬天的石头上，苔藓的印记也不消失，灰绿色的。

是巷子里飞翔的燕子，或者麻雀衔着苔藓种子落在墙砖的缝隙里了？还是苔藓们在风的旋涡里，一些幸运儿飞到了青砖与青砖的缝隙里？或许，这纯属我的臆想，只要存在泥土的地方，便有它们的身影。雨水没来，它们隐身潜伏，肉眼凡胎的我是看不见它们的。

古老的苔藓，是植物界的活化石，脆弱，渺小，卑微。一些常见的词汇常常习惯性地套在它们头上，套在一个一年里非常鲜见的日子里。行走之人，大约很容易忽略脚下的苔藓，至于屋脊黑瓦缝间、乡下谁家石头墙老屋缝隙中的苔藓，或许只有少数人才关注。

我想，以前这巷子里，苔藓是随处可见的。那是陪伴他们春秋岁月的伙伴。其时，瀑河岸边，无论哪一处巷子，都冒着不少泉水，这片巷子名为“兴泉胡同”，古老的泉水滋养了百姓，滋养了巷子，同样滋养了苔藓。

《辽史》记载，瀑河那时候称为“陷河”，“陷”的古字写作“臽”，始见于甲骨文，像人落入陷阱。契丹人以此称呼“陷河”，形象地描述了古老的河水气势迅猛，岸畔地陷为泉的模样，也融入了中原文化的鲜明印记。

泉水之盛的地方，苔藓们非常活跃。黑瓦屋的后墙根，院子一角的桃树绿荫下，院墙里阳光之手劈出的暗处，蔓草深处，或者湿乎乎的泥土，总留给苔藓们活跃的舞台。眼神忽略了它们的存在，它们并不失落，这反而是一种幸福的解脱，它们可以安安静静地生长，甚至贴着石头墙、青砖墙，飞上高处的缝隙。

（刊于《四川文学》2022年第12期；选入杪椤老师《重新发现历史与现实的精神意义——2022年河北散文扫描》一书，点评："路军的《草木絮语》以乡村常见的果蔬与花草为书写对象，但亦不忘从典籍中爬梳它们的舶来史和附着其上的文化意涵。"）

行走的芦苇

每一次返乡都要经过横贯瀑河上的一座桥，今年的夏季好于往年，橡胶坝蓄满了水，微波粼粼的水中印有高楼林立的侧影。越往上游，水位越低，水中的茅草依水势一点点露出了头露出了腰身，一阵温柔的轻风拂过，她们惬意地舞动身姿，我想，这是城市中唯一的湿地了！

车子晃晃悠悠的。闭上眼睛，我的思绪顺着芦苇丛蔓延着，蔓延着。

关于湿地的概念，我很长时间懵懵懂懂。我读书时的地理书，印象里没有这一概念，只记得有湖泊与沼泽。我很喜欢家中墙上的大地图，有时候静静地盯上半天，当眼光落在东北松花江和黑龙江汇聚之地时，被绿色的断断续续的小横线拽住了，便问父亲，那是沼泽？可是那么一大片为什么不弄成水稻田呢？父亲告诉我，那片沼泽区域很大，当年红军过草地的沼泽地你在电影中不是见过吗？泥浆像一个随时发威的魔鬼，吞噬生命就是一瞬间的事儿，容不得你过多思考。正是因为如此，排水很困难，降水又多，所以只能做沼泽地了。我听后还是觉得可惜，若是有一片片的稻田，秋天可是黄灿灿的诱人景象了。

我家乡没有这种成片不见边际的沼泽，水库有三座，外加一个小水塘。这些也是后来我明白的湿地。我们小孩喜欢的就是喇嘛帽子山脚下的小营子水库，夏季一到，便可以自由自在地去水里畅游了。沿着一条砂石路曲里拐弯走过去，就望见一座横亘两山间的大坝，童年的记忆在时光的河流中会被挤压成变形的凸透镜，越是清晰的痕迹越被放大。大坝巍峨雄伟，溪水从沟沟岔岔汇聚成一汪湖水，蓝幽幽的，像一只诱惑人心的妖精的眼睛，又像一颗蓝色的宝石嵌在山谷中。夏季的阳光狠毒地灼烧着一切裸露的肌肤，刻下一道道刀痕般的印记，不过，沿着水库边绕一个弧形，便可以走进沟谷浅水区的芦苇丛，清爽而幽静。我很喜欢这种植物，一根根芦苇紧紧地簇拥在一起，远远望去如一片片的大毡子平铺在水面上。沟谷上方高地上的白杨、绿柳、刺槐、椴树等自由地生长，将黑影一团团地投进谷底。苇丛好像阴阳怪脸，一半在阳光中泛着白光，一半则沉睡般地慵懒着身子静静睡眠。我们立在树影下，婆娑的枝干虬龙般分隔着阳光的脸膛，洒下一地斑驳的碎影。太阳在空中歪斜着，有一股股的风从它的掌心里刮过来，芦苇跳跃着，追逐着，行走着。我们迈进水里，就可以挨近芦苇丛，针形的叶片点染出一幅水墨画般的舒展恬淡，又像蓝天中飞翔的燕子的轻灵翅膀，在时空里划出一条条令人遐思的曲线。一些芦花好像狐狸的长尾巴，在我们的头顶上摇来摇去。还能听见苇丛中小昆虫的嘶鸣声，嗤嗤嗤的似乎有一双翅膀在眼前扇动。

芦苇与湖水好像一对亲兄弟，又好像一对恋人，没有了水的滋润，芦苇就会湮灭了热情，萎缩了大脑，失去了灵魂。我当时不会有这种想法，只是躲进苇丛中寻找趴在苇子叶上的小昆虫，其中有机敏的小蚂蚱，最好玩的是刀螂，因为它随身带着一副锋利的砍刀，可以噬咬葱绿的芦苇叶子，逮住它就可以撕掉它的翅膀，看它如何在水中挣扎。我们儿时的双手曾经杀死过多少小昆虫呢？谁也记不得了。

也可以用草编几样东西，只是舍不得用芦苇，只好从浅水中挪出双脚，丢下手里的小生灵，双手薅一些岸边的我当时能叫得上名字的野草编手枪之类的东西。幼时很多游戏都与战争有关，连草编也成了一种象征与荣耀。

我们常常去离村更近的南山脚下的小水塘，水塘波光粼粼的水面像镜子。我常常埋下头去，歪着身子瞧水中的太阳。太阳很喜欢它的沉静，也落到水中微微摇头晃脑。我用一只手哗啦啦划出水痕，太阳与它一起舞蹈。水塘里烂泥滩也长着一丛丛的芦苇，可以游过去将满身涂满黑油油的淤泥，躺在太阳底下晒得滚热的大方石上，看谁的忍耐功夫最强。

只是如今这一幕幕情景已经成为历史。我后来一次次地回乡，行走在南山腰边际的放羊道时，再也看不见蓝汪汪如水晶般的小水塘了！至于芦苇或许早已经在厚厚的沙土中沉沉睡去，也许她在睡眠中还一次次留恋溪水流过的润泽、小鸟飞进苇丛中叽叽喳喳的谈情说爱声。那些慵懒的野鸭子还会从遥远的地方飞来，在温暖的巢中孕育小鸭，一起手拉着手捕捉芦苇丛中的昆虫，或者扑棱棱飞起来，在氧吧一样的林子上空画出一道道富贵的曲线。只是现在这一切都没有了，有的只是我家西屋一个破兜子里掖着的轻柔细软的野鸭毛，那是捉野鸭子很有办法的叔叔送给我的。我也吃过很多野鸭蛋，青色的外衣包裹着嫩嫩的肌肤，我一口口吞下去，像一只饿狼。不仅仅是野鸭子，山上的狼被聪明的乡亲们自制的土炸子炸掉下巴，鲜血淋淋地睁着一双虎视眈眈、恐惧不解而怨恨的眼睛。有好看羽毛的野鸡因为吃了草丛中撒下的搅拌了封喉散的毒饵而从蓝色的空中头朝下栽下。渐渐地，芦苇丛中再也看不见野鸭，山林中也难以寻觅到野鸡的影子。它们几乎无处躲藏人们锐利的目光，直到最后一只野鸭、野鸡成为餐桌上的下酒菜而被饕餮吞食。

其时我已经上了初中，或许生物书中的知识没有白白进了脑子，便对父亲说，不该这样！父亲只是摇头叹息，说，你看看，光野鸡这样吗！连野兔子也被人们一个个套住。他们肩膀上横一木杆，挂上耷拉脑袋的一只只战列品，在集市中兴奋地吆喝。哪个也逃脱不了，这就是命！我愤愤然，说，总该管一管才对！但是一直延续好些年都鲜有人过问。

糟糕的是，南山的小水塘已经越来越小，真与巴掌差不多了。那些一直郁郁葱葱的松树林好像染上一种怪病，成片地死去，在一个寒风刺骨的午后，被一群山外来的汉子用吱吱喧嚷的电锯锯折了胳膊腿。他们像扔死尸一样地把它们摞起来，用一根根粗硕的绳子捆了它们的腰身，一路扬尘把它们拖下山去。从那以后，南山茂密的林子就像病人，失了优美的容颜。夏季雨水也好像故意躲得远远的，不肯多待哪怕一秒钟。爷爷总是感慨，马缰子雨（方言，指连绵不断的雨）哪儿去了！马缰子雨怎么就没了！真是怪事！

每逢星期天，炎热的季节，我们还要去半死不活的小水塘玩水。南山脚下的溪流像断线的珠子，那烂泥滩已经被太阳炎热的手掌撕成一片片翘起四角的不规则的干泥片。芦苇丛消失了，只有烈日下垂着头的几棵芦苇喘着游丝一样的气息，似乎一阵风就能将它撂倒。我已经不敢有站在高台上像飞鱼入水一样潇洒的念头，因为水塘的水已经不能没过我的腰，那一瞬间我会因为用力太猛而扎入水底厚厚的淤泥中不能自拔，水浅了，反而更危险了！

芦苇的命运就是因为雨水的不肯眷顾而在失魂落魄般地煎熬，终于在一个阳光炽热的午后，水塘边的最后一株芦苇倒下去，倒在一汪淌着眼泪的水洼中，虽然她的根还紧紧地扎在泥土深处，她用那双眼睛最后看了一眼小水塘，晃晃悠悠地似乎与之告别。芦苇很绝望，因为她预感到死亡的命运也牢牢地盯上了小水塘。

至于沟里的小营子水库，在一次开闸放水捞鱼后就再也没有恢复元气，仿佛受了重创般佝偻着腰身。茂密的芦苇丛很快染成枯黄的失望神色，不肯死去的深根已经用尽了力气也难以够着远远蜗居般的一洼水。因为雨水稀少，总是不能给予适量的补给，水洼最终在一个清晨消失了。

我这样笨拙的人已经感觉出，天气的脾气已经越来越乖戾难测，因为他的身上沾满了人类的工业毒素，很难抖搂干净。天幕下的生灵只能遭受厄运吗?

芦苇与野鸡、野鸭、野狼、狐狸等一样，已经不知走向何处！直到几年后，我在异乡，在一个异常炎热的夏季，几个人想寻找很多年没有在河塘浸泡的感觉时，有人告诉我，离此十几里的深山沟里，还有一处水库，还是去那里吧！于是骑着自行车，一路疾驰，将自行车放在一棵大柳树下，顺着羊肠子一样的山路曲曲折折地行走七八里，气喘吁吁爬上如巨龙一样的堤坝。眼前碧波荡漾，水库的尽头真的生长着一丛丛的芦苇。哦！难道是我家乡的芦苇一路寻找到这里了吗？可是我还是“杞人忧天”般地忧虑，这片芦苇丛还能存在多久！

芦苇真是最聪明的植物了！她的感觉异常灵敏。十年九旱的山区，农人们最渴望的就是风调雨顺，可是雨水越来越吝啬，不是春旱一次次拒绝了农人们的希望，就是初秋的“卡脖旱”将希望的硕果一点点湮灭掉。我记得有好多年我家房檐下的棒子垛一直在缩小，一根根玉米棒好像得了肌肉萎缩症，脸孔蜡黄，病恹恹的样子叫人难受。

又过了几年，一张张“退耕还林、保护环境”的标语贴在村巷子的水泥电线杆子上、村部公示墙上。乡亲们承包了荒山，一片片癞疮疤般的山野变了模样。满山随意行走的羊儿牛儿被一道道水泥桩以及它们之间的一道道铁丝线卡住。那曾经像癞秃疮一样的南山松树林也慢慢长出了蔓草，虽然不甚美丽，可是倒也顺眼多了。我还看见尾巴上拉白线的飞机从松树林上空一次次疾驶而过，那阵阵轰鸣引得孩子们好奇地睁大了眼睛，继而欢呼雀跃，他们举起手臂，想与它一起飞。我却遗憾地想到，他们还有去水塘像狗刨一样游泳的经历吗？他们还有像电视剧《小兵张嘎》中的嘎子那样钻进芦苇丛中的那副神气吗？我希望孩子们能拥有。

我还期望有一天，村中干涸的三个水库都能蓄满水晶一样的碧蓝，在金色的阳光中闪着鳞波，沟塘浅水处生出一丛丛的芦苇，那曾经消失已久的野鸭、野鸡能自由地在他们的世界中嬉戏；而我愿做一位友人，不会伤害他们，不会想到用毒药，更不会想到吃青色的野鸭蛋；或许，还会给他们的小窝中增添一些柔软的草。我每一次回乡几乎问着同样的一个问题，小营子水库是否已经有水了？因为，在外行走多年的芦苇已经等待得太久。

等待久了就会产生嬗变，我们每一个人都掌控着芦苇的生命。山上的草木喜欢自由的感觉，没有人的纷扰，他们便会疯长，长满每一个角落。绿色再多也不会出现审美疲劳。

今年的雨水格外眷顾我的家乡，一次次的返乡都装满了浸润故乡的珍贵礼物。她希望干涸的山涧溪流欢笑，茂密的松林中长出顶着脑壳、一身晶莹露珠的蘑菇仙子，那曾经干涸了多年的水库盛满一汪碧波；她希望一直沉睡久了的芦苇在雨声呢喃中慢慢醒来，露出惊奇的目光，野鸭子嘎嘎声与她的窸窸窣窣的声音混合在草香的空气中酝酿，酝酿出安闲自若的深情。所以，她一次不能唤醒，便又一次缓步走来，滴答滴答地敲着厚厚的沙土，将润泽的因子透过泥土渗透进去，希望能温暖芦苇的寂寞心灵，葱茏的芦苇是水库泥淖中最美的装饰，也是雨水一次次前来的希冀所在。

山野在雨水的滋润中越发地鲜活，草木繁茂。我又一次行走在故乡南山腰那条曾经多么熟悉的沙土路上，我希望那片干涸的水塘中能再一次长出葳蕤的芦苇来。湿地被誉为地球的肾脏，而芦苇就是肾脏上的一根根脉管，肾脏没有了，生命也会停止。

帕斯卡尔说："人是一枝有思想的芦苇。"我希望芦苇能尽快回来，能一路回来，我期待着！期待着！我相信总有一天她会回来的！

（刊于《辽河》2014 年第 6 期）

山谷的诗意表达

1

故乡小村庄之南的一条山谷，茵茵绿草里形态各异的石头颇为奇巧，凝固的诗意表达，需要明心静气的阅读与联想。

这里河水长流，在我童年的记忆中，河滩内巨大的石头不少。躺在沙窝晒着太阳，一头扎进泥土，余半个身子，隐没在蔓草丛。我最初以为它们是草木稀疏的洪荒年代，疾风骤雨后，浊浪飞奔，硬生生摧毁河岸边际的山体，裹挟它们离开山之母体，滚入河滩。然后年年如是：下移，反转，冲刷，风剥雨蚀，日晒冬寒，成了今天这散乱河滩、各具风姿的模样。

现在，溪水已经没有那么足的力气挪移、打磨、塑造这些石头，它们安静下来，而那些自由生长的深浅不一的蔓草成为这些石头的亲密伙伴，赋予石头诗意一样的存在。如果说，石头符号记录着生态变迁的历史，那环绕身边的众多草木则装饰了石头的形象与表达。

现在，当我时隔多年再次见到那块石头，反问身边随我同行的孩子，你看，它像什么？他脱口而出，金蟾。我夸他联想丰富，他毫不掩饰地说，我这还看不出来？在辽河源，不就有一块金蟾望月石吗？

辽河源的那块金蟾石个头比这个大出好几倍，周围落叶松遮天蔽日。石头望天，羽化成仙的渴望姿态永久地固化了。或许，那高山之巅常常涌来的宛如仙境的云雾，浩渺的林海，它才生出如此虚幻的样子。

我眼前的金蟾石，前几天的好雨将其周围装扮得翠色欲滴，草茂花开。草木香气氤氲满谷，这金蟾石自然兴致勃勃，一跃而起，留下了千古一瞬。它的脑子里，记录着草木从凋零至今日渐繁盛的历史。我从它的斑驳古色中看到了沧桑与厚重。

走不了几步，两块石头令人忍俊不禁：亲密无间的两头小象正侧卧栖息在草丛间。小象闭眼收尾，偎依在一头老成持重的大象身旁，大象并无不适，显然喜欢这样的温馨情境。周围，草木静谧无言，这样的氛围，连它们的梦都是草绿色的。而不远处的另一块大石头，像极了一头老象，正仰头伏在土坎上向外眺望，它的眼里不再是荒芜，而是绿意葱茏，满眼苍翠。

一条沟壑，若多了草木的蓄积，各种生灵都活跃起来。就在我凝神瞩目于绿色的景色中时，一个影子突然蹦跳出草丛，斑纹大耳，是一只野兔。

这些石头，也是动物变化的。只要草木深，每一块石头都玲珑若诗。

2

这条山谷里，那一棵棵绿树宛如乐曲流淌动人心灵的音符，从里到外汇聚成了绿海涛声。

一些榆树寻常见，故乡镇子名“榆树林子”，可以想象最初名字与榆树的渊源，追忆年华，这是枯寂之地与苦瘠之地常栽的一种树木。

先秦无名氏吟咏出“宁得一斤地榆，不用明月宝珠”，道出了饥馑之年榆树济人的美德；唐张九龄有诗句“橘柚南中暖，桑榆北地阴”，可见北方榆树的绿树成荫与寻常广布。

《辽史·地理志》记载，本地属辽朝榆州和众县管辖。起名“榆”与故乡所在地冀东北、辽西、赤峰南等地生长众多的榆树有关。

不过，即使曾经多么繁茂的草木也禁不住岁月更迭中的肆意戕害。北宋熙宁元年（1068）十一月，北宋使辽使苏颂来到了塞外古道，他眼中已是“日日西风起塞尘”之状，他愈往北愈苦寒，行走在崎岖不平的山路上，晚夕大风，沙尘蔽日。其时，一隅之地的故乡草木稀疏可见一斑。

草木兴衰与朝代更迭紧紧相系。

往事云烟。今天我行走的这条沟壑，所见榆树皆有一个相同的姿态——柔婉而奇崛。这像极了边塞诗歌，豪迈不失柔情。奇崛的是那边三棵榆树，枝干或如铁戟刺天，凌霄直上；或蜿蜒如虬龙，不惧北风摧折新枝。远看，远天长榆、深山如黛；近看，枝条披风，榆叶攒动，浓淡参差，与树下草丛顽石，构成好看的一幅画。

这几棵榆树长在河谷东侧的台地上，西北风翻过山坡，漫卷河滩，直扑榆树，久而久之，它们不折服的姿态便成了一律向西歪斜身子，一幅迎风傲霜的图景。我看见中间那棵榆树，甚至好像一位蓄势待发、奔跑原野的勇士，它的内心深处储存了几十年的绿色精神，足以支撑它面对岁月的风霜雨雪。

在一棵粗壮的大榆树下，我停留了许久。它的枝干有的盘曲嶙峋，有的俯仰生姿，树皮皴裂，纵横捭阖，宛若一条条褶皱拥挤的沟壑，装得下千万河山。

一文友见我发的微信圈里的各种榆树的图片，有感而发：“疾风骤雨亦展枝，横逸侧卧各有姿。”草木的神奇之一在于，即使观者不在现场，也神往之。

绿色满山谷，几十年持续不断的绿化，白杨、旱柳、胡枝子、油松……到处都是。这个季节，一场痛快淋漓的雨后，草木尤其新鲜，新得醉人，新得让人不想离开，只想安安静静坐在草木间，享受绿意满怀的惬意。

这处沟壑东山坡的油松栽植于1958年。据父亲讲起的老辈流传下来的事，祖先最早迁徙到这里时，草木亦曾繁盛过，南山曾松林荫蔽，后荒年寒月，离乱纷争，兵匪横行，草木不幸，阳坡只长小白草，阴坡光秃秃。我爷爷当队长是二十世纪五十年代，他领着老少爷们阴坡栽植油松，阳坡栽植杏树，山腰栽植果树，“喇嘛沟”被一个诗意洋溢的名字“果树园”所取代。

眼前的这条绿色沟壑不过是故乡、塞北大地草木葱茏的一个缩影。

3

我第一次见到紫红色的石竹花，它们卧在油松林如刘海一样的披针薹草间，楚楚动人，点亮了幽深寂静的时空。它们是草地上的一枚枚星子，闪烁秋的深沉神色。

我的童年没少跟在母亲的身后踩着淡淡的晨光来一人多高的油松林捡蘑菇。

一小池塘畔亭亭玉立的一株仙子一样的金色花，它的独立风姿，清宁纯净的性情，直到现在我还记得。那是我在油松林唯一见到的一株种在心里的美丽花儿，虽然我不知道它的名字。

可是，那时有没有这些匍匐于披针薹草间的石竹花？它们怎么来到了这里？是我童年的一些记忆已经在时光流淌的河流中被冲刷走了，还是那些爬上山坡的羊儿、牛儿吃食掉了这些石竹花？我无从忆起。

我笑着对身边的孩子说，它们是飞鸟衔来的。他也笑了，应和道，太有可能了。从前，人们不懂得保护飞鸟，那时这林子里有飞鸟吗？

不过，当我俯下身看那楚楚动人的石竹，我相信，这处沟壑，一定早已有之，远得你的悠悠思绪难以抵达远古的边界。那是“中国石竹”，也叫“中国沼竹”。你细细品味，头脑中不难浮现从前祖先第一眼看见它们时的样子：一片片流水、蔓草、鸟儿自在生长的沼泽地，水中的沙土滩上，茂密的草木间，一枚枚地上茎，似纤细的竹子，紫红的小花耀人眼目。

不过令我意外的是，神农尝百草，后世记录的《神农本草经》里可见“车前子”“远志”“沙参”等草木身影，独不见石竹花。原来，石竹生于北方，神农尝百草，未曾有机会一睹其容。后世的《别医名录》《食疗本草》等著作也不见其形。这毫不奇怪，草木这双脚丫子在古代迁徙的脚步不慌不忙，它自有其定力。直到明永乐四年（1406）朱橚组织编写出《救荒本草》一书，石竹花在典籍中才第一次现身。朱橚从年轻时就迷恋草木，后封周王于中原凤阳，得以目睹与南方不同的草木，在他的笔下，石竹是这样的：

> 本草名瞿麦，一名巨句麦，一名大菊，一名大兰，又名杜母草、燕麦、蘥麦，生太山川谷，今处处有之。苗高一尺已来，叶似独扫叶而尖小，又似小竹叶而细窄，茎亦有节，梢间开红白花而结蒴，内有小黑子，味苦，辛，性寒，无毒。蘘草、牡丹为之使，恶螵蛸。

以今天的眼光看，石竹与瞿麦为石竹属里的两种花。瞿麦花瓣宛如流苏，石竹则边缘多锯齿状。

明代李时珍于明嘉靖三十一年（1552）起历时二十七年编写成《本草纲目》，他自己对于石竹的描述比朱橚细致得多了：

> 石竹叶似地肤叶而尖小，又似初生小竹叶而细窄，其茎纤细有

节，高尺余，梢间开花。田野生者，花大如钱，红紫色。人家栽者，花稍小而妩媚，有红白粉红紫赤斑斓数色，俗呼为洛阳花。结实如燕麦，内有小黑子。其嫩苗炸熟水淘过，可食。

你看，石竹花已经从北方来到了中原大地，在饥馑的年代成了百姓的“粮食”。

我听母亲讲过，小时候为了填饱肚子，上山捋树叶，剥榆树皮晒干碾成面，将如石竹一样的嫩草、根茎煮成野菜汤，度过荒年。

我童年时，这条山谷溪流泠泠欢歌。石竹花在默默地复苏自己的生命本色。几十年光阴过去，现在真是一幅“山花插宝髻，石竹绣罗衣”的秀美画卷。

飞来的野花不止有石竹，还有一枚枚喜欢仰天笑盈盈的山菊、陆英等花儿。

我要回城了，母亲又一次劝我常喝些蜂蜜：“秋天的杂花蜜里，山里的各种花都有，草药草药，这花蜜滋养人的。”我答应的时候，心里一动，那里面也有石竹花的身影了。

4

山谷东坡是一片一直蔓延至山顶的油松林，粗粗算起，我至少也有四十余年未到这林子里了。

每年十月与之近在咫尺，我就站立在河岸西侧的玉米田里收玉米或者站在梨树上摘梨，一抬头就看见了松林，想起我跟在母亲身后提篮去松林捡蘑菇的情景。

如今，幼童稚子已至中年。

山坡上到处是贴伏于地的山菊、车前子、蒲公英等有名字的无名字的山草。泥土松软，似乎再一使劲儿，便踩出山泉了。

入夏以来，雨水频频光顾，慷慨淋漓，松针松干如洗，树下的一墩墩披针薹草如刘海一样遮掩的缝隙，一枚白里透着微红如奶酪色泽的蘑菇映入眼帘，我兴奋地连喊了几声："蘑菇，快看，蘑菇。"

很快，在这片油松林三五米的土坡，我陆陆续续发现了好多的蘑菇。隐居者遗世独立于毛榛丛里，靠着一堵石墙边儿，安安静静；顽皮嬉戏者三几个围在一起，或歪或立，笑容可掬，是周围草木清新令人心醉吧！

蘑菇小的只看见蘑菇头，已长多日的，咧嘴呵呵笑，而再年长的似乎已到人生暮年，旁边还有幼儿相伴，一副含饴弄孙之态。我还看见一些还未完全腐烂掉的蘑菇，一半凋残，它们很快就会烂如泥，那些新鲜的菌子落入泥土，不久后冒出新的生命。

整个油松林，除了我和孩子外，只听得见隐匿在不知何处的布谷鸟"布谷——布谷——"的淳厚鸣叫。我不认得的一种尾巴短而类似于斑鸠的小鸟从林梢飞过，丢下一地的清脆音符后便是寂静。

没有人来捡蘑菇。多年前，我和小伙伴在林子里常常碰面，有时转了大半天篮子里才一筐底松蘑的景象不复再现。

我喊在一旁发呆看草木景色的孩子捡几块蘑菇回去，他没有吱声，沉默不语的表情在告诉我，他趣味点不在此。我无言以对，只得自己继续在草丛里看那些隔了太久的蘑菇。

人都到哪里去了？很好理解，村子里年轻人并不多见，上学、工作、打工，中年人在外的也不少，老年人留守村子。松林里的蘑菇偶尔会成为一个话题，那不过是一种回忆，青春在蘑菇影子里偶尔灿然。

再一次在这片油松林见到蘑菇已隔了太久，久得我站立林间寻寻觅觅它们的存在。

回村子前，我还是拾起两枚蘑菇留作纪念。

（刊于《大地文学》2023 年春季卷）

草木之心

葛针的筋骨

当春天的气息扑面而来的时候，葛针僵硬一冬的心暖和了，形如枯槁的枝条慢慢复苏。不经意间，葛针的臂膀泛出鲜嫩的颜色。米粒一样的小芽苞钻了出来，一堆一堆的，挤满了枝条与枝条间，色彩绿中泛黄、黄中透绿，煞是喜人。过了一阵，小嫩芽变成了嫩叶，葛针的枝条越发鲜绿。

山山岭岭的草木欢迎雨的到来，葛针的枝叶上沾满了晶莹透亮的水珠，一颗颗滑落。很快，在周围丛草的包围中，葛针的身影消失在绿色的帷幕里。葛针不喜欢招摇，何况她的身上已经长出了根根小刺，这从祖先那里继承的基因，就像刺猬身上密密的尖刺一样很好地保护自己，这也是一种智慧。

葛针生活的地域，无非贫瘠、荒凉的山岭，甚至砾石密布，没有多少植物能够生长，遇上冀北山地常有的干旱，她们默默地以自己的深根在黑暗的地层中摸索着前行，一寸一毫。

葛针的前世或许是一个画家或者书法家，或许也是一个喜欢到沙漠中旅行的人，她们的根像泥土层中的草书，纵横飘逸，刚劲坚硬，又像漫漫黄沙中的脚步，不断地延伸，生命没有尽头。就这样，用不了多久，或许就在一个晨雾散尽的早晨，她们又重新钻出了地面，弱小得甚至经不起狂风暴雨的侵袭，冰雹砸掉了一枚枚叶子，她沉默不语，用脚步丈量生命的长度，像一位跌倒在沙漠深处的旅人，重新站起，脚踩大地，走出一条生命的强劲轨迹。

我不知道，这些葛针一生当中会遭遇多少次金属的砍伐与撞击，撕裂多少生命的重量。正是一次次的痛苦经历，练就了葛针宠辱不惊的心胸和坚强面对风雨创痛的胆魄，扎根于山野——贫瘠荒凉的山野。

生长多年的葛针会结出一枚枚的山枣，圆圆的，红红的，给单调的绿色平添了一份热烈。这些果子不为谁而生，没有什么功利的心思，既不需要在枝头炫耀，也不需要等待被采摘。有的落入泥土，还有的悬在荆棘的枝杈上，享受着阳光的沉静。

褪尽了绿色的容颜，葛针的筋骨袒露无遗。风萧萧，溪水成冰，枯黄的野草漫卷四野，葛针飞舞遒劲，如飞的枝干弹奏出铮铮的声响，脚下的深根紧紧地攥住大地，那是一曲顽强的生命之歌，在北方的旷野，与比她高大很多的松树、杏树、椴树等编织成一面屏障。

春天醒来，葛针重新锻造一个属于自己的筋骨世界。

春天话苦麻菜

春天的鲜艳油彩涂满杏树、桃树的面庞，枝条间的花苞绽放，钻出的嫩芽鲜亮，枯草丛中冒出的小青草与轻风舞蹈。此刻，苦麻菜在犄角旮旯寻找一块地晒晒太阳。他长相特别，头发卷曲，身子一直弯着。

苦麻菜一钻出地面，颇像一幕戏曲里的配角，他并不自卑，照样在春天的舞台上有板有眼地演出。杏花、桃花、梨花、迎春花等主角，你方唱罢我登台，一时间，春天的舞台热闹非凡：杏花是青衣女子，一身淡妆，长袖飘舞，袅袅动人；桃花是贵妇，像杨贵妃一样雍容华贵；迎春花是小仙子，簇聚在一起，芳香四溢。小鸟们都叽叽喳喳成了追星族，在枝头驻足凝神，翅膀不时地拍起来，不停地鼓掌。苦麻菜则不然，他是鼓上蚤时迁，三岔口里的刘利华，有一身好功夫，腾挪翻越不在话下，是不知名的小卒子，珍惜每一次上场机会。有时，手里的扁叶刀光闪闪，春天的舞台多了一抹亮色；有时，手里握着彩旗，像雕塑一样站在舞台一角，沉默无语，看着、听着眼前春花绿叶在卿卿我我地歌唱。

配角也是角，只要能给春天的大舞台充盈一些生命的亮色，这些又何必在意呢？

苦麻菜还像杂技演员，要不然腰弯得怎么跟月亮似的？他的师父是从南方那边飘来的春风，守时，耐心，性子温柔。苦麻菜一露头，春风就教给他压腿，苦麻菜就用力弯着，一次次弯着，阳光都被这幅情景吸引了，一大早，就站在山顶注视，一直下了山还回头张望，给苦麻菜一个小小的侧影。苦麻菜从不觉得累，腰身慢慢弯下，一种姿势，一直保持着，连夜晚，月亮出来的时候，苦麻菜还在田野上一次次练习。月亮都入迷地看，还给苦麻菜披上了一层朦胧的轻纱。春天的夜晚，弥漫着诗歌一样的情调。

苦麻菜秉承了春风的一些性格与精神，阳光向上，即使遇到恶劣的环境也不抱怨，照样在属于自己的舞台上坚强成长。

苦麻菜有两件宝贝：左手苦，右手麻。他跟许多生活在土里的植物不一样，羊犄角喜欢土地的甜味，根须就使劲儿地吸，连犄角都是甜的。甜得她在春风的怀抱里撒娇，两个犄角左右乱摇，一副调皮的孩童模样。苦麻菜天生具有怜悯的情怀，春天来的时候，苦麻菜的根脉苏醒了，根须活动活动筋骨，扎入泥土。春天的脚步踩在山岭，苦麻菜听到了，吸收泥土里那些又苦又麻的因子，存储在血脉中。有了这两件宝贝，苦麻菜名副其实，在苦涩的年代，苦麻菜的苦与生活的苦一样的颜色与滋味，散漫田野，曾经帮助乡亲们度过贫瘠岁月。今天，就不一样了，苦麻菜因其苦涩的滋味，得到青睐。他挺慷慨的，谁采摘都行，城里乡下，很多人家的餐桌上、饭店的餐盘里，苦麻菜用自己的苦涩融化出健康的情怀与快乐。

苦麻菜名字众多，野苦菜，苦碟子，山苦菜，等等，不下十几个，“苦”是他的姓，天南海北，是他祖祖辈辈生长的地方，族群众多，子孙繁衍。因为苦，他在许多医学典籍如《神农本草经》《本草衍义》等中都留下一笔：“主五脏邪气，厌谷胃痹”“折之白乳汁出，常常点瘊子自落”等等，这样看，苦麻菜的文化底蕴都珍藏在“苦”里了。

草木的精气神

我看着窗外，惊异于深绿色的好像云团翻卷一样的树冠，周围飘浮的灰尘黄晕了天空，这是挨近村庄的一片白杨，或许是哪一位早晨写生的画家刚刚在画纸上酣墨淋漓，树冠还闪烁新鲜的影子。

白杨为何如此姿态？似乎一夜之间拿出储存了一春和初夏的精神，是为了抵御从昨天下午忽而至的沙尘吗？

故乡的山野，草木越来越盛，这样迷蒙的天气这些年已经越来越少了。

站在风中，土腥味弥漫，好像炒焦了的玉米糊。风肆无忌惮地横冲直撞，那是一匹野马，想冲倒它面前站立的草木，偶有羽毛一样的树叶子旋飞高悬，淡色的灰尘与风得意地微笑。

我注视脚畔的田间，三五寸高的禾苗乱颤，好像再来一次大风，即可能离地，不过，我的担心多余了。那边田畔，站立一株株的白杨树，每一棵树张开的树冠就是一面疏密相间的滤网，就像张开臂膀的卫士，一株树，改变风的焦躁不安的秉性。

这深绿色释放的是它们不惧风沙、奋力抵御风的精气神。

草木之心，非逆境无以迸发。这样的情景很多。有一年，我去一处幽深的河谷，行走林中，一株桦树令我停下凝视思索。它长在一处悬崖边，花岗岩裸露，刚硬无情的石头上条条树根突兀暴露，宛如年龄不一的蟒蛇，伸向岩石的缝隙，风摇，雨淋，雪冻，多少光影倏忽而去，它并没有倒下，已然长成了一株有着坚韧思想的风景。

我还见到一株倒掉的青杨树，木秀于林，风必摧之，它以一己之力护佑了身边的兄弟姊妹。我以为它的姿势，在时光荏苒、风吹日晒的磨砺中将失去生命，最后像枯槁一样的存在，黝黑的外壳难以支撑腐烂的脚步。当我惋惜、触摸皴裂凸出的树皮，走到根部，却不禁振奋起来。繁复的树根有的断裂，折痕戳伤目光；还有一根根尽管折损却并不折断，生命深处依然扎根于脚下深厚的泥土地，为倒而不死的树输送营养。站立是一种姿态，倒而不死也是精神的坐标。

我曾惊叹沙漠胡杨即使死去也屹立千年的不朽。时隔多年，我在湿雨多雾的山里见到横亘山路的一株死掉的落叶松，外皮早已经脱落腐烂成泥，树干黝黑，阳光下闪着光泽，依然释放生命的炽热。枯木的左侧如牛犄角的杈枝缚了些红红的布条，好像跃动的一团火。

草木的精气神不老，万物亦如此。

（《葛针的筋骨》刊于2015年2月26日《人民代表报》;《春天话苦麻菜》刊于2016年5月9日《廊坊日报》;《草木的精气神》刊于《小品文选刊》2018年第9期）

秋染辽河源

辽河，因“辽水出卫皋东，东南注渤海”（《山海经·海内东经》）而得名。辽河的正源老哈河发源于河北省平泉市光秃山境内，光秃山因其主峰形似马盂壶顶而被称为“马盂山”。辽河源以林海、溪水、花海、怪石等风景著称。十月，秋染辽河源，令人流连忘返。

溪水与草木

入秋，溪水收敛了豪放洒脱的性情，袒露安闲自在的风韵，宛如一曲曲音调舒缓的旋律，诉说着秋天的寥廓与精致。

步入辽河源，连绵起伏的山岭间叶儿黄、叶儿红，如大自然精心编织的毯子，温暖悦目；又如艺术造诣高超的绘画大师创作的一幅幅秋染图，那些繁树丛草、憨石溪水、落叶点花，皆在心中，随笔勾勒。谁见了，能不为之心动？能不停下步履，欣赏品味草木之美？

穿行白桦林，闻水声潺潺流泻于林间，宛如一曲清清泠泠的乐歌。我欣喜于溪水的动听歌谣，溪水瘦了身，变得苗条而欢快。

汩汩欢畅的溪水与蜿蜒的林中栈道一路相伴至远方。秋来木叶黄，风来了，一枚枚坠落的叶子相覆，生命变得柔软，它们静静等待明年春天绿意盎然。溪水石下成漩，聚成水洼，叶落无声，水面漂浮的各色叶子，好像轻舟，随水流飘向远方。

山腰的白桦树褪掉了层层叶子，树干上一双双黑色的眼睛依旧清晰如墨。它淡然自若的风姿，正享受和平温暖的时光。几棵修长高大的白桦聚在一起，披拂轻风，银色光滑的肌肤耀眼夺目。树下覆盖着一层锯齿一样的叶子，沉沉睡着，回味绿的精致、金色的点染。

至于五味子，几乎不见叶子。枝杈间，宛如红珍珠的红果聚在一起，欣喜地享受着秋天饱满光泽的馈赠。

落叶松林则变换另一种风姿，挺拔云天。松针密布，其色泽随山势而变，山腰间的，黄中透绿。继续向山顶行走，则绿衣渐渐隐藏。身处其间，神清气爽。

至一片怪石滩，眺望马盂山顶，只见白雪皑皑，那是前天的一场雨雪馈赠给辽河源的秋之礼物。草木厚，雨水常常光顾，草木葳蕤，秋色绚烂。

快到山顶处，已听不见溪水之声，静默的溪谷，可见细如丝带的溪水卧在斑驳陆离的光影里休憩。它在等待秋后一场酣畅的飘雪，等待来年春风细雨的润泽。

苔藓绿

行走于辽河源的莽莽林间，苔藓是秋色光影里的耀眼精灵。

溪水畔，苔藓聚集。一块块临水而居的奇形怪状的石头上生出细腻簇新的苔藓，绿得纯粹，绿得旺盛，绿得怡神。秋色之空，树叶丛草已变了色泽，而苔藓们似乎并不惧怕秋霜侵袭，反而更精神。

只要听得见溪水潺潺，只要秋雨还偶尔光顾，幽深的林木荫庇，它们便毫无顾忌地挥洒自如，任意点染。溪水畔的树根，缀满了苔藓，它们好像沉默不语的小虫子，又像春天刚刚拱出田野的小草，鲜亮悦目。

溪谷中凌乱杂生的石头，因爬满苔藓而憨态可掬。蹲伏而视，细密密的苔藓目光敏锐，身边的落叶映衬生命的坚韧执着。

水有多长，苔藓绿便追随多远。即使水瘦、叶枯，河谷之间只见裸露的石头，溪水潜伏于乱石底下，苔藓也不会退却，依旧伏在石头一角，宛如髻上的丝带。即使秋去冬来，雪花晶莹剔透，苔藓绿也不会消逝。明年，待到溪水欢歌，待春风拂过，它们重新染绿。

我喜欢看林中的苔藓石、苔藓树根，它们持续多年的存在，无言诉说着辽河源出色的生态环境。

草甸

行至辽河源头山顶上的大片草甸，惊叹于草甸之花的顽强生命力。

遥想千年以前，猎人牧歌，白羊如草甸上洁白的蘑菇。这片区域曾经滋养了一个古老民族的生命与精神，千年风霜雨雪过后，草甸换了一副新的模样。

时值秋天，行走草甸，随处可见蒲公英的身影。宽大的绿叶子匍匐于地，成熟的圆球花等待一次次风的拂过，一粒粒小种子将飘浮坠落在草甸之上的泥土缝隙里，冬去春来，新的蒲公英会再一次将绿色铺满山野。

还能见到石竹花、诸葛花、小野菊等草木，它们像星星一样沐浴着明丽温和的阳光。正是这些草花手挽手，一起在秋色之空点染生命的精彩。

站在草甸，凝望远方，连绵起伏的山岭如浓墨皴染，那是大片大片的油松。如五色织锦铺展的，那是枫树、橡树、小叶杨、大果榆、小叶鼠李等树木的色彩调和而成的斑斓。

马盂山所在的辽河源国家森林公园内生长着两千多种的植物。草甸之上迎秋绽放的很多花儿，有名字的、没名字的它们并不寂寞。时而朗朗晴空，时而轻风细雨，和谐共生的草木生灵，年年岁岁，一起护佑这片祥和安宁的环境。

在草甸顶的木栈桥，来了一拨儿游客，草甸的宽广带来视觉的无限冲击，任目光与思想驰骋无羁。她们也像草甸之花，美丽动人。

（刊于 2020 年 10 月 15 日《中国自然资源报》“地方名家话自然”副刊；被“学习强国”平台、自然资源部宣传教育中心网站转载）

小黄山的光影

瀑河之水山中来

天蓝得深邃纯净，飘游而来的洁白云朵犹如裙裾曼舞，这样心旷神怡的天气，去看小黄山身前的瀑河，正是时候。在网上查看了早晨公交车的时间，八点一刻，黄绿相间的无污染公交车，载着一颗期待许久、想一睹瀑河水别致风韵的心灵，在草绿交织的田野上如一滴水自由徜徉。

瀑河的历史远比河畔一座座村庄、众多生灵久远。

早在六千多年前，这一带的瀑河，水势汹涌澎湃，树林阴翳，野兽出没，跋涉而至的先民们，停下荒乱疲惫的脚步，在此刀耕火种，旧石器时代和新石器时代的文明之光在漆黑寥廓的夜空中如微微星光闪烁。而今，这些先民埋头烧陶、田间收粟、篝火中舞蹈的背影远逝如风，那河岸遗存的文明遗迹面对流淌不息的河水，沉静无语。

至辽代，“泽州，广济军，下，刺史。本汉土垠县地。太祖俘蔚州民，立寨居之，采炼陷河银冶。隶中京留守司。开泰中置泽州……统县二：神山县。神山在西南”。这是《辽史·地理志》留给后人的历史记载，瀑河在辽代称为“陷河”。公元916年寒冷彻骨的冬天，契丹弯刀猎猎、驰骋北方，攻下战略重镇蔚州（今河北张家口蔚县），返回草原的路途上数万大军与北来的民众栖息于陷河沿岸，篝火点亮历史的星空，冰冷的寒气凝结透骨，难以入睡的工匠们敏锐嗅到了一丝丝奇异的气息，他们随手拿起山岭上的一块石头，转眼间双眸闪现兴奋的光芒，在陷河沿岸发现了银矿，这消息好像夜空掠过天空的流星，在陷河沿岸迅疾散播。阿保机立即下令，在陷河沿岸设立木寨，银冶之火从此一直燃烧到明朝初年，陷河给予辽、金、元无限丰富的物质与精神的滋养。

往事越千年，如今，银冶的矿洞外长满了厚密的丛草，黑暗的空间宛如一部厚重神秘的历史书，等待后人阅读幽深的文字，一点点再现传奇的光影。

时值盛夏，前些日子雨水滂沱、河岸水流漫涨的痕迹留在了河流浅处丛生蔓延的芦苇身上了，黄、紫交织的水渍印，好像不歇奔涌的瀑河水的生命纹路。

小黄山倚河而立，曲折蜿蜒的山路贴着河岸、沿山而蔓延至远方。山脚岩石密布，水泥桥横卧嶙峋突兀的岩石上，河水从上游云集至此，则势如猎豹，呼啸如风。若雨势连绵不绝，则水漫河谷，淹没水泥桥，冲击错综相连的诸多岩石，俨如飞瀑，跌落如花。现在，水势趋缓，水泥桥下的几眼孔洞里，湍急如奔马的河水无可遏止，乱石激荡，宛如水龙飞舞，耳畔铿锵激昂的鼓点轰鸣。越是阻碍，河水之气势越盛，迸发激昂豪迈之情。

我在河水一侧小心翼翼踩着岩石挨近瀑河，耳畔澎湃、鏦铮，犹如铿锵悦耳的奋进曲子，一泻千里。瞬间，急遽浩荡的水流跌落河滩，回音婉转，动如蛟龙，一路向南。

河谷里，杨柳怡然，黍、稷健壮。沿河岸下行，见青翠的玉米秧上已经结了玉米棒，红缨簇簇。除草的农人，凉帽遮掩，坐在荫蔽的树下，沉静安详。岸边，几个垂钓者坐在绿草丛，好半天，也看不见一只鱼儿上钩，这幅闲适不拘的情景，颇有“钓鱼之乐不在鱼也”的境界了。眺望下游，见一渔人，身穿齐腰深的雨衣，手执丈许的竹竿，杆头悬垂渔网，在水中捕捞河鱼。我担心起来，紧盯着他缓缓浮起的渔网，见一小鱼，他瞬间抖了抖，小鱼回到了河里。水孕万物，人也应护佑河水的大小生灵才是正途。渔人懂得这个理。

我坐在河边一块石头上休憩，艾草的清香随黑翅膀的蜻蜓一起飞舞，厚密的艾草丛宛如绿毯子，铺展在河岸。水泽草木，草木孕水，瀑河之水永葆年轻。

我的目光与心灵停在水花翻卷的水面。直到天空中一声长鸣，视线所及，几只白翅膀的水鸟翱翔蓝天，那一刻，我心飞翔。

一棵松树的筋骨

江南黄山以奇松、怪石、云海闻名遐迩，此地位于冀北燕山余脉，何以得名小黄山？一下车，无意中就望见了一棵松树长在山巅，巍巍挺立，张开臂膀，真像黄山顶上的迎客松啊！

小黄山，山间多灌木杂草，只有这一棵树傲然屹立。黑墨一样的树冠与宝石蓝的天空互相映衬。远道慕名而来的白云在它的头顶驻足，是在与它窃窃私语千年往事，还是敬佩于松树的顽强坚韧呢？是钦佩此地瀑河之水的奔涌不息，还是留恋瀑河两岸草木葳蕤、瓦屋祥和的美好安宁？

眺望四面山岭，河岸西南，山岭皴染，逶迤连绵起伏，草木葱茏，一片片挺拔高耸的松树杂居其中，未有小黄山顶那棵树婆娑柔曲的线条之美与临绝壁而巍然之风骨。

走近小黄山，需仰视这棵松树。它风姿绰约，沉默不语，任风来人去，鸟飞水流，在山顶独自生长，枝干遒劲如游龙，有的盘曲嶙峋，好像在天地间翱翔。粗壮的树干挺拔，不惧风雨寒霜，不惧雷震电闪。筋骨铮铮，屹立于世。

我看见几个女子在本没有道路的草木之间向上攀登，匍匐的身影时隐时现。一会儿，听见她们在山巅松树边爽朗招呼同伴的笑声："有胆量的就上来啊！这儿可好看了。"山下路边的几个女子就扑哧地笑了，回应："我才不稀得上去呢，好像谁没去过似的。"山巅的几位女子，站在树下，时而眺望远方，时而环抱松树合影。路边一女子骑车过来问路，停下与山下这几位交谈。头戴凉帽、倚在摩托车边的一女子快言快语："没事儿转转挺好，一会儿，咱们一起去山里面的水库看看吧。"等到山上的几个农妇下来，她们骑着摩托车，消失在那边的山脚。

看到质朴憨厚、坚毅的她们，再看看山巅的那棵松树，我感觉，她们也像一棵筋骨巍巍的松树，躬耕田园、相夫教子，在这大山深处，为生活谱写靓丽的乐章。

坐公交车，路过几个农庄，瓦屋安详沉静，院落干净整洁，虚掩的屋门，吐着舌头的狮子狗卧在门前，外墙水墨勾勒，一幅幅画疏远闲适。

岩石的密码

山岭犹如勇士的褶皱，亿万年的自然生命依然蓬勃，她繁复有序的基因密码只有山岭之间的草木生灵能懂。

面朝东方朝阳升起的一侧山，宛如刀割斧劈，绝壁陡崖，硬朗倔强的花岗岩层层叠叠，仿佛一部细密厚重的天书，里面隐藏了亿万年沧海桑田的岁月册页。每一页都是我们几辈子也不能完全读懂的内容。在岩石的脚下，我如此弱小，不仰望不能看见它的神情，不能听到它站在河畔的啸啸长鸣。

在一处凹陷的石崖处，一尊形似海螺的野蜂巢紧紧黏附着，小孔微露，一只黄褐色的蜂子弓背弯腰，伏在海螺壳上，埋头工作。这一带河谷山岭，草木一个劲儿疯长，大团大团的绿色淹没了山野。荆条花细碎如珠，正竞相开放，野蜂子们忙碌一个盛夏初秋，海螺里盛满了一冬的储蓄，再加上岩石的护佑，风寒雪落，安然无恙，享受自然生命的美好！岩石天生拥有庇护生灵的姿态与思想。

阅读岩石，需要屏气凝神，闪烁的思维火花就像万千精灵，穿越漫漫时空，倾听岩石的娓娓诉说。

“快看，那是天书！”我惊异地向伙伴们道出我的发现。“在哪里？什么天书？”人们顺着我手指的方向仔细查看。我扬扬得意地说：“真像甲骨文，也像楔形文字。”“要我看，这哪里是什么文字，不过日久风化的痕迹罢了！”有人不屑地反驳。我笑了：“岩石也是万千生灵的一种，它怎么会没有语言呢？只不过，除了它和大自然，谁还能听懂呢？这岩石就像一本书，上面留下的文字，就是岩石的密码。”

我沉浸于自己的想象中。离开石崖，远远地注视小黄山顶的那棵迎客松，发现我之前忽略的突兀岩石，宛如负势竞上的三五只海豚，昂头挺胸，憨态可掬，又像匍匐于地的虔诚信众，向天膜拜。奇松、异石，相得益彰。岩石还是一个胸中有丘壑的美学家吗？这是一幅和谐的图画。

岩石的密码无处不在。在河岸乱石丛生之地，一些褐色的岩石嵌在灰白色的世界里，格外醒目。这是画师挥毫作画时的神来之笔吗？点染的色泽，灵巧秀丽，遐思飞扬。它们好像负重前行的海獭、海龟，越过横亘的重重障碍，步步向前。

每一块岩石都是凝固了外形的生命体，它们的内心依然涌动着生命的蓬勃。

草木故乡

故乡的草木历史远比人们居住的历史久远。远的不说，我的祖先来到这里只有三百多年的历史，清代顺治三年（1646）开始“移民实边”，大量的山东人和河南人移民东北，可以想见先祖们离开家园时的心情——不舍，悲怆，憧憬。他们一路跋涉，一路艰辛，双肩挑着生活的重担与希望，沉甸甸的脚步向北一点点挪移，苍凉的背影延伸出荒凉与冷落的印痕。走到冀北，已经筋疲力尽，不少人眼睛还在眺望北大荒，于是，继续走，有一些人已经被眼前流淌的大凌河和连绵起伏的青山所吸引，再也不走了，开始了繁衍生息，开始了鸡鸣狗吠的生活，于是，沟沟岔岔，第一次有了喇嘛山、狐狸沟等自己的名号。

那些年，当我第一次骑着自行车跑到嘎海沟、敖牛沟等深山里，惊奇在这么偏僻的草木之地，还有人家，还飘散着草木炊烟。后来，我渐渐明白，是这些草木吸引了祖先的目光。他们就像耐盐碱、耐贫瘠的大树，那一刻在山坳扎下了深根，走过了风雨沧桑，走过了悲欢离合。一代代，一辈辈，他们也是故乡的草木。

我的家族居住的小山村最早叫喇嘛沟，沟里头矗立着一座形似喇嘛头上戴着的帽子的山，因此得名。村东头那棵古榆树，好几百年了，比村庄的历史短不了多少，在她之前，我相信一定还有更古老的树长在村庄里，小树长成大树，大树变成老树，老树飘落种子，于是，周而复始，世代延续，村庄因草木而古老，而年轻，而沉静，而温暖。

那棵老榆树，两个人合抱是抱不过来的，虬枝盘旋，古老与沧桑刻印在斑驳的树干上，那是树的皱纹，看一看，我的眼角就会留下莫名的眼泪，就像看到了自己的祖母一样。我的童年时光，好多就洒在古榆绿荫下，与孩子们嬉戏，在树下倾听树叶里黄雀的鸣叫。春天，榆树长出了一枚枚小铜钱大小的榆钱，蝴蝶、蜜蜂嗅着香气来回飞舞。大人们在树下聊天，休息。老榆树简直就像村里的老神仙，无论是谁，在她的面前，总要敬重几分。村民的血脉里流淌的血液，有家乡草木的芳香。

那时，村庄里的好多人家都是草屋，一种骨子坚硬的草——黄麦草，层层覆顶，厚厚的，如同棉被。雨天，房檐下水花激荡，岁月浸润的味道在雨中袅袅飘散，年岁久的黄麦草腐烂成泥，在草顶子上竟然长出一丛丛茅草，青青的臂膀在风中摇动，草木无处不在。即使灰瓦红砖的房子取代了茅草屋，天长日久，缝隙中也会冒出绿绿丛草。草木生机谁也阻挡不住。

草木滋养了山川，滋养了小溪河流，滋养了故乡的筋骨。从我有记忆起，故乡带给我的深刻印象就是郁郁葱葱的草木。山腰里的山杏，堤坝里各种各样的果树，南山皴染如画的松林，西山坡漫山的刺槐，等等，后来，故乡名字索性就改了，名曰“果树园”。这样一个诗情画意的名字戴在故乡的头上，再合适不过了。草木葱茏的山村，那绵延不绝的绿色流淌出来的不仅仅是生命的接力，还流淌着淳厚、柔美、包容等诗意。村里七老八十的老人不少，是草木给予了他们健康的因子。

草木葳蕤的山村，纯净、透明，看不见灰霾。树叶落了，草叶黄了，野果子掉在地上。风吹日晒，雨雪飘来，化作了精灵，滋润着故乡山川的肌肤，充盈着故乡的色彩。雨水落下，山山岭岭上的草木格外精神，树根吮吸，草木拔节，伸开臂膀，拥抱生命，拥抱未来。

故乡人对于草木很有感情，或许，当祖先扎根在山村的那一刻，草木的种子就已经落进了他们的心里，岁月荏苒，代代发芽。他们对于绿色的挚爱情感就像对《三字经》《弟子规》一样，口传心授。于是，他们见不得有人偷偷砍树，发现了，就在村里的大喇叭里一点情面都不给地指名道姓批评，他们见不得荒山秃岭，喜欢种树，旮旮旯旯间，哪怕一棵白杨、一株刺槐……也栽上。每当我回到故乡，站在门前，入眼的便是葳蕤草木。草木就像故乡的彩色衣衫，穿在身上，暖和、舒心、美丽，也心安。

到了需要草木的时候，草木慷慨大方，宁愿舍弃自己，也要造福百姓。村西河岸边，曾经有过一大片的安梨园，古朴的梨树，老的有百年以上。我上小学之前，村里的学校缺少桌椅板凳，就想到了梨木，它耐久、耐磨。村里决定，伐一些安梨树。

几个年轻后生，肩扛晃悠悠的钢锯，来到大树旁，坐下来，眼神盛满了神圣，咔嚓嚓，咔嚓嚓，金黄色的锯末子在锃亮的钢锯下滑落，一会，堆成了湿润清香的仙草蘑菇。之前，灵敏如猿的小伙子爬上了树，将粗粗的缆绳拴在安梨树的脊梁上，只等钢锯卡住不动，就吆喝一帮青壮汉子，好像拔河，一人拾起一段缆绳。号令一下，只见，缰绳绷直，安梨树摇了摇，他们再一起发力，就听见头顶上划过急促的呼啸声，安梨树结结实实摔在地上，硕大的树冠在挤压中撕裂。

安梨木的课桌陪伴了一茬茬孩子们的小学生活，那上面是一个个对远方憧憬的孩童的行行印记。

近些年，故乡的草木得到了更好的休息和繁衍。读书的孩子，大多在城市里安了巢，不少打工的攒了钱，去城里买了房。一开春，呼啦啦打工的走了一大半。村东头的古榆树依然康健，村西的安梨树依然蓬蓬勃勃，枝叶茂盛。狭仄的山路已经被肆意丛生的青草和灌木挤满了，雨后松林里的新鲜蘑菇大多没人捡拾，在时间中腐烂。

乡村的草木永远是新的，因为它们想不到迁徙，祖祖辈辈就生活在这里，草木只属于故乡。

（刊于2015年12月25日《中国经济时报》）

柴胡·水芹

柴胡

年少时采柴胡的山岭离我们村很远。山草药喜欢长在人烟稀少的地方。柴胡与众多的草药一样，由大自然的灵气成年累月聚积而成。

柴胡好像山草药里的侠士，绿叶厚密，茎青紫，独立风中，一眼便能看见它披风沐日手舞足蹈的样子。

它刚开花的时候，一髻髻小黄花宛如金豆。隔了些日子，花瓣越来越漂亮，六瓣聚拢，宛如佛手托举起人世间的沧桑，好像有再多的波折也能被一种慈祥的力量慢慢化解。

一次，一株柴胡被一个粗壮黝黑的小伙伴一镐头刨了出来，它赤色的根部非常坚实，几乎没有旁逸斜出的根须，犹如端肃严谨的剑客默然挺立。

从晨曦来到深山至正午阳光灿烂，我拎着的荆条篮里刨出来的柴胡根屈指可数。柴胡真不好找，我漫山遍野地寻找，始终未见它们一大片一大片地盛装出场。

在刨出一根大柴胡的那一刻，我高兴极了。那真是一株经历了不少岁月的草药，我忍不住向小伙伴们炫耀。柴胡被我掘出，就再也不能在田野里自由生长了，它将在阳光烘晒后进入另一个阶段。干枯的根变成中药，那将是柴胡新的生命旅程。

一根根柴胡换来了连环画、橡皮、铅笔，把我们的童年时光装点得五彩斑斓。

及至长大，追根溯源，我才发现柴胡还散发着浓郁的文化气息。

古老的医学著作《神农本草经》源于秦汉，神农氏尝百草，柴胡进入了他的视野。那时，他的步履还局限于江南，那里空气湿润，降雨充沛，柴胡长势喜人。而北方雨稀土瘠，不过，柴胡早已习惯了扎根于此，星星一般散落于山野，晨曦雨露，春华秋实，代代延续。山民因它们的存在而祛病除湿，筋骨壮实，血脉里也流动着点点滴滴柴胡的因子。

不知道是否因为柴胡长于山野，而很多士子只喜欢埋头读书，从古至今并无多少人关注这小小的柴胡。不过，“诗圣”杜甫与柴胡的情感却不一般，他的《寄韦有夏郎中》云：

省郎忧病士，书信有柴胡。饮子频通汗，怀君想报珠。
亲知天畔少，药味峡中无。归楫生衣卧，春鸥洗翅呼。
犹闻上急水，早作取平途。万里皇华使，为僚记腐儒。

一根小柴胡承载了杜甫与友人的真情。

一株有故事的小小的柴胡，芬芳悠悠。

“美芹”悠悠

我何时第一次知道芹菜里的“水芹”呢？

总角之年，我特别喜欢母亲炒的芹菜。大铁锅爆炒，在一定火候时，她喜欢用铝勺子扤一些凉水极速均匀泼洒在滋滋响而且蹦跳的芹菜段上，再炒一段时间。母亲说这样的芹菜吃起来就又脆又嫩。

其时，这芹菜个子不高，茎不粗，叶子不大，农家几辈子沿袭而种，村庄前扇子面一样模样的菜园里即有。菜园临近一口石砌大沿井，春夏，母亲几乎每周都担水浇园子，芹菜那一阵子水灵灵的。它们是土生土长的中国芹。

大约前几年，我在小区门口一家菜店里见到了一种叶子稍小，茎稍弯且簇拥在一起，婉约模样的芹菜，心生涟漪，一问，师傅笑呵呵地说，美国西芹，脆嫩，这换季的时候，容易上火，正好吃。实际上后来我查资料才知道，师傅说错了，那是水芹。他常卖的那种植株粗大宽厚，一看就像芹菜里健壮汉子的才是西芹，即从国外引进种植的。如今，乡村的冬季暖棚里西芹不少，我车行田野望见故乡临近道路前端的塑料大棚，常见到高约一米的西芹，挽成了一道绿篱。

一年冬日回乡去邻里菜棚内闲逛，见墙角湿地一簇簇芹菜，喜曰：水芹。它们温婉婷婷，那茎也如水一样润滑。

这水芹翠绿新鲜，需小心翼翼地捧着，否则稍一碰便容易折断了。洗净切成小段，以肉丝炒之，清香悠悠。于是，我便在这样袅袅娜娜的氛围里想见识一些关于水芹的古韵了。

“芹”的历史到底已多长？有一点我想是没有异议的，草木比人类的历史要长。早在《诗经·采菽》中已有“觱沸槛泉，言采其芹”之句。中原大地，泉水喷涌，水岸之地，芹菜长势旺盛，野生的自然鲜活，我们的祖先一定学会了选育并种植它们。古人牛得很，食自然草木，还留下绵绵诗意。无独有偶，在《诗经·泮水》篇记述，鲁地亦有种植：“思乐泮水，薄采其芹。”泮水在孔子家乡曲阜，采摘水芹，芳香四溢，乐哉融融！看起来，采摘水芹很早就是一种民间流行的风俗了。人们置身自然，与草木为伍，天高云淡，呼吸都是绿色的。

那一日看《大秦赋》，见先祖们喝酒吃菜，酒为大米汤一样色泽的米酒，我好奇自问，他们吃什么蔬菜呢？后见吕不韦之《吕氏春秋·本味》借用商代开国元勋、美食家伊尹所言“菜之美者，云梦之芹”句子，莞尔一笑，古人喜芹菜为菜肴，云梦泽之地的美芹天下冠绝。这当然是吕不韦等达官显贵们优中选优的美味。

从平民百姓看，食芹菜自然已相当普遍了，可谓“美芹”。我去的那家菜店主人，一见我买芹菜，便常常喜滋滋说，我也爱吃芹菜，这个季节正是吃芹菜的好时候，你看，多水灵。

我们这些人从小喜欢芹菜，这也是一种文化基因在延续吧？

（《柴胡》刊于2019年10月23日《燕赵都市报》;《“美芹”悠悠》刊于《小品文选刊》2021年第9期）

草木帖

1

“胡枝子！”这是我借助百度识图后的慨叹。见到“荆条”别名，我不禁一笑，熟悉而陌生的胡枝子啊！

故乡山岭间胡枝子很多，秋天胡枝子花开，蜜蜂飞舞，采胡枝子花蜜。眼下刚刚步入七月，早开花的胡枝子不多，大多数胡枝子，叉分得密密麻麻，枝条顶端冒出新芽，紫色的小花颇像微缩版的紫槐花，还有的像官员上朝手执的笏板模样的花瓣，微微翘着，肚子里藏着许多花儿自己知道的生命奥秘。

这些胡枝子长在贫瘠干旱之地，当一棵棵刺槐耐不住缺雨而点染出枯叶如蝶的斑斓色调时，胡枝子竟然没有枯黄的叶子，它是草木世界里的耐旱神吧？细看绿叶，一道道纹路细密有致，与人的手足纹路颇似，生命的艰辛都隐藏在这里了。

胡枝子属豆科，上天赐予它“根瘤菌”，这一枚枚固氮的“瘤体”，为其源源不断地输送养料，经年累月，这贫瘠单薄之地也将慢慢改变。

胡枝子的个性大约不喜欢张扬，喜欢群聚而生，一株株紧紧挨着，敦厚温和。站在它的面前，我陷入一种难以平静的思绪。

古书《救荒本草》上说："胡枝子亦名随军茶。"卵形叶，或蒸，或晒，煮茶饮之，可润肺解热。细细体味，则安宁淡雅的氛围不免染上金戈铁马之后的苦涩质感。

这部书的作者朱橚，曾多次被流放西南边陲，他天生喜欢草药，体味百姓疾苦，明永乐四年（1406）写成《救荒本草》。在那个时代，人们采摘胡枝子成熟后的果实，像舂米一样捣碎，煮粥也好，焖饭也罢，据说滋味尚可。饥不择食，素朴的滋味也是温暖的。

现在的胡枝子多么幸运，再也不见饥馑之患的士兵采摘嫩叶的慌乱脚步，也不见人们采摘成熟的粟米一样大小的果子了。

2

见到"蓟"这个字，我浮想联翩：蓟县、蓟州，秦汉之地，曾胡尘烟波，猎猎战马，狼烟四起，并不安宁的节拍一直甚嚣尘上。一骑绝尘而去的道路两旁或许正长着一簇簇冒着骨朵的草木"蓟"。

我好长一段时间忘了它在故乡的名字，那年去瀑河岸边遛弯，一低头，在草木之间看到毛茸茸绽放的淡紫色花儿，它好像戏曲舞台上花旦的头饰。它如还魂草，勾起我童年山山岭岭间见到它的记忆碎片。

"干打蕾"（方言，指"大蓟"），为何乡亲们曾赋予它这样一个流俗而奇怪的名字呢？这几个字是不是这样写？在我一直寻找机会逃离故乡，希望去远方的时候，关于草木的印象无从去想。我一个农村娃子，竟认识不多的草木名字，如柴胡、远志、防风，那些记忆一直留在童年采药草的山岭里。

现在，俯视"大蓟"这种草木，不过是一种深藏多年的情感回归，只是，仔细看着似曾相识的“干打蕾”，我发现记忆中的空白太多而无法再现与弥补。

七八岁时，我常跟在爷爷身后去田里薅苗间草，风中那束紫色如菊的花儿常常摇曳我的心扉，让我暂时丢掉蹲伏许久的疲惫，目视其态，心思如蝶飞，与花儿一起欢快地舞蹈。

爷爷的那匹马就拴在田坝边，闷着头，吃食蔓草，奇怪的是这一片“干打蕾”，马儿却不吃。这让我兴奋，也让我诧异，也搞不清为何。反正，休息的时候，我走到它的面前看它，它也摇晃着看我。我趴在低矮的草丛里，看一只只小蚂蚁在茎子上爬上爬下，希望这花上的蝴蝶不要因为害怕我而远走高飞。我甚至突发奇想，希望这“干打蕾”的花儿更美丽才好。

不过，这样普普通通的草木，紫花开放是它短暂一生的骄傲瞬间，过了秋天，便枯萎了花骨朵，农人挥镰，这些草木便化作了袅袅炊烟。

之后，我离开故乡，多年未见它们，也渐渐忘掉了很多草木的名字。每次行走于瀑河岸边见到每一种草木，我都感觉非常滑稽与尴尬，它们姓甚名谁？从哪里来，有何历史？就像“干打蕾”叫“大蓟”这一名字，不查网络、字典，我怎会知道这个字还曾是一种草木的名字呢？

自然的馈赠，地里长了很多的蓟草，日复一日年复一年，野蜂、蝴蝶、螳螂等昆虫与之相伴，它本来叫什么只有它自己知道，或许，小昆虫们也知道它的本来称呼。不过，这狮子球一样的草木纳入人们的视野并最早以“蓟”名号称之，则是很多年后《尔雅·释草》篇里“芺，蓟”记载的事情了。

3

从桃李亭边际石板路下行，爬满一侧小坡的藤蔓叶子深处，忽而闪出几朵如小灯笼一样的紫色花儿。刚入秋，雨水稀稀拉拉，这儿的草木耐不住热的炙烤，有的叶子枯干零落，葱郁清新的藤蔓叶子仿佛瘦了，可是，在这单调的时节，还有一束束微小而不起眼的草木依然在开花。

这便是沙参，我过后才知道的名字，它还有一个我从小就记在心里的俗名：“知母”。那时，我和几个小伙伴盛夏初秋常去山里刨药材，黄芩、柴胡、远志我比较熟悉。一个小伙伴说刨出过知母，他给我形容的模样我早已经忘记了，在故乡的山岭我未曾见过它。谁承想，几十年只留在记忆深处，越沉越远的“知母”竟然长在我每天下午疾走的山路一侧，而且是我每天都驻足于草木、山蜂、黄鹂鸟等所在的地方。沙参，早就注意到我了吗?

儿时山间刨药材的景象浮上来：一双亟待发现与众不同的眼睛紧紧盯着脚下，高高扬起的镐头，刨出一株药材。一个需要用药材换来连环画、铅笔、小刀等学习用具，然后如获至宝的年代，我与知母很难见面。我曾问过小伙伴：“哪里可以遇见？”他只是神秘地一笑：“慢慢找吧，或许就会碰到了。”

我六七岁时常常去姥姥家，需要翻过一座大山。那座大山崎岖不平，石子密布，我在路边常常看见花朵散落如小灯笼模样的一种陌生的草。姥姥常年在田里劳动，得了痨病。她咳嗽起来非常吓人，两只凹陷的眼睛瞪得很大，好像再咳嗽一声黑眼珠就能飞出来，弯腰驼背的姥姥大口喘着气。她不知道这山间一株株微小的知母能医治她的痨病吗？只是时光不再回头。倘若我早识得那些知母花儿，多好。

现在，在不再需要它们改变生活色彩的年代，我竟然与它见面了，只是人事已远。

慢慢挨近，我才看清小花的模样。花儿小巧玲珑，花苞闭合，羞涩天真，低眉肃立。有趣的是沙参叶子上伏着的一只金色弓背的小瓢虫，任凭风舞。我的目光亦曾留意到贴着地皮的藤蔓叶子间，还有几枝沙参绿茎在风中摇曳，或者婷婷，或者婉转，宛如游丝。

在一片胡枝子遮蔽的深处，也有一株沙参。由于干旱缺雨，它异常瘦弱，孤零零的，但脊背依然挺立，即使午后的炽热阳光掠过树叶间的缝隙，恶毒地炙烤，它仍然硬挺着。长剑一般的叶子直刺苍穹，柔弱的花儿也似有钢骨的坚硬。在一处斜坡，我又瞥见一串排列整齐的紫色小花苞，如俏丽多姿的花裙，它的草茎子凌乱，好像狂风卷过后保留的动感，那些花儿并没有痛苦的表情，依然是天真可爱的模样。

知母、沙参，饱含温柔婉约与豪放。

离开它们未走几步，我的心沉闷了，一株沙参歪斜踉跄，叶子冒出一层汗渍，如结了痂的盐，它暴露在火热的夏，几乎顶不住了却还在硬撑。我扶起它，看了看根部，像拉小孩子双手那样有分寸地试一试，它依然扎根于泥土，并不会马上死掉。我望了望天边似乎烤焦了的云，希望来一场雨，给沙参、给知母、给山里的草木生灵。

晚饭后，正看着照片里的沙参，忽而隐隐传来雷声，“真的下雨了？”我站在窗户看云天，阴云密布，雨真的来了。

4

路边一串串的红果果点亮了我的眼。挨近花木，长长的花茎子托起一枚枚楔形的红色小花冠，含苞欲放着，新鲜红润，宛如烂漫天真的孩童。

它是忍冬。追一追忍冬的历史，真久矣！它还有一个传遍大江南北的名字“金银花”。

忍冬已在广袤大地上生活了多少年，如果它也有传世族谱，估计我们数也数不清了。神农氏尝百草，以救苍生，这是中华民族很早与草木接触、对话、熟悉的历史。他走遍天下很多地方，是否见过忍冬？我想，经历寒冷而叶子依然葱翠的忍冬，自然吸引祖先们的眼球，或许，他们还给它起了不少俗名，是二宝藤，还是鸳鸯藤？

忍冬的称呼可能大多如风消散，而忍冬、银藤等是口口相传的名字。那些个“方言土语”、小众化的称呼，耐不过岁月更迭。

而忍冬印刻在文本中，是在神医陶弘景编纂的《名医别录》中：“味甘，温，无毒。主治寒热、身肿，久服轻身，长年，益寿。十二月采，阴干。”以草入药、为食，祖先一代代传承久远的习俗并不断丰富，生动讲述着草木情怀的故事。

“春晚山花各静芳，从教红紫送韶光。忍冬清馥蔷薇酽，薰满千村万落香。”这是范成大所写的《余杭》，忍冬入诗，增添悠久绵长的文化气息已是宋代的事情了。自此，忍冬成了文人墨客眼里衔觞赋诗、谱曲作画的一员了。

余杭处于江南，范成大喜欢田园，陶弘景誉为“山中宰相”。这些文人骨子里喜欢草木，当然可以俯下身姿，仔细凝神忍冬等的身影，绘其形貌，尝其滋味，为之倾心。

小城文魁园忍冬颇多，似鸳鸯飞舞的金银忍冬，香气袅娜的郁香忍冬，花儿俏丽的新疆忍冬等。移栽文魁园这儿颇不易。在后山腰一处裸露的沙土层，厚不过半尺，其下，是一层层的赭黄色页岩。忍冬忍受了贫瘠与冷霜风寒的磨砺，长得旺盛。夏日光影，散落山间的忍冬，叶子翠绿，让其他花木不免逊色一些。

他日，游走于瀑河西岸边，我看见这里的忍冬大多已十几年了，异乡早已化为了故乡。

5

细叶小檗，我看见它们时，它们好像一个个悬在花枝上的小灯笼，黄灿灿地闪耀在一片草丛里。

花儿还有别的名字“三颗针”，是叶子与叶子像花针，描摹其形貌，为之取名吧！原以为夏日已走了不少天，再开花的不会多了，尤其像我这样一边走一边想着心事的，很难在屡次行经的地方发现新花。

这个时候，一串摇铃一样的花吸引了我驻足凝视的目光，我蹲下身子，看这平素被我忽略了的花木。

花太小了，以至于我只得借助手机长焦来观察，是啊！平常我们自以为已经熟悉了的杏花、桃花、海棠等，实际上跟细叶小檗一样，站在它们的面前，我只有惭愧与无知，我所看到的不过沧海一粟。是的，一株花木也是一片沧海，那惊艳了我眼球的瞬间魅力不过是这神秘的花木思想的一点儿波澜而已。

想真正走进花木的世界，或许，像昆虫的知音法布尔那样，几十年如一日才可以得到一些生命的密码与启发吧！

尽管这样胡思乱想，我还是拍下了它的不少影子，留给自己一幅自省的画。

6

文魁园山后，见锦带花，它们又称“无色海棠”，我见得晚了，盛花期已过。不过，花木的神奇之一，便是每一朵花都有绽放的机会，“孤傲者”并不鲜见。

前几日，在单位门卫室旁边偶然瞥见叶子间一点红，整个树已经不见先前繁花灼眼的灿烂，只有这孤零零的一朵花兀自开放，何以如此之晚？是生命密码的更改，春夏交替的急促，还是它超凡脱俗的执拗与自傲？

绿叶子并没有嫌弃、与之冷眼，大自然依然留给锦带花小小的舞台，阳光灿烂它的笑靥，它留恋初夏的敦厚与热烈。

锦带花诚如其名，花儿与花儿连缀成了一条鲜艳夺目的锦带。当众多的花儿追随时光，将一辈辈承继下来的花语化作春花、夏花，将魅力与神奇带给原野与山岭，仍有少数花儿自甘寂寞，习惯于修炼内心，不媚世，不是为了取悦于人，而是超脱自然，淡然处之。

我还想到了一个问题，迟开的花儿莫非都是花木世界里的独身主义者吗？错过了与早开花儿谈情说爱、缠绵悱恻的时候，宁愿选择遗世独立的静默风姿？

总之，我敬慕它的风骨与精神。不流俗或许就得像锦带花那样，只遵从自己的精神成长与磨砺，给这个夏日一瞬绝世的回眸。

（刊于《辽河》2022 年第 5 期）

辽河源散章

草地的呼吸

辽河源头山势舒缓得好像一条大毡子，茂密的树林簇拥着一片草场。坐在草地深处，好像听见了草地温润平和的呼吸。

山外的暑热到不了这儿就草草收兵了，漂浮的轻风如细柳拂动，凉爽纯净的空气扑面而来，几只小鸟越过山林，畅快地贴着草丛飞远了。置身其间，心驰神思，索性就寻一个位置，哪怕是草丛中露出的淡金色的石头，坐着，倚着。一株株草就在眼前摇头晃脑，看得见它们英俊的眉宇，听得见它们清澈见底的呼吸。在草儿的耳旁，窃窃私语，询问七月的阳光脚步是否匆忙？草儿在这片山岭有何思想？草儿是山岭的精灵，远比尘世闲适与淡泊。人越少，草儿的思想越深刻。

这儿的草高不盈尺，年年如是。土地并不贫瘠，散乱的石头之间，厚厚的腐殖质，或许，它们在山里待惯了，不喜欢个性张扬与锋芒毕露才这样的低调吧！游人还未盛，远方七八个红衣、蓝衣的女子，站在草丛中留影，鸟雀一般的声音消失在草地的呼吸中了。

草丛之中还流淌着一条细微的溪水。朝山岭密林方向走了一会儿，也见不到溪水的源头，索性作罢，蹲下身子。溪流闪着金色的光，起起伏伏，好像一双会说话的眼睛在与你嬉戏。溪水旁的草儿轻轻舞动，与溪水的节奏和谐一致。

白桦树的眼睛

一棵白桦树，年岁越大，眼睛越深邃悠远。

我第一次知道白桦树有眼睛缘于一位摄影师在辽河源白桦树前面用相机凝视许久，淡淡向我说了一句：“你看，那是不是黑眼睛？”后每至一地，只要看见白桦树，就自然停下步子，看一看白桦树的眼睛，或者在一枚枚眼睛中，寻找不一样的那个。

从源头走向毗邻的一条木栈桥铺成的蜿蜒伸向林间的道路，穿过高大挺拔帅气的落叶松们，一棵棵白桦树好像伞兵突降，挤满了山间，它们无数双眼睛盯着我们，就像山里淳朴温厚的乡亲们，眼睛各具风采。有的黑得像墨玉；有的舒展像海鱼；有的袒露着眼瞳，黑色的内核里装满了这片土地的岁月密码。我看不清它们在想什么。我与它们的目光对视，很快，我就落入思想的深渊。在它们面前，我只是一个谦卑的旅人，而它们是守候这片土地的主人。

一棵白桦树的眼睛有很多，看着不同方向。眼睛从上到下错落不一，我试图分析它与人的眼睛的异同。横向思维与纵向思维的再现吗？很多眼睛的密码都隐匿在白桦树的头脑里，只是我茫然无解。

在一棵白桦树前，我停下脚步，那双眼睛如变异的图画，巫师的面孔、轮廓若隐若现，在那一刻，膜拜、崇敬、呼唤、神秘等光芒都在心底闪烁，如树叶间筛落下的斑驳碎影。

森林浴场

一踏上方石蔓延的小窄路，就进入了凉爽怡人的空间，抬眼，天空被厚密严实的树叶切割得七零八落，如湿棉花的云朵游走在枝叶间，好像稍不注意，它们就会落下，淋湿你的衣衫，迟缓你的步履。

步子悠然，呼吸悠然，思想也在绿色中沉浸与行走。看不见的氧分子以及更多我无法辨析的小精灵们，在树林、草丛、溪谷等地飞舞，一些钻到了我的肺腑中，慢慢搬运、掏空沉积了很厚的尘埃，使我心旷神怡，颇有身轻如燕的感觉。谁长时间在森林的世界中行走，谁也会像天空中自由翱翔的飞燕、林中的脱兔一样轻盈灵活。

转过白桦林，我好像一下子落入了落叶松的群阵，一棵棵的树木挺拔向上，直冲云天。在它们的面前，我渺小如草。我一次次情不自禁地喊着，真壮观，太好了。任何词汇在绿色面前，都苍白无力；任何思想在森林里都精神焕发，无与伦比。

这些落叶松竟然都伸着长长的手臂，宛如展翅欲飞的大鸟、执戈上阵的勇士，凛然沉静，雄壮勃发。阳光穿过林梢，一大团的金色洒满树荫下的草地，草地顿时精神焕发，眼神透亮。弥漫四溢的松香、草香、花香，连同从天而落的阳光的味道一同蔓延。沐浴在林间，步子轻盈，我甚至产生了跳跃、翻跟头的想法。于是，选一处木栈桥，坐下，听桥边流水潺潺如清越的歌声抚摸心灵。

石像的思考

在马盂山的几处山岭之巅，散居或者群居好多个性鲜明的石像，它们是大山之子，马盂山是它们祖祖辈辈居住的家园。

在木栈道钻出茂密的白桦林和杂树灌木丛之后，眼前豁然开朗，拘束了好长时间的视线仿佛骑上了一匹快马，在草原之中到处徜徉。除了一地星星般的野花，我被一座座的石像拉近了脚步。已经快到马盂山顶了，脚下的土壤软软的，厚厚的，陈年累月的腐殖质已经化作了土壤的因子，自然的造化，给予冀北马盂山丰厚的营养。

那些形态各异的石像就从土里生出来。它们犹如智者，一动不动，望着一个方向，一直望了千年万年，也不曾回头。

有的石像憨态可掬，好像摇首摆尾的猎犬，好像它的主人就在身边。它高昂着的头在期盼主人说什么呢？没有答案，远去的历史如风逝去，这一片高原草场曾是游牧民族漂泊迁徙、逐水草而居的家园，那些石像身上留着先祖的余温，在石像的肚子里，也一定装着一页页鲜活的历史瞬间。谁能钻到石像的肚子里与思想里，谁就可能破译那一连串的文化与历史的密码。

有的石像酷似一只仰天长啸的青蛙，蹲踞在一块硕大的石板上，本地人命名为“金蟾望月”。它大张着嘴，潇潇如风，在它的周围，是茂密的松林。金蟾在向天空那一轮金黄的圆月倾吐什么才如此动情？是倾吐马盂山千万年的生态变迁之路吗？这一片山岭，远的不说，在辽代被奉为神山，契丹始祖奇首可汗曾在此牧马游猎。如今，绿色铺满山山岭岭，山多了几分神韵，石像多了美丽的装饰。

（刊于《绿叶》2017 年第 8 期）

一条
河流的
怀念

晨雾的梳洗，阳光的浸泡，落雨的滋润，清风的摇曳，它们已经感激涕零！

流过我的心灵故乡

童年时，我第一眼见到那条河，就喜欢上了。波光粼粼，旖旎远方，盛夏的太阳充满激情地拥抱河流，河流的心暖暖的，用小手搅得我的脚丫子痒痒的，河卵石踩在河流的脊背上，跳着脚，隔着一层透明的珠宝仰望蓝天，仰望白云。天太蓝了，以至于河流都不用给它洗脸。云好像洁白的蒙古包，不，更像母亲从集市上买来的白棉花，软软地、柔柔地贴在身上。

河流不停地唱歌，天生有一副好嗓子，从西边的大青山一直唱到东边的山嘴。当朝阳爬过东边的疙瘩山，它一下子就想到了河流。河边的那些大树，是河流多年围成的栅栏，杨柳之间的缝隙是河流的窗子。阳光打着招呼，金色的木杖慢慢敲着河流的窗子，河流掀开那些绿柳白杨的臂膀，紧紧拉住金色木杖，一起飞向远方。夕阳快要落山，青山的背影好像宽大的脊背，背着河流回家。

我会站在河边，或者踩在河流的臂膀上停留好大一会儿才走。河边，白杨树高高的个子，垂柳袅娜。轻风一缕缕，好像看不见的绸子布，划过脸颊。

微风与那条河相视而笑，我听得见它们的悄悄话，微风带来了远山的问候、雨的滋润。

犹如水蛇一样的水草在河流的深处不由自主地跑着，刚一伸腿，就被拽了回去。河流不想让它那么任性。我看到这里，就笑了，身后一连串的哗啦哗啦声，穿过河流，跑向彼岸。

我的童年，一直向往着这条河流的彼岸，那里意味着快乐、繁华、神秘、希望。

河边不远处的空地，每隔五天，是集市。乡亲们好像候鸟一样，从河流的对岸，河流的源头，河流的下游，那些个大大小小的村落里，来到这里。乡音不改，鬓毛不衰，常见面，醇厚的乡音与喧嚣的吆喝声四处飘散，飞过河流，飘向远方。小货摊子一家挨着一家，新鲜的苹果挂着露珠，那是河水变成的。连那些萝卜、鸭梨、大枣、白菜，等等，都是河流变的。哪一个村子没有小溪水、小河流？它们都是河流的兄弟姐妹，基因一样，皮肤一样，性情一样，祖祖辈辈，就住在冀北——这个小得在地图上看不见的地方，流着，流着，流向天空，流向大地，流向乡亲们的血脉里。

河流边儿曾经搭建评剧戏台，那是一条缓缓流淌的文化之河。戏腔婉转如流水，流到脑海里，流到记忆中；水袖飘舞，舞出人世间喜怒哀乐，舞出真善美；人流如潮，汇聚在河流岸边的戏台下。连白色的帷帐外、高高的河堤上都是人，连河边婷婷的白杨都伸出胳膊，抱着一个个的孩子，专注地倾听，远远地凝望。河流一定听见了那悠远的歌唱，汩汩的声音与春天田野的风应和着。河流也有乖戾的时候，那时候，雨勤，夏天说来就来。有时候老天动了怒，就一连几天阴着脸，不停地洒水。河流清澈的皮肤就染上了灰黄，缓慢的步履变得急遽，一泻千里。堤岸在晃动，白杨在震颤，隆隆的轰鸣，连雷声都躲藏在云层的后面。这个时候，在河对岸的我们这些小伙伴就只有望河兴叹了，望着雨雾中朦朦胧胧的学校，期盼河流快点平静。

一次，我等不及了，推着自行车就下了水，河流似乎连眼皮都没有眨一下，就像一个指挥家，沉醉于自己的万马奔腾的节拍中；河卵石在我的脚下，就像狂风中飞舞的尘沙，匆匆地逃离。河床宽厚的脊背，此时已经松软。十几米，或许不到，河流已经淹没了我的腰，河水冲撞着自行车，犹如在冲垮一道漏风的石墙。很快，河流夹裹着我，向下游慢慢流去。那一刻，我猛然醒悟，在危险面前，人的力量就像金刚，瞬间爆发，我拖拽着自行车，拼命地往河岸挪，一寸寸，一尺尺。河流似乎在嘲笑我的幼稚、鲁莽，我听见了哈哈大笑声。

等我坐在河岸，就像一个落汤鸡，河流谁也不理，谁也不看，依然在滚滚东流。

不过，时间就像筛子，过滤了浑浊的河水，大凌河从容而舒缓，在河湾处，蓄积了几个水塘，水塘犹如澄清的宝石。河流喜欢孩子们跳到它的怀里嬉闹，水花飞溅，溅起金色的露珠，孩子们光滑得像一条条鳕鱼，在水里来来去去。干燥的季节，河流如母亲哺乳，给河岸边的菜地、玉米地、果树地送上源源不断的营养。

河流就一直这么流着，流过了我的童年，流过了浪花，流过了远山，流向大海。

秋天到了，河流舒缓了节奏与声音，河面上常常行走一帮求学的孩子。他们在晨光中，翻山越岭，跨过河流；在夕阳里，踩着河流的宽阔脊背，朝炊烟袅袅的家中归去。每到中午，河岸边，一帮孩子散乱坐在河堤上，啃着凉饭，听着秋风，看着太阳，眼神越过河流，越过金色的原野，越过云雾弥漫的山岭，如一条绵延不断的河流，伸向远方。

饭后，总有一些孩子，在河流的轻吟浅唱中，拿着书本看着，河流的波光云影里闪着碎花瓣一样的身影。

雪花说来就来，不跟谁商量，河流冰封了脚步。我清晰记得一次雪后，我踩在河流的冰层上，重重摔了一跤。雪后的河流，除了簌簌飘来的雪花，山岭蔓延而来的厚厚雾气，就是空阔的沉寂，河流睡熟了。我和小伙伴们，在雪地里寻找回家的方向。天晴了，雪花铺满山川，就像河流的美丽肌肤，闪着银光。

河流滋养我的生命，滋养了我的故乡情。后来，我穿过那条河，去远方求学，那条河流就在我异乡的梦里闪现波光粼粼的水花，闪现郁郁菁菁的水草，闪现岸边婀娜旖旎的垂柳，闪现河岸边踟蹰的青春背影，闪现蹚河而过、赶集市的父老乡亲……我的眼角滚落的泪花，都是游子思念河流的眼泪。

回乡自然穿过那条河流，夏季的阳光炽热地在河流的韵律中滚动，我赤露着双脚，踩在柔滑的水中。河流就像母亲，凝望我的目光，河底的卵石，圆溜溜的，扁扁的，硌疼了你的肌肤、神经，故乡的情愫在河水中漫游漂浮。

河流流过四季，流过日月，流过我的心灵故乡。

（刊于《小品文选刊》2020 年第 1 期；选入河南省信阳市潢川县 2020—2021 年初一期末网上检测试题；选入百度题库）

狐狸沟的密码

沟壑是生命的皱纹与灵魂的融合，北方好多乡村依赖沟壑而生。许多往事就像落叶，年年沉积，多少已经成了死掉的碎片、谜语，无从追寻。卑微的生命也有重量，沉寂的原野需要风声。

1

狐狸沟实际上并不长，至今回乡，我都望得见狐狸沟山腰好像椅子圈一样的褶皱，这一道神奇的密码，并非石匠的后天雕琢，而是因为山势的挤压与碰撞。没有激烈残酷的争夺，没有岩峰突兀、褶皱纵横的意象，只是给你眺望的眼神像柔水一样的抚摸，好像一阙山地诗歌，如风摇柳枝，在心头缓缓流淌。

这是给谁预备的椅子，在山巅如此醒目昭示？显然，这椅子圈远比村庄古老得多。在每一次回乡祭祖的山路上，我的目光总要穿过干涸的河床，一路蔓延，直至抵达远处那千年万年之久的椅子上，此时，疑问与彷徨丛生，看不见古远的身影，如脚边的荒草，如翻卷而过的秋风落叶，飘摇无定。

回到故乡瓦屋，与父亲谈起村庄往事，父亲说着说着就很容易给我讲起一些狐狸沟的事儿。这些故事，他似乎从来就没有讲够，从我牙牙学语一直讲到鬓角白发，那是储藏在生命里的经历，越久，就越有味道，比酒浆还有味道。他也有很多年没有去那山里了，他年轻时常去那里干农活。一次，父亲扛起锄头，离开村庄，沿着村西边的崎岖山路去狐狸沟。寥廓的山岭，父亲听见山那边的远处传来咩咩的声音，孤单的身影似乎有了陪伴，连脚下的路都踏实坚硬。

忽然，父亲无意中瞥见了两只眼睛，从不远处的灌木丛中一闪一闪放射着蓝幽幽的光。他最初并没有意识到什么，还在往前走。蓝幽幽的光如闪电一样直愣愣扑过来，他醒悟了，停下脚步，心头如热浪翻腾，一瞬间，他脊背发凉。那是两条恶狠狠的野狼，盯上了父亲。父亲手里扛着锄头，从肩头撂下，两手把持，使劲挥舞着，身前的灌木断裂。他嘴里不停地喊着："嗨！嗨！"野狼似乎被父亲的阵势弄蒙了，蹲伏在草丛里不再前进。就在它们沉吟犹豫的时刻，父亲已经朝另一侧山上的羊群撵过去，不时地回头张望，刚才那蓝幽幽的眼睛早已经淹没在绿色的灌木丛中，他瞪大眼睛看椅子圈，刚才那两只野狼就在椅子圈那儿，父亲已经跑得脊背上汗涔涔的。

时隔几十年，这一幕依然清晰。父亲回忆道："可是着急呢，我就一直跑到了狐狸沟西山那边，羊倌老李还在荒草丛倚着杏树睡觉，被我吵醒了，赶紧吆喝吆喝地喊着羊群，下山去了。"狐狸沟一下子掏空了拥挤的符号，异常安静。真正的主人可以纵横无忌了。椅子圈不过是野狼们和其他野兽随意休闲的地方罢了。真正的主人并不拘泥于一草一木的方向与深度。父亲近期跟我讲起这个久远的故事时，我已经意识到了椅子圈对于狐狸沟的意义。如果说，每一座山都有它的生命常态，那椅子圈与狐狸沟的关系就是子与母的关系。人类并非这里的主人，后来者没有资格面对自然与生灵随意戕害与任意改变。哪怕随意见到的是一只小鸟，也比走进狐狸沟里面的人们的历史久远，我们实在没有资格指手画脚。

这样的记忆，父亲一直没有忘记，他心里藏着很多狐狸沟的故事，他手里的几页纸片，还残存昨日的风情。狐狸沟的椅子圈，只属于这一片的草木生灵，人类还是做看客吧！那样，安静的视线将远远地凝视。

2

父亲的故事曾让我对狐狸沟充满了敬畏，童年时，我不敢独自一个人去那里。

神奇的狐狸沟，似乎隐藏了一双双神秘骇人的眼睛。在我七八岁的一次睡梦中，我去了那里。一株株奇形怪状的杏树横着枝杈，阻挡了我的视线，树下，石头的缝隙冒出一层层仙子花，沟壑幽深，望不到尽头。穿过树林，山溪拥抱石头，白色的水花飞溅，就在我俯下身子伸手触摸时，一双狐狸的手从我的身后搭上了我的肩头，毛茸茸的蹄子上闪烁幽冷的微笑。我头懵，惊吓醒来，我用手指着墙角，向母亲一遍遍地说着："就在那儿，就在那儿！"母亲急切地喊我："没事啊，孩子，没事啊！"边说，母亲边起身，从地上橱柜上拾起一根擀面杖，朝墙角那里使劲挥舞，嘴里不停念叨："砸死你个害人精，我让你祸害人，砸死你个花狐狸，滚回你的狐狸沟。"

几分钟后，我的呼吸平静了，倒头就睡，睡梦里，什么也没有了。狐狸沟已幻化成了一点星火，越来越远。

我听大人说，狐狸诱惑力太大，它简直就是狐狸仙，要是被它魅住了，就得乖乖听它的摆弄，自己也成了狐狸身体乃至心灵的一部分，狐狸就是自己，自己也是狐狸。这样的说法真是骇人，我充满了惶恐，就怕哪一天还有这样神秘的梦魇到来。

那时，我常常在一条属于自己思维的轨道上飞奔，诸多疑问，真真假假，迷幻深邃。这并不奇怪，在狐狸沟面前，我只是一粒沙，一棵草，甚至什么都不是，就像飘浮在空气中的尘埃一样细碎。

我第一次去狐狸沟，野狼早已经在一次次轰天响的炸子声中走向死亡，最后，就连残存的最后一只野狼也销声匿迹了，不知道躲藏到了哪里。最后一只狐狸去哪一个远方亲戚家串门就再也没有回来。山上的獾子等野兽，鲜有痕迹，就是最常见的野兔子也寥寥无几，至于长尾巴胖肚子的雉鸡，只剩下树林碎叶中遗存的一些凌乱的被风雨侵蚀的乱蓬蓬的羽毛。野鸭蛋的余味还在味觉里回旋虚幻。狐狸沟，此时，只剩下一个空壳子了，一个徒具其名的号码。我可以大摇大摆去那里玩耍了，去见我睡梦中骇人的地方。

我与一帮大孩子穿过崎岖不平的山路，走了不知道多远，才到了那里。回望身后，村庄已经被山岭遮住了视线，我站在半山腰，第一次细细端详这条故乡的沟壑。

很快，我否定了一些幻想。正值夏季早晨，阳光还不毒，沟壑另一岸，稀疏的杏树寥落，岭上蔓生干打蕾、小白草、艾蒿、刺刺秧等野草。乱石丛生，只有一条坚实的山路左拐右拐，伸向远方，与一条山岭相接，就像一只瘦山羊的短尾巴。我一次次抱怨："怎么没有好玩的呢？"黑子黑着脸，噎了我一句："狐狸好玩，可是没有啊！再说了，有，谁敢跟它玩。"说得我哑口无言，只得机械行走，心里已经后悔这一次的长途远行了。

走着走着，不知道谁忽然想起了什么，"想起来了，那边，我爸告诉我，有一个大池塘呢！"这一下又点燃了我们的幻想，我们就跟着黑子朝前面走去，太阳炙烤的汗珠一次次从脸上淌下。一抹脸，又步履蹒跚地走着。

3

果然，真有一个两丈见方的水塘偎依在山腰的怀抱里。这是一块略微平敞的山地，微风掀起鱼鳞似的层层水波，丝丝缕缕漫过。水塘南边靠近岸边的芦苇正当年，簇拥在一起，头顶上的青穗上散着一些乱花蕊。这水从哪里来？我沿着岸边转悠，用眼睛一次次瞄着，才看清楚，池塘的水从上面一处山腰而来，难道，水塘上面不远处就是爷爷一次次向我诉说的狐狸沟的那条有名的山泉吗？

浸泡在水塘里，泥鳅一样钻来钻去，害怕三角脑袋的花蛇在水面上窜出来，双手和双脚弄得水花四溅，水波涌动，然后，累了，就爬上岸，在石板上瞄着太阳，好像盯着金黄色的大扁杏，一口吞下。不消一会儿，阳光好像暂时妥协了，我们还是见不到太阳里面老师常说的黑子，就不再理它了，闪过眼神，眼睛所见，已是苍茫模糊，仿佛花玻璃罩住。

我和几个伙伴，一起去看泉水。狐狸沟东坡草木很少，裸露的黄土与肆意冒出来的无规则的石头犬牙交错，夏日正午的阳光狠毒地烧着大地，椅子圈一带蒸腾的暑气如一缕缕缥缈的烟霭上浮，消逝在天空，与蓝天融合。地面发烫，我的头顶、胳膊上好像有密密的钢针在缓缓刺着。我在一个庞大的臃肿的热圈子里走着，浑身流汗。在此之前，我还从来没见过狐狸沟泉水，在爷爷、父亲、乡亲们的故事中，它流过了我的童年心灵，我头脑里浮现泉水的丰沛，泉眼的蓬勃，泉水周围水草蔓生，甚至还有几只狐狸跑来，低着头，自由自在喝水。

没有水的村庄还是村庄吗？小溪、泉水、河流、水库、池塘、水洼、大沿井，我的村庄从来就不乏水的身影，巷子中常有水车晃悠悠划过，沙土路上洒下湿漉漉的痕迹，仿佛长长的黑辫子。我们趴在大沿井边儿望着时时击碎自己倒影的清幽的水叽叽喳喳，希望井水停下涟漪的摇晃。至于水塘、水库，夏日里不泡在那儿，简直不可想象。

等我们到了狐狸沟大泉子，犹如从天空跌倒了地上。泉水窝在山腰一处岩石边儿，犹如一枚很大的枫树叶，闪着白光。怎么这么小？水里没有游鱼戏石，只看见了几只狡猾的小河虾，泉眼呢？蹲伏身子，瞪着眼睛才发现水底冒出小水流，用手按在上面，感受“泉眼无声惜细流”的温柔与舒缓。这让我想起了爷爷曾说过的村里人炸泉眼的事情——早先，村里一些人不满意狐狸沟泉水的吝啬与固执，为啥天天就这点水？泉水的肚子里一定藏着一个无底洞，一声巨响，岩石乱飞，泉水被炸漏了，这一次的创痛之后，泉水就萎缩了思想，节奏变得更缓慢了。只是有一点更神奇，无论天多么干旱，泉水也从来没有干涸过。它一直流淌，流到山腰的水塘，再从水塘流向狐狸沟的沟壑的溪水中，汇聚到西大河，一直流到大凌河、辽河，汇入大海。

4

时隔十余年，再一次去狐狸沟。村子建设自来水工程，引来的就是狐狸沟大泉子的水。

饮水路线呈一个V字形，起点为狐狸沟的大泉子，终点在村西的一座小山上，修建一座储水池。中间需穿越低矮的西河道。

人们热情极高，挖掘管道忙碌的场景，以前在小人书、黑白电影中见过，这一回真真切切在身边了。我和母亲扛着锹镐，去狐狸沟挖管道。管道都是分片开挖的，一家一段，段段相连，铺上塑料管子，再覆盖上厚厚的泥土，家家就能吃上泉水了。

父亲喜滋滋地说：这泉水可是好呢！灌瓶子里去县里化验过，含多种矿物质，矿泉水呢！说得我的嘴边一下子就甜滋滋的了，好像清凉甘甜的泉水已经被我吞咽到肚子里。

再一次走在去往狐狸沟的路上，寻找童年遗落的风景。山路两边的梯田里新栽的果树已经挂果，树影摇曳中闪过一枚枚青色的果子。狐狸沟曾经荒芜的东山岭，不知谁家，种下了一些小杏树、刺槐。山沟那边，那棵站在干枯河道边儿的杏树还在，蓊茂的树冠如一把绿伞。沟畔的层层梯田里，一棵棵苹果树或者梨树在阳光里静默着。只是还没有见天空飞过雉鸡，草丛中闪过野兔子，至于狐狸，离家久了，想回家也不是一件容易的事情。我去见童年见过的泉水，泉水边儿杂草丛生，节奏依然，不声不响，模样还像一枚树叶。水漫过泉池，缓缓流向下边的水塘，水塘那儿安了一个过滤网，水就可以从这里出发，流过山谷，流过干涸的河道，流到村庄的每一个人家，流到人们的血脉里。这是泉水的重量与使命。望着并不宽裕的泉水，我有点担心，害怕它累得哪一天会停下脚步，害怕时不时袭来的旱灾炙烤它的灵魂。我对身边的叔叔说："这泉水要是供不上可咋办？"他撂下沾着黏土的铁镐，嘿嘿一笑，小眼睛眯成了一条线，说："哪能啊？你真是杞人忧天了，这泉水啥时候干过？供一村人家吃水，还不是绰绰有余？"我只是机械地应和着笑了几声，就埋头挖土，一会儿，镐头上沾满了肿胀的黏土。

后来，我离开了故乡，再也没有去过狐狸沟，去山里，也鲜有时间走那么远的山路，只能远远地遥望椅子圈，山岭之中是皴染一样的风景。瓦屋内水缸里满满的泉水滋润我的喉咙，这是狐狸沟带给我——游子返乡的真切印记。

只是，一次次的回乡，狐狸沟的泉水已经越来越微弱，村西储水池得五天一放水，我家有时候没等接满水缸，水已经停了。降雨的减少，持续的秋旱，还有一些不得而知的自然奥秘等，泉水透支了已经储存了亿万年的能量。好多次返乡，我都拎着水桶，去村边儿的大沿井摇着咯吱咯吱响的辘轳担水。

那一年辽西五十年一遇的大旱，近在咫尺的故乡也未能幸免，狐狸沟泉水竟然干涸了，村里人谁都不相信。月亮爬上东山之际，乡亲们还期待自来水管倒吸一口冷气，一个咳嗽，然后喷涌泉水。几天过去了，十几天过去了，人们已经习惯了没有泉水滋润思想的时光，大沿井每天早晨，每天黄昏，再次热闹。狐狸沟的泉水真的只剩下生命的最后时光了吗？

5

那次旱灾后，我以为狐狸沟泉水再也没有力量了。当我再一次回乡，向母亲打听狐狸沟大泉子还有水吗，母亲重重叹了一口气，拧着眉头，“半死不活的，原来五天一放水，现在已经半个月才放一次”。我怅惘无言，一座山、一条河、一条小溪、一泓泉水，真的也像人一样会变老吗？

我依然拎着水桶去大沿井担水，我曾与父亲探讨吃水问题，他年岁越来越长，我担心他担水吃不消。父亲只是轻描淡写：“没事，一天能用多少水？再说，村里有不少人不愿意用沟门子那儿的水。”沟门子在故乡东侧，一条沟的沟口，村边新打了一口井要供故乡人吃水，因为故乡人吃水意见不统一而搁置着。我何尝不希望喝上甘甜清冽的山泉水呢？只是它太需要休息了。

那年春天，父亲和母亲来街里，我和他们闲聊，一会儿就聊到了狐狸沟泉子。“现在几天一放水呢？”我问。“不放了，已经用沟门子那井的水了。”母亲抢先说。“这水可是赶不上狐狸沟大泉子，”父亲这么说让我很纳闷，不用再挑水他应该高兴才对，“不知怎么回事，沟门子水井的水在大锅里烧，锅底总沉积一小撮白土子样的东西。”父亲道出缘由。

我忽然明白村里一些人不肯吃沟门子大井水的原因了。乡亲们眷恋狐狸沟泉水，不仅仅在于多少年的润泽。自从祖先迁徙至此，故乡水就慢慢渗入他们的心灵深处，喝不够的故乡水啊！血脉深处流淌的故乡水啊！一代代流淌，不会轻易割舍。

我多次回乡，都没有去狐狸沟看看。去北山祭祖，站在山腰，它清晰而模糊，遥远而切近。椅子圈的轮廓起伏蜿蜒，草丛、灌木、树林丛生，呈现出深绿、橘黄，赭石，翠蓝等色彩，色彩也是狐狸沟的一种生命形式。如今，草木繁茂，泉水浅弱，一些河流枯竭，谜语一样的自然扑朔迷离，我看不见泉水，萎缩而痛苦的泉水。那座波光粼粼的水塘也逃脱不了荒凉的命运。

几只长尾巴、双足紧贴着毛茸茸肚皮的雉鸡扑棱棱从草丛飞上天空，转眼就飞向远方，飞向狐狸沟的光影里。去年，我在本地报纸见到一则消息：临县一山村出现野狼，袭击羊群，提醒人们注意，并没有出现如过去捕杀的字眼。与动物为敌的时代远逝如风，已经好多年。故乡的狐狸沟、南沟、东沟、大西北沟等地方，动物们已经回家好些年。有人说，他见过狐狸，就在狐狸沟，狐狸沟就应该是狐狸的家，这才名副其实。

这是一种命运的轮回吗？真有的话，狐狸沟泉水眼下正陷入生命的谷底，既然野兽能回家，草木能越来越茂盛，那么泉水也能回来，狐狸沟是它的家。

受伤的泉水在阳光里慢慢疗伤，狐狸沟比以往都安静，鲜有人来，现在的小孩子没有时间去，它们与自然的和谐只停留在脑子里。对泉水而言，对草木而言，人与它保持一定距离最美。

6

2016 年 5 月，我返乡，在我家门口见到了儿时的伙伴老刘，他健壮得像一头牤牛，说话瓮声瓮气，犹如一方硕大的石头砸在地上。

聊着童年的许多往事，狐狸沟就像我们两个人多年未曾这样细心聊天的桥梁，我们越说越兴奋。我才明白，故乡人之间情感的维系除了血缘与亲情还有养育你的自然。我的心灵深处还流淌着浓浓的绿色因子，他的心灵何尝不是？

他给我讲了一件令我非常诧异的事儿。这件事是我从去年冬天临县山村发现野狼谈起，他听了忽然来了兴致，语调高昂，好像在宣示一件只属于他的发现："这算啥，咱们村子，现在动物多了是了，獾子、狍子，都不少，还有，我还看见了黄羊。"我脑子飞快旋转，试图从学过的有限的生物学知识当中再现黄羊的模样。就像一层层厚厚的草木遮掩，我无从得知故乡的黄羊到底什么样。他看出了我的疑惑，就放低了声音，叙述自己几次的经历。他说："一次，我去山里，见到豆子地的青苗被啥动物祸害了，老张硬说是老田家的绵羊啃的，我就琢磨，我天天上狐狸沟这里来，也没有见到绵羊越界呀，我就低头看那脚印，与羊蹄子大小相仿。正想着，忽然山那边就传来黄羊的叫声，我一抬头，就看见几只黄羊，一身黄，沿着山坡蹭蹭就跑上去了，那叫快，人根本就撵不上……"我已经被他的描述感染了，真想去狐狸沟那边的山岭，坐在草丛里，等待黄羊的出现，给它们一些食物，或者，希望它们不要这样的胆怯。祖先们带给黄羊们的创伤还是像风卷尘埃一样转瞬过去吧！乡亲们不会再伤害你们了。

我告别老刘，回到屋内，在手机上用百度搜索黄羊义项，更令我吃惊，内蒙古黄羊是国家级保护动物，存世稀少，我开始思量故乡狐狸沟一带山岭上的那些善于攀缘山岭的类似山羊一样的动物到底是什么。真要是黄羊，那可是三生有幸，在我的故乡还有它们的存在，只是不知道它们何时而来？它们有什么难处？它们住在哪儿？是流落异乡的黄羊吗？与故乡还有没有联系？要不是黄羊，它们是什么呢？谜语一样的狐狸沟啊！

（刊于《辽河》2017 年第 1 期）

一条河流的怀念

雨水飘落的季节，坐在连接城市与乡村的公交车上，透过朦朦胧胧的窗玻璃，我的心已经被细腻的雨雾包裹。远处，河水缓缓流淌着，几年未见，穿城而过的河水重新复苏了生命，真希望它能一直流淌下去。

多么怀念一条河流的奔涌欢唱啊！

应该回到乡间走一走！那里还有河流流淌着。多年前，我工作的地方门前就有一条常年流淌不息的小河。我很喜欢它弯弯曲曲的随意与自然，早晨的乳白色轻雾像一条柔软的纱巾缠绕在山腰，早起的农人扬鞭挥动，嘎嘎的清脆声甩出安逸与舒适的音符，一身油亮的黑牛，花花团团的小牛，支棱着犄角傲视群雄般的公羊，咩咩叫撒着欢儿的小羊羔，哗啦啦蹚过那条河流。急性子的早已经爬上河对岸的山冈，其中渴极了的埋头咕咚咕咚喝水。我坐在河坝边，捧着书本，在读书的间歇常常被眼前的干净单纯的景象吸引，那一刻，心灵也轻盈起来。

河流前面的小山像是这条河流的恋人，缠绵依偎在它的身旁，高高的个子，一身郁郁葱葱的外衣，不过没有棱角的流线倒很像一位江南毓秀飘舞的骚客，因了流水的旖旎而风度翩翩。这条小河的南岸偎依着好几座这样的小山，若不是云雾飘散后远处露出高峻的山岭，真以为来到了江南秀水河畔。

沈从文的湘西总是多情的文人诗意安居灵魂的地方，我那时也曾在小河、小山间寄放漂泊的灵魂。

午后，一顿简单的面条下肚，便约了几个同伴，一起到河岸那边的南山走走，这几乎是每一天必做的功课，没有什么目的，只是在随意行走与自然中销蚀一天劳累的情绪。

小河犹如琴弦拨动，泠泠声像串串玉珠落在心间。踩着农人们垒砌的简易石桥——不过是一些个头大的鹅卵石立在水中而成的——来到小山脚下。记得有一次，我和长源刚刚过了小河，忽然被云影波光吸引了，停下脚步。我招呼长源："来一起照相吧！"长源也颇为满意眼前的景致：脉脉流水，岸边颀长的白杨，远方如黛的山峦，浸入山野的心灵。多年后，每每看到这张照片，一种难以名状的情绪就会像远方那多年前的流水漫湿了心头。

通向小山的路径隐藏在一片片的杂草丛里，只有山野的草才会懂得无拘无束生长的内涵，没有谁调理它们，晨雾的梳洗，阳光的浸泡，落雨的滋润，清风的摇曳，它们已经感激涕零！还有什么不满意呢！即使流火的七月，它们也不曾惧怕。我看到了一朵朵橘黄色、天蓝色、淡粉色的小花，散在草丛中轻摆着头，像一位位清纯的美少女。

夕阳在山，灰色的云影皴染出一幅淡雅疏朗的水墨画，山岭逶迤，流畅的拨弦在心中萌动，没有嘶哑的呜咽，有的只是归家的鸟雀在头顶惬意地欢歌。坐在一处岩石突兀的地方向脚下凝视，田畴像是纺织娘纺成的花布衫，小河从远方一路旖旎走来，若长长的飘带，波光潋滟。归巢的鸟雀低哑着嗓子扑棱棱地从头顶飞过，一条长长的弧线在心底划过清晰的印痕。河谷飘过来牛儿羊儿的声音，舒缓而惬意。农家的炊烟袅袅升腾，好像催促田野中劳作的汉子赶紧收工。

我的心，也像那只鸟儿，向远方飞翔。

我站在一抹斜阳中，光影浸泡了心扉，只有静谧和沉醉。不说话，听自然的浅唱低吟，仿佛将自己的心掏出来经过柔软的清洗，已经透明多了！

不知何时，月亮出来了！它停在山崖处，不管夜风的清冷。耳畔传来不知藏在何处的小虫的嘶鸣，断断续续，呜咽着像脚下的流水。月影移动，山林如水，朦胧的山村安谧沉静。

那条河一直流淌着。有一天，我离开山村去了远方，很多年，我都没有再见到那条河，有几次回乡，隔着青翠的山峦，我似乎已经看见了远处的那条河，它一直静静地流淌在我的心里和梦里。

（刊于《文苑·经典美文》2016 年 12 期，曾被改编成试题）

椁椤树社区的节奏

1

赵玉明的脚步急匆匆的，以至于我在他身后紧紧追赶才撵得上。

我与他正步行赶往社区农业生态园区所属的一处富硒蘑菇园。夏日的阳光火热，他毫不理会，似乎感觉不出来有多难受。习惯行走于田间地头、园区等地方，他的脚板子早已经贴紧养育他的这一片深厚而多情的土地。

“那儿正在建设的是菌棒厂。”他犀利的眼神与伸向远处的右臂将我的目光引向一处脚手架林立、防护网编织的建筑大楼。菌棒是食用菌生长的温床，内装锯末等原料，形似大棒槌而得名。粒粒菌种落入其中，水润、温控，菌农的滴滴汗水与精心呵护，一株株小蘑菇蓬勃而出。过去制菌棒时，菌农习惯架起一个铁火炉烧煤，黑烟缭绕，颗粒漂浮，呛人，环境不好。

“原来那些小火炉都要去掉。”他的眉宇间闪烁着坚毅而自豪的神色。

我问他，这么“砍”，菌农理解吗？有没有遇到难题？他快言快语：

“怎么不理解，砍掉后，菌棒厂的设备都是一流的，菌棒统一加工，菌棒成本下降，没有了污染，他们支持。”我又问：“会不会加重菌农的负担？”“不会的，这菌棒厂投资中有一千多万是扶贫资金，剩下的是社区自筹。”

靠近河岸北侧依偎着一排排身披黑衣的蘑菇棚子。棚内，一枚枚菌棒，你挨着我，我挨着你，阵势齐整，长达百米，有香菇、平菇、杏鲍菇等品种。从自然村搬迁过来的贫困户里没有技术的妇女到这里做采摘工。“日工七八十，大多数计件，调动了她们的积极性，省得日工泡蘑菇。”赵玉明正向我介绍，前面一座蘑菇棚子旁的硬土路上驶来一辆电动三轮。十几个塑料箱码得高高的，停在一家蘑菇棚子边儿，两个中年妇女头上裹着纱巾，正往车上装刚刚采摘的蘑菇。我上前与她们聊天。“一天干几个小时？”“五个小时。”“天天干吗？”“有活儿就干，没活儿就做别的了。”

我问她们还有别的收入吗？她们告诉我这蘑菇棚子是贫困户土地流转过来的，一个棚子有三亩，一年下来，有地租钱，有年终分红将近三千元，还有资金分红六千，等等。

“这个园区有一百多个蘑菇棚子，至少可以带动二百多贫困户脱贫。”赵玉明谈起这些，语调明显拔高了几度，这自然是像他这样的社区党员、干部、群众下力气的结晶，他珍视这来之不易的劳动成果。

这片田地除了蘑菇园区还有冷棚蔬菜等园区安置贫困户，有的承包蘑菇棚子，有的来棚里务工，真正达到了住得好、有工作、留得住的扶贫效果。

“社区当地劳动力不大够用的时候，外村的，甚至辽宁的也有来务工的。”园区犹如魅力十足的磁石，吸引乡亲们用汗水和智慧在这里圆梦。

2

赵玉明侃侃而谈，唯独很少谈论自己。听社区副书记老杨说，赵玉明是脱贫致富的典型，也是一个有故事的人。在我的一再追问下，他透露了自己的一些经历。

2017年以前，赵玉明住在偏僻弯远的自然村“达子沟”。

故土难离，在一个穷窝子住久了，难免麻木。春种夏耘，扛着锄头去田里，一身汗一身土，夜晚，躺在炕上，看到电视里城市人的生活，不免心里长草，但很快就在劳累中沉沉入梦。

社区党委派出易地扶贫搬迁工作队入村宣讲动员，一石激起千层浪，重新唤醒了赵玉明等贫困乡亲的美丽生活梦。是继续住在石头危房、固守田园，还是走出深山甩开膀子加油干？是在这里种几亩薄地、打点零工，还是到园区找一份稳定的工作，改变年挣供不上年用的现状？世代务农，赵玉明惦记自己的一亩三分地，搬出去花销大，他一时犹豫不决。而妻子铁了心肠要搬：“住房也安全了，搬到那儿再也不用烧柴做饭烟熏火燎，用电用气，不那么脏兮兮的……”

于是，一家人搬到桲椤树社区居住。如何让这些贫穷的乡亲尽快脱贫，社区两委已经胸有成竹：发动贫困户搞错季蔬菜种植，聘请本市毗邻辽蒙的榆树林子镇蔬菜种植基地的高级技术员对扶贫户进行技术培训。得知这一消息，赵玉明喜不自胜，他年轻的时候上过农广校，学的是蔬菜花卉专业，中专毕业后在山沟里侍弄山坡上的旱田，那些知识渐行渐远。现在好了，他觉得自己又有了用武之地，于是报名参加蔬菜种植免费培训班。赵玉明重新找回了青春飞扬时期的那股子钻研劲儿。

赵玉明培训成绩出色，社区两委把他列为第一批蔬菜大棚的实践者之一。

这一年，他一气儿租了社区两个共二百米的塑料大棚种黄瓜，一门心思脱贫奔小康，起早贪黑，好像浑身有使不完的劲儿。望着绿意盎然的小苗，赵玉明仿佛看见了一株株黄瓜秧子上悬垂着新鲜悦目的黄瓜。第一次采摘顶着星星月亮，到离家八里的蔬菜市场去卖。“卖了一千五百块，真是欣喜若狂啊！”回忆几年前的情景，赵玉明仍然掩不住喜悦激动的神色。扣棚第一年，他挣了五万多，第二年挣了十万。

赵玉明天生热心肠，大棚搞出了名堂，他的想法也不一样了。他说：“这时我想到了那些还在观望的贫困户，我用我的成功经验劝说他们，让他们也积极参与进来，我手把手地教他们蔬菜种植技术。他们也挣到了钱，这是我最高兴的事儿，也是我要成为一名合格的党员应该做的事儿。”

2017 年，同他一起从达子沟搬迁下来的贫困户韩学因年龄大，知识浅，习惯了传统种地，侍弄塑料大棚有难度，赵玉明向村里提出让他当生态护林员，管理达子沟的花草树木。2019 年，韩学成为河湖管理员扶贫公益性专岗，巡查管理达子沟的河道。

因人而异，依策安置。赵玉明厚道热忱、真抓实干，赢得了乡亲们的信任。2018 年马杖子村换届选举，乡亲们一张张蕴含信任与期待的选票将他选为村主任。担子重了，他的理想更高远了，他郑重地向社区党委提出愿望，希望有一天能够成为一名党员。

现在的赵玉明已经是一名入党积极分子，他说的话掷地有声：“虽然我还不是一名正式党员，但是我也在用党员的标准来要求自己。”

从园区回来，赵玉明一头扎进了办公室，继续他的工作。听赵玉明与来办事的乡亲谈话，马杖子村的大事小情都装在他的心里。

3

在梓椤树社区中心村后面的土坡上有一处富硒果园。

木字楞树是一道纵横东西的山川，东连辽宁，西邻平泉市党坝镇。群山环抱，地少山多。历史上曾是抗日游击区，1945 年，承德保卫战——木字楞树战役在此打响，六百多名革命先烈的热血洒在这里。改革开放前，这里流传一个顺口溜：“一进木字楞树沟，一天三顿喝稀粥。”这是当时贫困户的真实写照。

自然造化给予木字楞树有限的土地资源，却慷慨地给了乡亲们一片片富含硒等稀有元素的土壤。

历史的原因，这里一直捧着金碗饿肚子。从 2011 年开始，社区开始建设多处富硒果树园区，天然馈赠在脱贫攻坚战役中犹如轻骑兵摧城拔寨。与木字楞树战役烈士陵园毗邻的这片果园，已经被承德市林业草原局命名为“富硒果品基地”。

挨近果园入口的一所房门推开，一位高个子蛮有精神的六旬老人请我们去屋里喝水。陪同人员介绍：“这成片果园带动了不少贫困户，你看这邱大爷，无论冬夏都在这里管理。”老人身体承受不住强度高的蔬菜大棚等工作，园区就安排他们管护林子、看护果园这样的“清闲”工作。土地流转过来的贫困户懂技术会管理的，摇身一变成了果品合作社里的果园承包者、技术员。学技术太困难的就做果园工人。况且，侍弄果园并非天天都忙。春天开花了，来疏花，叶子间长出豆子大小的青果，便疏果，清理掉那些长相砢碜、害病的小果果。施有机肥、浇水，这些活儿通常都有间隔。忙完了，还可以去社区打点短工，收入一样有保障。

我问这果园都栽的啥，邱大爷指着下面叶子如锯齿刀样的果树说：“这片是桃园，桃子熟了一般都一斤左右，又脆又甜，上面是优质富硒苹果。”我去果园里转悠，一颗颗果实已经套上了泥土地颜色的袋子。

套袋能阻挡万一来袭的雹子，也阻挡了害虫的偷袭。“苹果、大桃省得起疤喇（即疤痕），还增红，能卖个好价钱，这种富硒苹果我们给起了一个好听的名字——金锣美。”邱大爷补充道。“那这些苹果怎么销售？”

我问。“一部分留给采摘客，一部分由金锣美果品专业合作社统一销售。远点的，北京天津的客商慕名都来购买。”邱大爷说。

4

走进搬枝沟，草木清新，凉爽宜人。这是一片繁茂的绿山谷啊！

随行的王杖子村支书王艳彬就是本地人，姥姥家在这里，从小没少去这深沟里玩耍、采蘑菇、翻过山梁串亲戚。那时候，拉木头的大车都能跑到深山谷里。他向我比画，“最粗的树有这么粗”。两条胳膊圈成了水桶状。

“过去这地方也不缺水，深水井三寸管子二十四小时抽水都抽不干呢！”往日山溪咕咕、井水清幽的景象他依然历历在目。

椁椤树绵延不绝的山岭蕴含铁铜锌等。曾几何时，一些山岭采矿，离搬枝沟不远的下游有过一座矿山，压产能前那些年，铁矿好像一个巨大的吸水神兽，几十方水一口气就吞没了。

地下水位沉降得很快，当初乡亲凿出的浅井慢慢开始干涸，这里的人家吃水成了问题。走过几座斑驳陆离的石墙矮屋，听不见一点狗吠鸡鸣，铁将军把门。原来，这几个建档立卡的贫困户都搬到椁椤树社区中心村去了。

巧遇一位身材魁梧的中年汉子，是村里安排的生态护林员、党员葛小利。无论刮风下雨，他和另外两个生态护林员葛月金、邓春江每天都要准时钻进山里，看那些朝夕相处的草木，守护这片天地的安宁。

“这几年采矿停止了，水位又慢慢上来了，”王艳彬说，“社区书记说了，搬枝沟这里的草木一点都不能再动了。”绿水青山就是金山银山这样的观念现在已经深深根植于乡亲们心里，他们朴素地认为，好东西得给子孙后代留下一些。

我和王艳彬沿着一条灌木丛掩映的小路向沟里走去，不时地被草木绊住，差点跌跤。划了这道生态保护红线后，我问现在山里面大的动物如野狼、狐狸、獾子等是否已经回归。“这个我真不知道，封了好多年，最深处我一个人也不敢去，但像野兔子、山鸡这些小动物那可是海了浩（土语，多的意思）了，哪一个村子都常见。”王艳彬的描述，将我刚刚步入桲椤树的一些画面拉近：

山谷间的桲椤树河滩，水流淙淙，波光旖旎，有的地方芦苇摇曳，成片的草花盛开，如星点缀，村庄附近，一些鸭子嘎嘎叫着在水中嬉戏，两岸的山山岭岭披满绿装……

正遐思飞翔，“这是托盘儿（方言，学名树莓），尝尝吧。”王艳彬唤我的声音划过，一束灌木丛顶子上簇拥着桑椹模样的红果果，他说着手里已经摘了几枚塞进嘴里。我也摘掉几枚品尝，酸甜可口。山育万物，雨润光照，没有了人为的任意践踏与戕害，搬枝沟内的草木生灵得到了安适的休养生息。

离开桲椤树社区，路边草木葳蕤繁盛，河水流向远方，我的脑海里依然闪现桲椤树社区乡亲们一幅幅齐心协力奔小康的景象，他们合奏出的音符铿锵悦耳，悠远绵长。

（刊于《当代人》2020年第11期；河北省文学艺术界联合会“歌唱祖国礼赞英雄”之“决胜全面小康、决战脱贫攻坚”主题征文奖；2020年河北省职工文化“五个一”精品创作大赛报告文学类二等奖）

小巷风物

瓦上生瓦松

瓦上生瓦松，这是故乡小巷古老的风物之一。

故乡坐落在一个小山坳里，瓦屋不尽相同，有的人家灰瓦青砖，有的灰瓦红砖，还有的红瓦红砖。灰瓦日久年长，多已斑驳厚重，瓦片与瓦片的空隙里长着三五寸高的一种被称为“瓦松”的植物。

何谓“瓦松”？唐诗人崔融写有《瓦松赋》，提到：“俗以其形似松，生必依瓦，故曰瓦松。”

泥土地长庄稼天经地义，农人的一滴滴汗水凝化为一粒粒金黄的黍、稷。灰瓦也像农人，拱起弯月一样的脊背，瓦瓦相叠宛如游龙蛰伏，风霜雪雨，不在话下，即使风沙尘埃也无可奈何。灰瓦转一个身，身段柔和谦卑，弯月如船，载负岁月沧桑，瓦垄落雨落雪，装得下沧海横流。

一枚瓦片，刚劲与婉曲融为一体，一枚瓦片，是一枚枚阴阳和谐的文化符号。瓦屋里的乡亲身上也有了瓦的脊骨与包容。

瓦松是瓦的化身。巷子里，只有古老的灰瓦，才生瓦松，那是瓦的另一幅风骨图。模样如小塔肃立风中，不折不弯，连衣饰的层叠都似瓦片。根部蹲踞，它怎么站成这一傲雪迎霜的姿态？

粒粒飞尘落入凡尘，灰瓦挽住了生命的根基，它浴火重生，怎不知泥土的珍贵。一道道灰瓦与灰瓦的缝隙好像田野的土坑，晨曦光影，粒粒泥土足以覆盖滋养不知何时飘来的一粒粒瓦松种子，不过，当细雨蒙蒙，有些灰瓦缝隙的薄土难免被雨水撵走。幸运儿发芽滋长，即使再卑微的影子，也屹立风中。

短暂的生命历程，瓦松枯了黄，绿了长，有时换了另一处瓦垄缝隙，有时就扎根于此。

故乡小巷还有一些红瓦屋，宽阔高大，只是令人深思的是，这些人家高过两侧屋顶的硬山防火墙砌垒两排整齐划一宛如龙脊的灰瓦，灰瓦之间的空隙也滋生出十几枚高矮不一的瓦松。我喜欢凝视那一株株瓦松，只有灰瓦才是瓦松可以生命相依相偎的伙伴。

瓦的生命已长达几千年，瓦松长在灰瓦中之前长在何处？本来，草木的生命更为悠远。故乡小巷走过几百年的时光，瓦松也不会褪色远离游子的目光。

瓦上生苔藓

从一条巷子过，离一座灰瓦屋非常近，见新鲜的苔藓从灰瓦与灰瓦衔接的地方生出来。

平时，这些苔藓是看不见的，都隐没了形迹，瓦片上大多空落落的，风吹来，没有云烟。偶尔会有一只黑眼睛的花猫，伏在瓦上，等路过的脚步声越上屋檐，它就前腿站起，瞪着诧异而疑惑的双眼，一溜烟飞过灰瓦。灰瓦依然如故，就像见惯了风尘一样的智者，没有言语。

正值盛夏，雨水多了，灰瓦的衣裙依然朴素，多了几分温和的色泽。

灰瓦喜欢雨滴，清脆的乐音如弹拨的琴弦，雨水滋润灰瓦的眼睛，灰瓦亮堂堂的。

苔藓就在这雨滴中复活了生命。它们不再沉睡，一微米一微米生长，房后最底层的灰瓦伸着手臂，为苔藓们遮阴，这些苔藓都是雨滴的精魂吧？最初朦朦胧胧的模样，到每一块灰瓦身边，都抹了一层簇新的绿色。

这些苔藓生命力旺盛，我初次见到它们，是在一个月前。它们刚露头，不从灰瓦身边走，不仔细看，几乎发现不了。这几天，非常热，巷子里的秫秸花有的还在开着，有的已经落了。苔藓因为灰瓦的呵护而绿意怡然，纤细而不失风度。巷子生了不少丁香、榆叶梅、李子、樱桃，引人注目，瓦片上的小小苔藓，有几个人注意到了它们的存在呢？

苔藓不会在意这些的。雨水的季节，半荫庇的地方，点缀出一点点小绿。小小的叶子，小小的茎，一点散光流溢，一点点雨滴，它们就够用了。

在林立的高楼顶子上是否有苔藓的存在？不事张扬的苔藓才不喜欢去那高处炫耀呢！

绿苔，看不见花儿，即使在即将消失的时刻，也看不见一粒粒缀在上面的种子。只有绿意，在绿中生，在绿中隐匿。灰瓦的秋装里盛下了它们来年春天的希望吗？

每一天，路过灰瓦，看见苔藓，就多了不少的思绪。当眼光游弋到墙上的“兴泉胡同”几个字，不禁释然。一片胡同，亦是一个生态体，从它诞生那天，就已经有了生命与智慧。灰瓦，绿苔，不是现在才有的，它们是小巷的一个个生命因子。

雨落在灰瓦，从灰瓦流入脚下的泥土地，阳光照着，湿润的气体袅袅升腾，灰瓦不会干燥，苔藓不来，怎么可能呢？

灰瓦与绿苔藓，在深巷，谱成一首古老的阙歌。

心向天空

清晨的小巷子里，那棵小桃树蓬蓬勃勃，心向天空。

当年这条街的最初模样，小桃树记不得的。与通衢南北的主街相比，那巷子里大多为灰瓦屋样的老式房子。此前，巷口临街的那座黑瓦屋院落的西南角，靠近青砖院墙内长着一棵大桃树。当推土机、钩机等推倒老屋的时候，这棵桃树并不能躲避，碎石乱瓦堆在身边，一柄大斧头猛然向它扑过来，它沮丧的眼神被一团团碎屑遮蔽。

桃树的主人拿着不菲的拆迁补偿款走了，建筑工人来了，他们大多来自郊外或者更远的农村。挖地槽，土石淹没了桃树低矮的木桩，二层楼盖了起来。农民工在平整新屋前的路面的时候，桃树木桩露出来，龇牙咧嘴，蓬头垢面。一个来自农村的中年人若有所思，忽而开口道，看你的造化了，围墙圈起来，谁也不会挖掉你了，你要是命大，还可以冒芽。

夏日的雨水顺着红瓦屋檐子滴落，冲刷矮木桩，一片水洼。天晴了，雨水渗入泥土深处，正午的太阳洒落一点点光亮，这看似奢侈的一点时间，缓慢唤醒了桃树。一株小芽冒出来，鹅黄色的模样，它的周围除了坚硬与冷漠、阴暗与狭仄，几乎找不到一个朋友。后来，一丛丛的绿苔铺张，小桃树低着头与它们说着草木语，唱着草木民歌，跳着草木古典舞，再后来，它们就一片沉寂，各自想着自己的心事了。

小桃树的头顶只余一条窄窄的天空。不时地可见骆驼状的、非洲狮一样的、树冠模样的云朵流过来。树苗的心思都被它们带跑了。这时，一只小麻雀飞过来，站在墙头叽叽喳喳，树苗头上顿觉撞了一下，疼痛难忍，还被划破了肌肤，那是小麻雀飞走时踢开落下的小石块。

小桃树对着天空用力地喊道，你看吧，总有一天，我要长得与砖墙一样高，总有一天，我会绽放满树繁花，给明媚宁静的春天一个惊喜。

这声音纤细柔弱，以至于苔藓们听了都摇头叹息，小桃树一定让这颗石头砸晕了，怎么这样胡思乱想？能冒出芽，长出嫩叶，这已经是屋檐上雨水的恩赐，天空太阳的怜悯，口气真大，我们一辈子都贴伏地面，不是很好吗？你长高了，谁还和我们说话，谁还和我们唱歌、跳舞？

桃树苗笑了，我长得再高，也忘不了你们是我的朋友。

它说这话时，眼睛里闪烁纯洁的宛如溪水一样透明的光。苔藓们拍拍手，为刚才自己的失礼道歉。

时光悄悄地在小桃树身上刻画了一圈圈的生命纹路，小桃树渐渐地长高了，窜过了院墙。春天，满树繁花，夏日绿叶匝匝，小麻雀时不时跑到枝头上栖息，叽叽喳喳的俏皮话里，满是欢喜。小桃树喜欢听小鸟们歌唱，那声音干净透明。它低头看了看绿荫下的苔藓们，一个个倍儿精神，向它竖起了大拇指。

小桃树笑了，树叶子声宛如铜铃声，翔舞空中。

（《瓦上生瓦松》刊于 2019 年 3 月 30 日《中国建材报》;《瓦上生苔藓》刊于 2017 年 8 月 4 日《自学考试报》;《心向天空》刊于《思维与智慧》2021 年第 12 期上）

村庄的眼睛

北方乡村，哪能少得了水井？一口井是村庄的眼睛，井水旺盛，乡村就精神，乡亲们就踏实。

西园子大沿井

西园子曾是村里仅有的四块菜地之一，它长得像沿着叶脉撕开的半截苹果叶，倚靠在季节河西大河的南岸。河岸边高高的河坝边儿长着枝繁叶密的垂柳，盛夏光阴，我们常躺在绿荫下的堤坝大青石上闲话，时间长了，觉得枯燥无味，就直奔菜地西侧的大沿井玩儿。

井腰很粗，大沿井好像一枚巨大的空心罐子扣在那里。一圈圈垒砌着硕大的青灰色石头，井台外侧上缘的石头缝隙钻出了枝叶烦乱的野草，在下缘，还垒出了一个高不过半米的出口。我最初不明白这有什么用，因为第一眼见到时，出口外面的洼塘里都是清澈见底的井水。后来天旱，井水下降，看见出口外架着一台抽水机，好像明白了什么。不过，大沿井在我多年前的记忆里几乎就没孱弱过。它一直筋骨强壮，脉搏强劲。

一次雨后，我去西大河玩儿。河畔柳枝轻拂，闪着新鲜的光泽，绿翅膀的蜻蜓犹如袖珍直升机，一会儿贴着水面嗡嗡嗡嗡，一会儿好像发现了飞行的飞虫就扶摇直上了。我们追着追着就跑到了大沿井那儿。

在井水面前，或者在水面前，我一直心存敬畏、崇拜、渴望与憧憬。有些人厌倦雨天，我从小就好像没有厌倦过下雨，雨来了，我时常在雨雾里疯跑。这次，我踩到井台上，微微倾斜身体看井水。水面沉静，蓝色的天空都被它装在眼睛里，一闪一闪的光亮向外散发清幽的光泽。我看见了自己的侧影，如一只黑色的蝙蝠，静静伏在圆叶子的外缘。

井水深不可测，离它很近的西大河是井水的母亲。西大河发源于喇嘛帽子山南麓，喇嘛帽子山是家乡西部一座神奇的山，比邻近与远处很多山都高大。山岭树木葱郁，涵养水源，西园子大井在西大河哺育中一直清波粼粼，好像圆圆的大眼睛。那一刻，我就趴在井边，像一条匍匐的虫子，好像一伸手就可触到井水的肌肤。我特别希望井水一直长高，即使漫过井壁流泻如瀑布，我也不认为自己的想法有什么不妥，故乡整个夏季从来不缺少绿色与水色，它们是故乡的两颗宝石。

我家有十余个菜畦，离大井不远。菜畦上面修了一道半米高的土坝，挖出一道水渠，通向大井边儿。一只潜水泵钻到井里，墨黑色的水管子从井里探出来，菜畦渴了，就可以浇灌。

我年少时，常随着母亲来菜畦干活。春天，母亲种角瓜、点豆角、栽土豆，菜畦里每一寸土地都舍不得荒废。菜畦边的水渠，清波荡漾，不知谁家在远处浇地。母亲拎着水桶去水渠边儿舀满了水，再担水到菜地，我就一瓢接一瓢给菜畦的角瓜、豆角浇水。

整个春天，整个夏天，整个秋天，大沿井源源不断地浇灌菜园。角瓜绽开了小喇叭一样的淡黄花，豆角秧慢慢长高，丝丝攀上了豆角架，土豆秧子覆满了菜畦，犹如绿毯。农家的饭桌上，菜香袅袅，单调了一冬的味蕾丰富了，乡亲们依然忙个不停，西菜园子是他们的宝贝，大沿井是菜畦的母亲，是故乡的眼睛。

临近菜畦，挨着西南山脚下建有一片果园，正值盛果期，大沿井里潜水泵伸出碗口粗的黑皮管子，一头钻进了在井台边不远处架在木头杆子上的铁管子里，源源不断的井水滋润着一棵棵果树。我喜欢夏秋之际，果树枝头悬垂一枚枚令人垂涎的苹果，看果园的叔叔见我那馋样，就从枝头摘几个塞给我，那甜脆的苹果真香啊！

十余年前，村里乡亲们看邻省那边扣大棚的效益不错，乡里引导乡亲们发展绿色蔬菜产业，村里大棚越来越多，西菜园在乡亲们舌尖上的地位渐渐单薄了。雨水一时撵不上山山岭岭绿色的扩展蔓延。

我每一次返乡，心里几乎都自然而然生出水枯草盛的欣喜与焦虑。曾经的沟壑里泉水、溪水肆意流溢的景象要么消失要么萎缩。西园子大沿井不能幸免，西大河再也见不到雨季来临时山洪滚滚而后清水流淌的画面了，与它近在咫尺的大沿井干枯了眼睛，一滴水也没有了，西园子成了一片玉米地。

何时，它能死而复生呢？望着漫山覆盖的绿色，我好像已经看见了大沿井澄澈的大眼睛。

小水井

这应该是故乡最古老的一口水井了，它与村庄的年龄一样大，少说也在二百年以上了。如果给村子的所有水井刻碑记事，它的故事一定最多。

水井与菜地总有萦绕经年的情愫，这小井的两边都是菜地。紧挨着东侧的菜地像一个长方形的宝盒，隔着路西边的菜园大一些，犹如一枚大苹果叶子落在村前。

水井前蜿蜒着一条季节河，选中村子地址的一定是一个胸中有笔墨的人，他懂得风水。村子倚靠在一座曲线柔顺，犹如母亲张开怀抱似的山峰下。村子三面环山，只有东边敞开一个出口，冬暖夏凉。季节河流过故乡，也给大地深处留下无数的水因子，一点点渗透、积攒。雨落故乡，雨润田野山岭沟壑，沉积在地下的水都是精灵，修炼千年万年的精灵。

小水井口很小，方不过两米。井台也很窄，两只水桶并排挤在一起就已经占据了北侧井台的大半部分。东侧井台邻近井口边缘嵌然一座青石墩，昔日石凿痕迹如衣衫的褶皱，因为时光漫漫与抚摸而破旧。石墩上部凿出了一个圆口，一根长圆木钻过去后又钻进了一座更大的青石墩里。这两座青石墩仿佛亲兄弟，双肩挑着重担，从青春到古老，从过去到未来。肩头的木头在风雨浸润中腐烂，再换一根新的。水井辘轳似乎比肩头的木头的生命更持久，它敦实的脊梁碾过一圈圈的日月星光，一桶桶清澈甘洌的井水流入故乡人的血液中。

小井蕴含着多大的能量啊！全村一百多户人家都靠它吃水。一大早，挑水的乡亲们排成一大溜，寂静的山村飘着井辘轳嗬哳嗬哳的鸣声，井水冲荡水桶的潺潺声，担水汉子肩头扁担的呼哧呼哧声，以及家长里短、插科打诨的嬉笑声，暮春时节飞燕落地的呢喃……小小的井台也是乡村农人生命活力释放的地方。田地渴了，常有农家的骡子或者马拉水车趵趵、辘辘地来到这儿汲水，桶满了，则晃晃悠悠走出山村，隐没于绿色的田野中。

我第一次来小水井担水的日子已经隔了经年，多与磨砺相系。我家离水井不过十几米，父亲吸不了一袋烟，就能挑好几趟水。我很小的时候就跟着母亲、爷爷去地里干农活，看到大人们挑水，就想试一试。站在小井边，双手摇动辘轳，沉重的一桶水被我拽过来，我托着水桶底往另外一个水桶里倒水，手脚不稳，一桶水扑过去，洒了一地，顺着石板垒砌的水沟流着。硬扁担压上了我的肩头，刚走几步，就好像得了疟疾，腿脚软绵绵的。最惨的一次，因为迈步没看脚下，被一块突兀的石头绊倒，连人带桶摔在地上，裤子湿了，腿磕破了皮，后背沾上了一摊湿乎乎的泥。我只得再一次站在小井边系好水桶。几个叔叔劝我不要再挑了，我怎能让人看笑话，依然踩着井台，摇动沉重的辘轳。

很快，我已经像个小大人那样挑水了，我的肩头越来越有力量。双脚好像岩上松。

小水井的生命出现了危机，是哪一年的事情呢？在寻寻觅觅中我忽然明白，井水生命的消失并非一朝一夕，一个村落是一个生态环境，村与村，乡与乡，区域与区域合在一起也是一个生态环境，潜藏亿万年的节奏与脉搏也非一日之功，当一根链条枯萎，其他的链条不能幸免，西大河不知不觉已经干涸。以前来雨时，云彩喜欢从西南尖山碾过来，现在随意多了，如同一个乖戾的孩子。我从一则材料中得知，从二十世纪八十年代开始，一个地区超采地下水，已经累计超采一千五百亿立方米。《新序·杂事》云："皮之不存，毛将焉附？"小小的水井并不能左右自己的命运。

从未曾干涸的小水井在痛苦喘息，村里曾有人提出"淘井"。再往下挖一挖，这是很危险的，井壁垒砌的石头一旦失去根基，坍塌以致井毁人亡的惨剧极有可能发生，可是，不"淘井"，村里人怎么吃水？论来论去，最终，只好不顾危险"淘井"了。当几个年轻汉子身上绑缚粗壮的绳索一次次在辘轳的沉重转动中坠入井底，井台边摇动辘轳以及围观的人，心已经蹦到了嗓子眼，一筐筐渗透浑浊井水的砂石从井底被两个人摇动辘轳拽出来，挖了大约一米，再也不敢淘井了，井水似乎恢复了一些气力。

很快，当小井的道西侧开凿的大沿井竣工后，从来没有干涸的小井沉寂了自己几百年的思想。不久，村里人害怕孩子失手跌落到井里，在它上面封上厚厚的石板，这样也好，它可以慢慢复活。

村中大沿井

这是村里目前唯一幸存的人工开凿的水井。

它至今不过三十余岁，当小水井濒临绝境时，村里很多人希望在它旁边开凿一口深一些的大沿井取而代之，“淘井”之后不久，挖掘大沿井就开始了。

那时，乡村中挖掘机几乎就没有，只能锨挖镐刨。镐头抡圆了太阳与月亮，铁锨一次次扬出了满天星斗，圆形的井坑慢慢吞噬苍穹。乡亲们的额头滚动细密的汗珠，累了，或蹲着或站着，吸一只纸烟，或者去那边小井打上一桶清水，一水瓢灌满肚子，然后再挥汗挖掘。困难与阻碍都隐藏在大地深处，当巨大的岩石横亘在人们的面前，乡亲们遇到了一道难题，如果用炸药炸裂，大井与村子唇齿相依，必然伤及房屋与乡亲们，不可取，只能用钢钳一点点錾凿。这样的场景我在电影《红旗渠》里见过。一位乡亲戴着手套握着钢钎，另一位则手抡大铁锤，狠狠砸去，碎末飞溅，手臂被震麻，虎口震裂，钢钎一寸寸游动，叮叮叮的声音穿过村子街巷，连小孩子都跑来围着观看。我看见青色的石头已经伤筋断骨，一位叔叔的头上、胡子上落满了白色的灰烬，如挂了一层霜雪。

大井边架起的辘轳转动时空，一筐筐的沙土湿漉漉的闪着黑暗的光泽，它如同夜空穿云透雾的星斗摇曳了乡亲们的心扉。

大沿井挖到二十几米深，地下的水撒着欢儿，不用抽水机没办法挖掘与砌井了。砌井用的大石头，从沟沟岔岔中选来，堆在井旁。厚重者如木箱，小者奇形怪状，像棒槌，似牛粪，如鸵鸟蛋。乡村石匠心灵手巧，再丑陋的石头，在他的调教下，都能各得其所。砌好的井口好像一轮圆月。

这口井修好后，像温厚慈祥的母亲。

东园子和西菜园，隔河而望的南菜园，哪一个菜畦口渴了，乡亲们要么挑着水桶，要么拉着水车来这里取水。井旁竖着海碗粗的杨木杆子，离地不到两米，钉牢一个小木箱，几条黑色电线穿过木箱后紧贴木杆延伸至地，然后，钻过井壁缝隙，伸进井里。井里悬吊着一台潜水泵。如黑蟒蛇一样的橡皮管子就从井里冒出来，头一歪，倚在井辘轳边儿的木架上晒太阳，只等水车的嘤嘤嗡嗡声来把它唤醒。

满载的水车得意扬扬地从大沿井边际晃晃悠悠，像一个土财主似的朝南菜园走去。屁股后面，常常哩哩啦啦一地好像铜钱一样的水痕，时间一长，这些水痕就汇聚成了一条山村最小的溪水，比羊肠子还细。调皮机灵的山雀飞来了，灰背黑翅的燕子呢喃落下，连一些蜻蜓都闪着羽纱一样的翅膀赶来了。

南山的菜畦，种着好多人家的蔬菜：一畦畦葱绿的韭菜，木架上伸长触须向上攀缘的豆角秧、黄瓜秧，矮个子的辣椒秧，等等，喜滋滋喝着大沿井的清水，它们的眼睛都亮晶晶地闪着光。

通自来水前，村子倚靠着这口井洗衣、做饭、浇菜、冲澡等，一大早，街巷就飘来嘤嘤嗡嗡的水桶声，还有哗啦哗啦的倒水声。井辘轳沉重转动，如一首民谣。

这口井不管怎样干旱，都没有干涸。那年，家乡遭遇五十年一遇的旱灾，狐狸沟大泉子从来就没有干涸过，也被旱魔王折磨得奄奄一息。村西，从狐狸沟大泉子迎过来的泉水无力填充蓄水池，人们只好去大沿井挑水吃。大沿井水瘦弱得可怕，偌大的井口，曾经好像要漫出来的井水，萎缩成了一团水洼，井口深邃，遥不可及。听父亲说，水最浅处不过两个水桶深。乡亲们担心它耐不住干旱就此倒下，每一天，人们照常打水，井辘轳好半天才摇出一桶水，人们的担心与日俱增。一天天过去，大沿井慢慢储存能量，水位开始缓缓上升。乡亲们忧虑的额头渐渐舒展，大沿井的目光依然慈祥。

三年前，村里得到了一个国家项目，凿出一口深井。大沿井还像一位激情洋溢的小伙子。井边的三个菜园子，河岸南侧的果树地……清澈甘甜的井水滋润着蔬菜瓜果，滋润着故乡人的心灵。

（原名《村井》，刊于《辽河》2017 年第 10 期）

含情碧溪水

故乡的南溪，我至今也不知晓它的源头在哪里。缥缈遥远、快乐忧伤、神秘奇幻是它留给我童年的标签。

这些年，我去山里祭祖，经过南溪外面的水塘，水塘里面的溪水已经隐匿了翅膀，塘畔玉米拔节生长，水塘已经被冲刷而至的泥沙掩埋，一点水的踪迹也没有了。儿时，在一人多深的水塘狗刨游泳，打水仗，在水塘岸边的长条石上懒洋洋地躺着，享受太阳曝晒等情景只残余在我的思乡梦里。

那时，岸边的芦苇丛在清风中轻轻摇曳，那儿的水很浅，水底淤积几寸厚的烂污泥。去那里，脚踩下去软软的。偶有穿着花衣裳、三角脑袋的水蛇嘶嘶游过来，我们便大声地呼喊，使劲儿地拍打水面。等游到西边的岸边，心里想的是岸边伸手可及的大苹果，饥饿的年代，填不饱的肚皮，脑细胞活跃的莫过于想方设法弄到山中能吃的果实。水塘边的黄元帅还没有成熟，青色的果子依然搅得饥饿的小虫子乱窜，趁着中午看管果园的村民在窝棚里睡熟，就悄悄地摸到树下，摘几个赶紧像猫一样蹲伏在水中，也顾不得洗净，慢慢吃起来。

时隔多年，当年的管护员叔叔，已经苍颜白发，再见到时说起这些事，他呵呵一笑，嘴角的皱纹挤在一起，好像层层的田垄：“我都知道你们在我眼皮底下摘苹果，小孩子，要不是饥渴，谁去摘呢？搁在现在，啥都不缺，谁还摘啊！”他没有说“偷”字，我很佩服他的人生智慧。

记得有一次，正值盛夏，七八岁光景的我和几个小伙伴沿着南溪朝沟里走，走了很远也没有到达尽头。嗓子银铃一样的溪水从身边跳跃着穿过，右侧的松树林长着一副阴阳脸，如神魔莫测的妖怪。走着走着，就看见了溪水岸边残破的草屋遗迹。毁坏的泥墙被雨水剥蚀，艾草塞满了残破的泥墙之间的空隙，木格窗散落成一地碎木，窗花、白窗纸腐烂成泥。主人是谁，姓什么，与村子里谁家是亲戚等问题一下子像荒草蔓延。我和一些小伙伴们在断泥墙中寻寻觅觅，也找不到一点头绪，就掉转头，朝南溪畔已经望见的两棵杏树走去。

真是两棵上了岁数的杏树，一棵高大，一棵低矮，低矮的那株粗粗的树干，我和两个小伙伴牵着手臂都不能围拢住。它们与南溪岸畔的草屋似乎同处一个时代，草屋主人或许就是杏树的主人吧。杏树蓬勃，草屋如残花凋零。神秘的气息弥漫，看不清面孔，犹如面对着一道复杂的计算题，算不清岁月久远的起始。

有溪水的地方自然会有人家，这两棵杏树看起来不止一百年了。我第一次见到这么高的杏树，如一位精神矍铄的老者，枝条并不旁逸斜出，挺拔向上，是溪水岸边醒目的一景。此刻，夏日阳光映照在如蘑菇伞的树冠上，绿叶遮蔽。仰望天空，澄净悠远。只可惜没有果实，不知道什么时候落了。

光影摇曳，当年树下嬉戏的孩童背影、杂乱的脚印等一同涌来。善于爬树的小文攀着树干，在树冠枝杈间伸长手臂采摘金黄色的杏子，他一定看得见村民在溪畔弯腰割谷，以及从南山飘来的洁白云朵。如今往事漫卷如风，令人想念。

溪水不停地流淌，带走了奔跑的岁月与山谷的回声。

那两棵杏树与村东的老榆树的年龄似乎相仿，老榆树还健康地活着，两棵杏树已经不知道哪一年被伐掉了，我知道后已经人到中年。以后，去南溪，再也找不见这两棵树了，在原地点，连树桩也没有了。残破的草屋土墙还在，艾蒿依然生命旺盛，高可及人。至于南溪，水瘦滩浅，河道里是蔓草、乱石，粗粝的榆树叶子闪现光影。欢腾的溪水哪里去了？山上松树、刺槐、杏树比前几年又多又密了，山岭几乎没有荒凉的角落，溪水都藏到林间山岭的泥土里了吧！若如此，即使没有溪水，听不到它的欢笑声也暂且平复惆怅的心情。几次去山里行走，我未曾见到小孩子满山满岭疯跑。溪水不唱歌了，自然吸引不了小孩子。想到这儿，我的心情一下子沉重起来，我的后代，村里一些人家的孩子真的已经听不到山溪的回声了？这是属于他们的空白纸页。

过去，南溪流过山谷，汇聚到波光粼粼的水塘里，然后，从池塘往外涌，与西溪汇合，绵延成一条曲折的小河。遇到大雨，每一条山涧、山谷都丰富起来，平时见不到的众多小溪都钻出来，如毛细血管与这条小河连接，源源不断汇入，小河格外地欢畅，甚至咆哮。西溪、南溪在山谷间势如脱兔，动如蟒蛇，整个山村都回旋着河水的急促呼吸声，生命的力量与灵魂在此刻释放。

过不了几天，溪水就变得柔顺多了，清澈的水流抚摸卵石，水草拖曳长啸，青色的河沙缓缓飘移。顽皮的孩子都出来了，我和他们站在溪水里追赶岁月山河，溪水汩汩弹拨无忧无虑的曲子，连蜻蜓都贴着水面吱吱鸣叫。沿着河岸湿滑不平的砾石路，往上走，寻找溪水的源头。水总能润泽人的智慧，像生命引力，吸引你在山谷树林朝一个未知方向行走，寻找神秘、未知、影子、新奇。远方永远属于远方，也永远属于溪水的不停脚步，属于童年，属于潜伏在心底的声声呼唤。

南溪的两岸越往里面越狭窄，阴影里的崖壁，上面松树都比南山的粗壮，幽深不见底，好像藏着长嘴獠牙的鬼怪，随时窜出来，一个猛扑，把你生吞活剥。于是我们大声喊叫，朝着崖壁大喊，山谷喊：“啊，我不怕你，你怕我，你是一个胆小鬼。”山谷回音，溪水跌宕，瞬间的释放，自然可以得到鼓胀的勇气。

溪滩乱石突兀，直到眼前一道石壁堵住了出路，悻悻然。至于南溪水早已经不知哪里去了。

岁月倏忽，多次回乡，凡是去南山，总想看一看给予小河生命的南溪，山岭满目葱翠，田野绿意充盈，坐在一块童年的石头上凝神远望，我内心满怀憧憬：

远水有声，南溪总有一天将复活自己的生命，在我的心里流淌回旋。

雪之春韵

下午四点多，纷纷扬扬的雪簌簌飘落，天地一片素白。

雾气蒙蒙，远山已看不清眉目，河岸东侧的人行道空落落的。我想朝北走，去看看冰雪消融的瀑河。冬日的冰层横亘河床，初春后，冰层解冻断裂，宛如岩层沉积。

心向往之，非近距离欣赏不可。

我走在河岸东侧这条路上，路旁栽种着两排垂柳，柳树上悬垂着一个个红红的小灯笼。飞雪打灯，红白相映，喜庆的气息与雪花一起轻舞。

迈着细步缓缓而行，看见了河堤与河岸间的木桥，雪花掩没了行人的脚印，垂柳已泛出淡淡的绿意。仰望雪雾弥漫的天空，这些细细的枝条，柔梢披风，在春雪河岸勾勒出一幅淡墨雪雾图。

风一会儿轻扬，一会儿劲舞，雪粒子随风而起。木桥之下的河道，水浅冰封，白雪覆盖。周围很多地方还保留着冬天的意象，沉默无语，洁白素淡。正这么边走边看，一抬头，心中一阵惊喜，是远处雪融成一枚枚圆形的水晕打动了我。一枚枚散点列阵，灵动精巧；圆圆的大小不一，淡雅古朴。心会神凝，再普通的景致也能令人浮想联翩。流水，冰雪，色泽，线条，自然之手富于奇思妙想的编排。

忽而，眼前的一棵大柳树打断了我的思绪。皴裂斑驳的树皮上卧着一点雪。那雪很容易开启游览者天马行空的思绪，凝神静气，意象便在无边的雪原旷野上飞奔。那一点雪像飞翔的鸽子、慵懒的小熊、踽踽独行的海狮……总之，是一种生命的化身，生机与空灵在心头悄然浮起。

站在树边远望，冰河里的两只船儿并排静卧，像恋人，像兄弟。

雪花细密，雾气低垂，天地迷蒙，雪在空中随风起舞。

深水处，春天里的河水舒缓地流着，冰层都躲到远处去了。水一半，冰一半，浮冰映雪宛如沙洲，春归的雁雀去了哪里？若此刻，一只两只落在冰雪上，或漫步，或婷婷而立，总让人惊喜。

我没有继续北行，那里有一片干枯的芦苇丛。绵绵的雪，温暖的春风，将唤醒它们。

第二天一早，踏在雪上，脚面子陷入，昨天的雪下得很大。主街上来来回回的车辆把路面碾压得溜光，车子小心谨慎地行驶着。路上的行人，低着头，一步一小心，唯恐一个闪失滑倒了。

这样的天气，若不上班，我一定要去河岸转一转，去文魁园看一看草木和积雪。无奈还得上班，失去了一次近距离观赏雪景的机会。

从车里向外望，群山万壑，春雪以柔情装扮着它们，灰白相间，线条有粗有细，松树林的深黛色与原野的洁白相映成趣。

年年春雪，年年都希望一直追着雪的脚步。大雪无痕，我忘情地走着，快也好，慢也好，时间在我的手上，目光追着天地间的景物，去找寻和发现打动心灵的雪中瞬间。那是动态的，也是静态的。平日单调的，有了雪的装饰，便灵动精巧，便千变万化。

自然总会带给人感动，思绪可以飞得很远，不觉间想起北宋诗人苏颂的诗句，“前日使人冲雪去，今朝归客踏冰还”“薄雪悠扬朔气清，冲风吹拂毳裘轻”。那轻盈的雪，落下的是诗歌，是古韵……

（刊于 2023 年 2 月 3 日《中国民族报》）

夜雨·蜻蜓飞

夜雨

夜，浓如醇酒，白天喧嚣的音乐都安静了，很多人早早地在舒适的时空酣然入梦。就在远方，细腻绵长、如噬桑叶般的声音隐隐飘来。

夜雨的脚步轻缓低沉，有时，她不喜欢喧嚣的节奏和鼓点，从而失去庄重和古雅的真实。她从容淡定，就像蚕吐出纤细的丝缕，从天到地慢慢编织清新的锦缎。细雨从树的绿冠到脚下的草叶，从屋檐的黑瓦到门前的凹凸不平的石阶，从没有睡眠人的心底一直流向睡梦中的游子的心灵深处。

我喜欢听夜雨，她舒缓自如的脾气颇似性情之人，不媚俗，不傲慢。

夜雨如一首情意缠绵的诗歌。城里与乡下，菜园与山岭，山涧与河谷，平仄相间，和谐悦耳。头顶一柄黑伞，与夜空的雨浅唱低吟应和。站在河畔的木栅观景台，那一行行的阕歌，浸入心灵深处，复活的一些古老思维，如飞翔的小鸟，在雨中与夜的身影一起飞向远方。

夜雨有一颗柔软的心灵，她依恋故园就像依恋天空与云朵。一滴滴的雨，如甘霖，似醇酒，滋润万物。夜越深，夜雨越悠长浓郁。我似乎听得见河岸边际以及最远的农田里，庄稼吮吸夜雨拔节的欢悦。夜雨落得久了，呼朋引伴，引吭高歌，如在葱郁草原撒欢的小马驹，很快，就汇聚成浩荡的阵势，有沙场秋点兵的威武与健壮。夜雨有时不知疲倦，绵绵不断，如暗夜赶路的士兵，身上的箭囊中一枚枚羽箭丁丁零零。有时倏忽而来，遽然而去，穿越山谷沟壑，汇入远方的那条河，一直走向大海。

留白的夜，蔓草丛生。一旦夜雨走远了，晨曦的眼睛格外明亮，那是夜雨擦拭的，是夜雨留给光影的湖泊。

蜻蜓飞

我已经好长时间未见故乡的蜻蜓了，印象里，蜻蜓与故乡有不尽的联系，是故乡孕育的精灵之子。山色空蒙的雨后，一只只蜻蜓点水飞翔。水是蜻蜓尽情表演的根脉，是蜻蜓眷恋的精神故乡。

夏日，雨说来就来，窗前的人家，屋顶雨点飞溅，古典风铿锵流溢。我听见了雨的双手弹拨黑瓦的声音。金色的，声若古音；水墨样，氤氲流淌。远方，雨雾如织，山峦点染了流动的色泽，一会儿青翠，一会儿乳白。云在走，雨在歌。蜻蜓们在哪里嬉戏呢？

雨后，蜻蜓如赴约之子，忽然现了身。凡是潮湿的沼泽，波光粼粼的水面，溪流舒缓的山谷，一只只蜻蜓翅膀张开了，墨黑色的，灰色的，在阳光明媚的时刻，自由舒展。时而如平稳飞翔的滑翔机；时而如俯冲而下、直扑水面的小鸟；时而，鹞子翻身，贴到你的眼眉前，瞬间又飞走了。它们喜欢与小孩子兜圈子。

蜻蜓盘桓在水面上许久不愿离开，那份恋恋不舍的情绪都凝聚在它的思想里。离得近了，看见透明如纱的翅膀闪亮，绿里透白的腹部鼓囊囊的。几只飞到了静默的石台上，不由得想要它停下来，听它讲讲喜欢水面的缘由。

我对于童年存着潮湿的记忆。一年四季，山旮旯的泉水，山谷欢快流淌的小溪，几座水库，水之精灵无处不在，蜻蜓也跟着水无处不在，它们是水的扈从。

走在他乡，去河岸，不知为何，少见蜻蜓，是我逗留的时间太短，没有注意到它们细小的身影。一旦回了家乡，雨绵绵，湿润泥土地，山涧之间的小溪长了精神，凹地挽住臂膀，存了一洼水，蜻蜓就应约而来。

> 梅子金黄杏子肥，麦花雪白菜花稀。日长篱落无人过，唯有蜻蜓蛱蝶飞。

蜻蜓飞，故乡眉宇舒展。

（刊于《文苑·经典美文》2018 年 6 期；被改编成部编版八年级下册语文试题；以《夜雨绵，蜻蜓飞》为题转载《初中生世界》2018 年第 9 期；《夜雨》刊于《青年文摘》彩版 2019 年第 6 期）

目光
有
多远

我的目光穿越丛林、河流、平原，

抵达没有尽头的苍穹。

野鸭（外一篇）

野鸭

故乡那时候的水还真是不少，不说门前那条清冽的小溪，在沟沟岔岔间，拦了三座土坝，修了三座水库。西沟里的水库从来就没有干涸过，在我的童年的波痕上始终清澈平静，荡漾着如美女眉宇之间的波痕，轻柔而优雅地依偎在小山的怀抱里。

野鸭子喜欢有水的地方，灵气因为水的滋润而鲜活。水有着聪明的大脑与神经，她喜欢绿色就像喜欢自己的生命一样。我不知道童年的雨水为何喜欢我的家乡，除了春天的干旱是一条解不开的死结，我的童年的整个夏天都在溪水里洗濯。水润万物，万物膜拜水的灵秀。山鸡、野兔、狐狸、獾子等来了，行走于山林与草木间。野鸭子也来了，徜徉于绿水行波之上。只是，最初的浪漫很快被贪婪所取代，一双双眼睛的美丽神色如天边的彩霞在太阳落山后立刻变得暗淡起来，像《西游记》里面的变脸妖怪。

最初我知道野鸭子始于野鸭蛋，未看到野鸭子之前。这有些滑稽，关于先有鸡还是先有蛋的混乱逻辑于我变得简单。一位叔叔来我家串门，在与我父亲东拉西扯后，语言贫乏感如荒漠忽然浮现了，他打了一个长长的哈欠之后，忽然转过头笑眯眯望了我一眼，右手伸进裤兜旋即伸出，右手心里卧着一枚淡青色的跟鸡蛋个头差不多的蛋，在我的面前晃了晃，那是一枚鸭蛋带给我的美好印象。时间的车轮总要碾死路途上的一些蚂蚁，在我的脑细胞死掉了一批后，我对于这枚鸭蛋走向何处渐渐产生了疑问，我想了一遍又一遍，还是不知道是被我吃掉了，还是遗失在山岭之间的荒草丛中了，因为我常常丢下书包跑到那里捉蚂蚱、逮蜻蜓、玩草编。

很快，我有了机会，敢于偷偷地背着母亲穿过一片诱人的果树地边际的大沟。大沟里的白杨树东一棵西一棵，歪着脑袋的，枝条横生的，黑黑的喜鹊窝好像一摊牛屎聚成的圆鼓鼓的样子，在挺拔的杨树上来回摇晃。大孩子跟我说，沟里的水库有野鸭子，我想看一看它伏在草丛中下蛋的情景，草窝中的鸭蛋是不是淡青色？有没有好看的水纹？它到底啥模样？跟街巷中昂首挺胸像个作威作福将军派头的家鸭是不是一样？我装了一肚子的问题踩着林中的曲折小径朝前走，爬上一面斜斜的土坡，眼前忽然一亮，波光粼粼的水面如一面轻柔的面纱落在我的神情里。

我喘着粗气，和大孩子坐在水库护坡上一块石头上，眼神一次次在水面、沟塘的草丛中扫来扫去。还没有到中午，太阳不算毒，来凫水的孩子还在等待太阳爬上中天，水面上静悄悄的，只有沟塘中的风轻轻地拂过，一道道跳跃的波痕划过来，跳过去。焦急也被拉长了，平静被掏空。

就在我失望的情绪弥漫全身时，我和大孩子躺在绿荫下的石头上凉爽一下滚烫的神经，天空中扑棱棱的声音划过，还有几声不算大的嘎嘎声。我忽地坐起，在天空中找寻，虽然我从来没有见过这种鸟儿，然而，那枚野鸭蛋启动了我的思维，我一下子就知道这种鸟是野鸭子。我不敢乱动，大孩子也没有动。野鸭子贴着水面低飞，灰色的翅膀拉长了时空，它们平稳地落在水面上，挺拔的白杨遮挡了太阳，那一片绿荫洒在野鸭子身上，野鸭子伸着脖子，荡起层层的波痕，朝不远处的水草里游去，留给我的只有瞬间的影像。

那是我第一次也是最后一次在家乡的水面上见到野鸭子，后来，三个水库接连干涸，缺少了水的滋润，野鸭子就没有再来过，不知道去哪儿了。

山上的草木越来越葱茏繁茂，只是雨水就像一位受了伤的乖戾孩子，脾气阴晴不定，有些年，雨水像勤于赶集的人，说来就来，堂堂不落，还有一些年，它躲在远远的地方不肯露面。家乡的最后一块湿地只残存在南沟里几家人合力修筑的一条坝塘，巴掌大的水面，数得清数目的水草，很显然，野鸭子不会来这里，连腿都伸不开的地方，思想的火花燃不起来。

我一直以为再见到它们只能有机会去湿地赶上运气好，或许能够见到。然而，在前年夏日一个阴天的上午，我来到居住的小城的橡胶坝散步，竟见到了两只野鸭子。我是无意中看到的，两只，好像热恋中的样子，一只在前面用蹼足使劲儿划水，双翅展开，昂首挺胸，另一只欢快地在后面跟着跑，好像我见过的一部电影中女孩在草地上跑，男孩子在后面潇洒地追着一样。跑了一会，他们安静下来，卧在水面上，挨在一起。

他们是从哪里来的？秋天又将飞到哪里？种种疑惑困惑着我，我还想到了他们与我多年前在家乡水库中见到的野鸭子的关联，亲戚还是邻里？或者根本不相识，明年还会不会来到这里？

我希望他们不久后能够到我的家乡去，我相信，草木是繁衍湿地的母亲，一年年的积蓄能量，终会在某一个日子，山涧中会流淌出欢快的溪水，汇聚成碧波荡漾的水面，那时候，远在天边的野鸭子就会回来了。

大黄蜂

雾霾扩散似乎闲庭信步，昨天，我听说它已经穿越了大洋，来到了法兰西的国土，地球村显得臃肿而又狭小。粉尘颗粒很容易随一阵风四处飘摇。大黄蜂害怕雾霾吗？我不知道此时在山村的夜幕里，它是否能安静地沉睡下去，在风中轻易地醒来。

大黄蜂比蜜蜂心眼多是显而易见的，童年时，我们没少挨大黄蜂的毒刺蜇，蜜蜂很少螫我们，它也常常在我们的眼前摇晃，可就是下不了手，一阵风似的飞向了远方的花丛中寻找花粉去了。大黄蜂不能，它的出身决定了它在这个世界上要比蜜蜂警觉得多，凶狠得多。丛林能繁衍出凶悍的种群，驯化和改良膨胀了不应该膨胀的组织，它只适合人的胃口，倘若解下它们身上的绳索，砸掉狭窄的各式各样的笼子，走向自然也就意味着走向死亡。大黄蜂从一降生就敏锐地感觉到这个陌生的世界周围既是明朗的、纯净的，也是充满风雨和波折的。每一种自然界的生灵自省的速度不亚于飞行的速度。

我至今还记得我第一次挨大黄蜂螫的情景。天儿空旷悠远，幽蓝幽蓝地放射出光，好像一早晨就用村庄前的潺潺溪流濯洗过一样。这是雨后不久的响晴天。林子中蔓延着望不到尽头的野花，散乱如天空中眨眼睛的星星。在一丛丛的如女孩子刘海一样的蔓草丛里，蘑菇悄悄地长着个儿，远在几里外的孩子们已经嗅到了蘑菇的味道。最初跟在母亲身后去山里捡蘑菇的感觉不怎么优美，我曾不停地用小脚丫子奔跑追赶，还是没能撵上她的身影。

当我看到有一堆蘑菇隐藏在幽深的毛榛丛里，也就不顾及里面是否有三角脑袋的毒蛇或者潜伏在草丛里的马蛇子（蜥蜴之类的动物），我高兴地捧着蘑菇开心地想着，然后使劲儿折断身边妨碍我通行的毛榛，一根根毛榛倒下去，如倒下的箭矢。忽然，我的头顶传来嗡嗡的声音，仿佛遥远的地方一架架飞机离开跑道跃上天空的声音，是蚊子吗？我还在想，一根毒刺已经狠狠地扎进我的脖子，瞬间的疼痛感好像水塘中忽然飞落的石头激起的水波，一圈圈飘漾开。我努力搜寻，看清头顶上一只只大黄蜂在盘旋飞舞，复仇的情绪如升腾的火焰，也顾不上自己的疼痛，拿起手中的镰刀乱砍。这无异于火上浇油，愤怒的大黄蜂似乎不回避你的幼稚和凶狠，在我的脸上螫了一针。就在我即将陷入凶险的境地时，有路过的大孩子朝我呼喊："快蹲下，快蹲下，你找死呀！"我猛然醒悟，慌忙蹲伏在毛榛丛中，塑像一般一动也不敢动。我用余光瞄了瞄头上，大黄蜂在我的头上盘旋，像失去了目标似的嗡嗡叫着。安静反而成了最好的保护方式。

此后，我在大黄蜂的面前没有因此变得谦卑而小心，疮疤好了就忘记了曾经有过的刺入心扉的疼痛，去野外，遇到它们建在树枝上、树洞里、山崖避雨处等的大小不一的圆形蜂巢和飞舞的黄蜂，仍然敢动手，像其他孩子那样拿起一只木杆子戳蜂巢或者燃起一捆不知谁家镰刀割下散乱摆在堤坝上的枯黄的山草，对着蜂巢和大黄蜂"围剿"。蜂巢掉下了，像滚翻落崖的圆车轮，在有限的空中翻滚。六菱形的蜂格内贮满了蜂蜜。有几只大黄蜂在乱战中折断了翅膀，拖着身躯在沙地上打转，有人捏住肥胖的肚子拾起来，在阳光中，我看清了奇异的现象：它们的脖子后面竟清晰地印着横躺在地的"8"字。这符号到底什么意思不得而知，就像走到了一处迷宫，任我百思不得其解，问旁人，谁也不知道，还有人白了我一眼："问这有啥用？老祖宗就是这么种的呗！"

而我已经陷入了这神奇的符号之中久久不能忘记。后来，我看见过"12"号山蜂子，比大黄蜂个头小而瘦，就再也没有见过这样的山蜂子了，然而，那清晰的横躺着的数字之谜一只在拷问我的灵魂。或许，大黄蜂与自然界的种种生灵一样，在万千变化的世界中总有自己的隐秘，自己的像风车随风转动的定律，从远古到现在，沿着一条路径行走，即使横亘在期间的有残杀和凶暴的戕害，只要不违背山林、草原、河流、野兽等之间的平衡，那都没有什么关系。

可惜的是，我，许多小伙伴们，我的长辈们，当贫困像瘟疫一样传染时，也就顾不了那么多了，大黄蜂的毒刺再长，也阻挡不住一双双饥饿的眼神的掠夺。

（《野鸭（外一篇）》刊于《青年作家》2014 年第 7 期；《大黄蜂》转载于《小品文选刊》2015 年第 3 期）

夏草·水牛

夏草

夏日，草迸发了一年的精神，长得茂盛，草是夏日的一首蓬勃之歌。

溪水边际的乱石滩，即使石头晒足了太阳，储了一肚子的火热，石头与石头的缝隙中也挤满了蔓草，有的目光越过了金色斑斓的石顶，飘向远方，与欢悦的河流一起憧憬；有的目光柔和，风一摇，嘤嘤如歌，自得其乐。因草长，河滩绿了精神，石头装饰了蔓草的世界；草长，小生灵们安逸隐在绿的海洋里长歌曼舞。

近岸，一些草茎子宛如游动的丝线，簪几株淡雅的小花，花瓣为两层，下者平静地托举，上者好像飞翔的蝴蝶，一枚枚深青色或者黄褐色的球茎宛如小金豆子，坚不可摧，里面储满了一粒粒的种子，等待明年春天的来到。最初，不知道它的名字，思绪的绵长落在草上，茫然无解，各种草洞见了我的无知。坐在石头上，与夏草无声地对话，我似乎听见了神秘的歌谣从悠远的地方如精灵一样飘来，古老的调子，舒缓的节奏，好像唐诗宋词一样温厚，朦胧诗一样的温婉。

不知何时，飞来几只黑蚁一般的蜻蜓，我在故乡水边，见惯了绿蜻蜓，蝉翼一样的翅膀，还是第一次见到这别样的精灵。蜻蜓飞，草儿舞。

一会儿它们飞远了，拖曳你的目光凝聚于河流之上；一会儿又掠到你的眼前，俯瞰蔓草的随意，它们也诧异于这些草花儿长在水岸，如《诗经》吟咏的古老诗行一样。当我离开这些草木，借助网络，得知它的名字为“野慈姑”。它喜欢依傍在水畔，质朴野性，慈爱善良，纯洁智慧，这与瀑河岸边居住的勤劳持家的农妇何其相似，夏草不过是生命的另外一种形式，它与人的秉性一脉相通。放眼看一看水之湄的田禾，精神茁壮，农妇的滴滴汗水落入泥土，光影倏忽，黍、稷的叶子、根系乃至秋熟的果实哪一样没有农妇的辛劳呢？

草茂水深，即使隔了很远的距离，草的目光与溪水的目光汇聚在一起。夏草厚实了，湛蓝天空上浮游的云朵喜欢草绿色的纯净，挥一挥云袖，落下多少雨丝。草尖，草茎、一瓣瓣的花儿上雨珠晶莹闪亮。无数的草，蓄积了难以胜数的雨的因子。在深厚的泥土中，草根扎得很深。一片片茂盛的草是天上的雨水变成的。

夏草深了，鸟儿虫豸们自然欢快自由了。旅人沿河的脚步很轻，在水畔栖息生命的重量。不知何时，几只白肚皮、黑翅膀、长尾巴的鸟儿扑棱棱从草丛扶摇而起，草儿紧跟着欢呼雀跃起来，涌起绿色的波浪，飘过来唰啦啦的潮水一样的音响。几只胖乎乎的刀螂并不在意天空的深远，它只是静静伏在草梗子上等待，一双绿色的触角轻微摇动，似乎在与周围的草儿浅唱低吟，谁能听得懂它们的话，那一定是绿色的诗歌。

水牛

我一直管它叫水牛，最后一个字读的时候为平调还有略微的延长音，明显是本地方言，以显示它与江南水田默默耕耘的庞然大物者的区别。

故乡的人们，喜欢给草木之间生活的各种生灵赋予一个个通俗形象的称呼，如麻雀为家雀儿，野狼为来歹，水牛在生物学里为天牛，一直到现在，我依然喜欢水牛这称呼。

穿城而过的河流，是否在雨后飞出一只只天牛？我不得而知，在我的印象里，它不喜欢抛头露面。只有故乡的泥土地，才是它自由飞舞的天堂。

平时它躲在哪里？是钻进深厚的泥土层隔离了燥热与蝉鸣的喧嚣，还是隐藏于草木的绿色中？当细雨从天空洋洋洒洒出淡墨一样的湿润朦胧，云朵也从高空落下，在山腰之间盘桓，平日里沉默的勇士在一隅磨砺铠甲，等待最后一滴雨离开，飞舞在湿漉漉的气息中，寻觅天敌，与之一决雌雄。

儿童的敏锐目光已经发现了它的存在，有几只胖肚子的水牛或者在老巢待的时间太久了而没有天天在晨曦光影里持续飞翔，它落在黄泥水滩中，黑色的翅膀沾了不少泥，宛如一抹灰黄的笔画涂在那里。它一次次试图张开翅膀滑翔，只可惜，刚刚开始第一个动作，已经被一个小孩子轻轻摁住脊梁，瞬间，已落在他的手掌里。

我的心咚咚地跳着，小孩子从兜里掏出一条线，绑在水牛的一条腿上，阳光吹散了湿淋淋的像黑蚱蝉的背甲壳。水牛有没有意识到那条线已经拴住了它重返伙伴的距离。它踩在小孩子如牡蛎一样的手掌上，黑色的翅膀像小扇子一样细密舞蹈，宛如从高高的山崖飞出，一道黑色的闪电瞬间拖曳黑色的棉线，翅膀摩擦，好像脆裂的炸豆，就在水牛自鸣得意时，几秒钟，它已经落在泥水中，重新陷入了难以排解的忧郁中。我试图说服小孩子，绑缚的不过是一丝纤细的棉线，想割裂它的存在，那或许曾是一个时代难以破解的难题。

我失望地看着水牛一次次飞舞，一次次跌落，直到小孩子似乎已经厌倦了单调的滑翔轨迹，它索性一挥手，将水牛抛得远远的。我的心长舒了一口气。

其实，我那时并非懂得多少，天生的怯弱以至于不敢捏住一只小蚂蚱，至于水牛，也是如此，何况，我喜欢雨后的天空，欢腾的溪水，喜欢在滚滚的村前河畔，倾听，看天空呢喃的燕子划过，还有这小小的水牛，在雨后湿润的空气里自由地飞舞，即使落在地上，也没有人管它。

当童年的光影渐渐隐去，水牛们已经远离了我的视线，故乡孩子们手里拨弄色彩艳丽、声光炫目的玩具，已没有人关注雨后飞翔的水牛了。而我已经从李时珍《本草纲目》觅到了故乡人何以称呼为“水牛”的缘由：“此虫有黑角如八字，似水牛角，故名。亦有一角者。”关于它们的藏身之地，另一著作《尔雅》记载：“啮桑，体有白点，善啮桑树，作孔藏之，江东呼为啮发。”

多年前，河岸南侧的田里长了很多桑树，弱冠者其叶沃若，养蚕人家喜欢。垂髫者朽木凋零，实为水牛纳凉避暑、饕餮盛宴之圣地了。现在的水牛们比之以往，可以更自由地在雨后湿润的空气里飞舞了。

（《夏草·水牛》刊于《文苑·经典美文》2018年第9期；《水牛》篇以《飞翔的水牛》为题选入部编版中小学语文教材主题阅读首选读本《伴悦读·语文素养核心读本》七年级上册）

目光有多远

1

如果说我可以将一些散乱的文字涂抹成一幅笨拙的画，除了我自己喜欢文学之外，与内心深处留驻的与绘画有关的断续经历有不少关系。

我母亲天天与土地打交道，每一次看她的手，皮肤皴裂，老茧厚厚的，我心里就泛起伤感的滋味。就是这样一双好像褶皱粗树皮的手，却格外灵活细巧。她在鞋垫上绣的荷花，叶子田田，婷婷袅娜，小草弯着叶子，中间绽放几朵鲜艳蓬勃向上的小花，怎么可以放在鞋里，每一天土里来雨里去，没几天蒙上尘垢，摩擦多日，还不得花残叶暗啊？

它应该放在橱柜里，像珍宝一样；摆在线笸箩里，赢得来串门的婶子们的啧啧称赞声。事实上，母亲坐在火炕上一针一线绣花的时刻，我已经得意忘形于飘进我耳朵的精彩描写的符号。

母亲学过画画？我问母亲，她说，裁衣绣花、做鞋都是你姥姥教我的，我是大的，自然多干一些。母亲的目光离不开山川草木、游鱼飞鸟。她喜欢摹画自然的细微与姿态，她手里的各种颜色的丝线就是她的画笔。

我曾尝试自己手里握着一支铅笔，蒙上薄薄的透明纸页，一笔一画地描，结果，纸戳了一个窟窿，只得看着母亲绣着翠绿的树叶与飞翔的小鸟，在一张纸上重新画画。母亲的目光跑进我的心里，我的目光即使不远，那也是最初的步履；即使翅膀变形，鸟喙肿得好像沾了雨后田野的泥巴，也自鸣得意。

不久，我看见了第一本连环画，文字之外，每一页的黑白画都引人悦目。我紧盯着，好像身影钻进瓦肆城楼，也像披甲持戟的士兵，甲胄于身，目光深邃。的确，我喜欢弯曲流畅的线条画出的头盔、战马、军帐、市民、山岭、木屋，等等。我好像看见一位画师，悠远的目光正在历史的长空驰骋，他的笔尖好像魔法师，从来不会迷失方向，只几笔，岳飞、杨六郎、秦琼就站在你的眼前，英俊潇洒，威风凛凛。

我要画他们，请他们站在我的目光里，在我的纸页纵马飞奔，驰骋疆场，一根铁枪刺破敌人的大旗。父亲的木箱珍藏叔叔送给我的洁白微薄的透明纸，我描摹得非常小心。纸页常不听我的指挥，偶有错位，母亲见了，过来一手摁住，一手再别上曲别针。慢慢地，勾栏瓦舍，酒肆木楼，将军骑马挺枪，这是我第一篇描摹作品，即使蹩脚得面目模糊，线条萧瑟，铁枪迟钝，木格窗纸碎，也美滋滋的。

之后，我迷恋上了描画。有一天，我不需要纸页遮蔽我的目光，直接看那一页工笔画，是的，这个方法是母亲提醒我的。需要认真画画才可以把人物画得栩栩如生，只是，我看着那完整的画页，无从下手，母亲看了看，好像在想她冬天夜里晕黄的灯光中绣花的开场白，说道："你分分格子，就是把人物景物分开，再画。"她知道我的稚嫩目光根本无法看透事物，希望给我一个简单的入口。

一扇门打开，很难关闭。我不再满足于既有的模板，内心萌生邈远的历史时空，从天而降到我的纸页上留下许多陌生的名字，一副副式样不一的衣袍、铠甲、斧钺钩叉等。我的目光穿越丛林、河流、平原，抵达没有尽头的苍穹。我举起的只是一截黑铅笔，当所有的复杂充塞我的内心，即使我最钦佩的母亲也无法为我寻到一条路径，我只得作罢！那是一次饱满单纯而萧瑟荒凉的失败。

2

只有到了城里上学，我第一次坐在美术教室，看见凝神思考企图打开目光的秘密的大卫像，那一刻，我的心里潜伏了几年的画画欲望才重新点燃。

墙角矗立着一人多高的画板，上面的素描男子，好像真的站在你的面前，他的目光一动不动注视着你，好像看透了你的五脏六腑，看透你幼稚可笑以及内心不断滋长的渴望追求又迷茫、不愿后退的情愫。我无法回避他的目光。我甚至喜欢他那连眼皮都不眨的沉思。

几分钟后，陈素琴老师走进教室，这个外表与街巷中从你身边风一样走过的素朴憨厚的女子并无两样。我至今还记得她教素描时，要我们铭记在心里并且通过画图来领悟的“三庭五眼”，她的声音宛如春天里展翅翱翔的大雁在澄澈透明的天空和鸣，黑板上，粉笔勾勒出的人物头像，那双匀称清晰的黑眼睛便是陈老师的目光。

一次，她在走廊上见到我，直接问我：“你怎么没有报送学校美展作品呢？”她不解的目光深处闪烁鼓励信任的光彩，只是我哪有信心创作一幅作品与众多高手在一起比试呢？她敏锐感觉到了我内心的惰性、自卑，一点也不给我留退路，坚定地说：“你这几天赶紧画出来，素描就成，你能画好的，有什么问题，可以随时找我。”我不再犹豫。窗外，初夏的垂柳依依，一个孩子坐在木椅上画画，母亲站在身边，孩子那澄澈如水的目光一下子将我拉回到了童年，我想起了我的母亲。就画一个孩子的头像吧！

我将画好的作品带给陈老师，她盯着画作几秒，目光转向我，问：“你看看这孩子的双眼目光是否在一条线上呢？”她这么一说，我目光与孩子的目光汇聚，似有似无。我茫然看着陈老师，她没有回答，而是向我悄悄开了一条门缝：“假如这孩子的目光是你童年时站在门前，眺望山峦起伏之外的世界，你看看是不是有问题了？”我茅塞顿开，那一刻，内心充满了感激之情。

夏日的一天上午，陈老师领着我们去学校边际的瀑河岸边写生——画水彩画。脱笼之鹄一样的我们将河岸看成了天空，跑着，跳着，就差一个跟头窜进河里。陈老师慈祥地看着我们。安静后，我们坐在那儿，支起画板，凝神注目。河岸之东，成片的杨树林郁郁葱葱一种悦目的风景，澄澈的天空，不时地还有一只大鸟闪过，河水涌动着蓬勃的步履，我的耳畔还听见了火车的长鸣，乡村，过滤灰尘的乡村。我甚至想一直安静地坐在河岸，黑眼睛就像蓝宝石一样镶嵌在蓝天之上，闪烁单纯的色彩。之后，国画写生，她依然领着我们来河岸，我们画，她时常走到我们的身边静静地看着我们，不说话，见我们的目光与景物之间现出了微妙的偏差，就纠正。

除了室外写生，她还请来老太太慈祥沉静地坐在美术室前的木椅上，让我们素描写生。老人的目光好像深邃的海洋，那里贮藏了多少人世沧桑与波折，此刻，窗外的光柔和地漫过来，明与暗仿佛一对孪生兄弟。两堂课下来，我的素描纸上清晰临摹老人的身影，她就像乡村坐在街巷大榆树下歇息的老人，须发冉冉，深深的皱纹。一双老手，岁月斑驳。老人沉稳安详，我又想起了我从没有见过的奶奶，她若在世，也这般模样了，心里涌出了许多苦。

后来，读书写作花去了我很多时间，学习美术的时间就少了。不过，在陈老师的不同课上，图案设计等我都用力十足。记得一次，陈老师留了一幅图案设计，我花了差不多一个星期才完成，一个喜欢篮球的同学见了，拿起，冲着大家说：“你看看人家这线条、色彩。”然后，他附在我的耳畔小声说：“好弟弟，给我画一幅当作业吧！”我心想，这小子可真逗，看他那一脸认真无奈的表情，我只得答应。一次，陈老师课后找到我，问我：“这幅作品是不是你画的？”我愕然，很快醒悟，谁画得什么样不都在她的脑子里装着吗？谁也不能逃避她严厉而慈祥的目光。

3

三年后，我回到了故乡，当颠簸与流浪成为我生活的主要音符，朝晖夕阴，我的目光更多地远望山峦与大河，希望有一双翅膀载着我，离开故乡，即使再远，也不回头。

画画不再牵肠挂肚，我的那些美术书，压在了箱子底，书橱里摆满了一部部名著，我雄心万丈，准备大干一场。青春世界，很像夏日的天空，一阵风一场雨，一阵烈日一阵雷暴，我很难坐在河畔，像以前那样安静地凝视杏花、垂柳、河滩草丛埋头吃草的黄牛，还有天空飞过的燕子，我喜欢沉浸在意象之中，谁的手在我的眼前晃一下，我都不会理他。或者埋头在红格子信纸上构筑我的另外一个世界，即使人物无比丑陋，面部表情模糊，那手捧碎土堆成的巷子、草木、木屋，杂乱，还有一个纯真可爱的孩子，他的目光澄澈如水，等等，我都沉浸在无名的喜悦里。只是，那飞出去的鸿雁，几乎杳无音信。

更大的问题是我无法找到一个与我志同道合的朋友，这着实很苦恼。还有，从东北打工回来的一位同学，见我口袋里少得可怜的工资，目光闪烁，不解、嘲讽，甚至暗笑。

不过，在我蜗居一个偏僻的小山村，特别是夜晚，当室内炉火殷红了四壁，那浓烈的颜色，灼烧了心中的许多尘垢，我需要一幅画，让挂在床边的目光不断地望着我，看我有没有懈怠，看每一晚上，我如何用一种目光与他在另外一个空间交汇。

我想起了几年前，陈老师帮我修改后的那个目光深邃、憧憬远方的孩子，我要再画一幅憧憬远方的孩子。当我画好了素描，挂在墙壁，好友看见了，立在那一边看我，再看看墙上的画，像发现了目光里的秘密一样兴奋地说："这是一个人，是不是？一个人，一个有野心的人。"他把"野心"二字含在嘴里，好像有用锋利的牙齿咬碎核桃的劲力。我只是笑笑而已。

三年后，我离开了那个山清水秀的村庄，那幅画亦不知去向。如果说，青春年代，好多爱好弥补了内心精神世界的荒芜，一旦它们从土壤向地面疯长，相互之间总不免在岁月的光影中争斗，一来二去，有限的空间并不足以容纳那么多草木的葱茏。不过，当我一次次用文字构筑精神世界的时候，我总在想，那也是在画画，给我的母亲、我的老师、我的泥土故乡与父老乡亲在画，只不过，换了一种材料和目光。

（刊于《火花》2019 年第 5 期）

小麻雀

我再一次回乡时，忽然在院子中望见了嘟嘟叫的小麻雀。它们撒着欢儿，在院子中溜了几个弯又扑棱棱飞到院子前的槐树里，不久，又不知飞到哪里玩耍去了。

我记忆中的小麻雀命运多舛。我的心灵之中始终蒙着一层灰影，久久不能消失，那灰影中印刻的混乱迷茫犹如重荷。

那个年代，麻雀成了四害，非人人得而诛之不可，一时间，全民皆兵，麻雀的日子一下子掉进了冰窟窿。

我也就是五六岁光景，有一次去饲养院玩儿，卧在一口马槽里，与掩体的感觉差不多，端着一只木枪穿梭扫射，小伙伴们佯装被击中，表情痛楚地倒下。也有的勇敢地站起，奋力反击，只听见嘴里不停地嘟嘟的吼叫，冲上前去，乱战一团，丢盔弃甲，好不热闹。饲养棚里的小麻雀也被搅得四处乱窜，惊恐地张望，叽叽喳喳地向同伴们报警。而我们我行我素，谁也不会在意麻雀。

不久，我还经历了捕捉麻雀的壮观情景。

饲养院有一个废弃储藏室，曾经专门盛放草料，虽然不用了，可是豆饼渣、玉米粒子星星般散落，对于鸟雀们来说，寻找并不难。豆饼是给牲口打“牙祭”的，我们馋极了饿坏了也能得到慈祥的饲养员张爷爷的一点奖赏，小小的，捧在手上，嚼起来蛮香。

自然，这样的一个好去处，麻雀们早就虎视眈眈了，只是以前门窗紧闭，小麻雀飞不进去，如今门窗四开，无将军把守，麻雀们自然趋之若鹜。

“今晚我们捉麻雀去，用火烧着吃贼拉的香呢！”有大一点的孩子在向其他伙伴撺掇，我只像一个听众，不在受邀之列，虽有些难过，可是好奇心在肚子里翻滚不止，一遍遍地自问：“去还是不去？看一看热闹也不错！看去吧！”终于我也去了。

初冬的天空弥漫着清寒，星星的眼睛还很有精神，在银河中畅快地眨着眼睛。小麻雀们早该进入梦乡了吧！大孩子手里提着一张大大的网，还带着一块幕布一样的东西。果然，他们将幕布小心翼翼地蒙在门口，提着网子蹑手蹑脚地猫腰进去。我也想进去，被手臂拦下，“我就进去也不出声，看一看，看一看就行！”我一次次小声地央求不止，终于手臂举起来，我犹如走进一处禁地一般的神圣，心禁不住咚咚响，如擂鼓一般。饲养院废弃的储藏室里漆黑一团，刚刚走进去如掉进了黑泥淖，竟然望不见前后左右，大约几分钟，眼睛模模糊糊起来。大孩子已经将一截蜡烛点燃，将手里的石子狠命地朝四面墙壁抛去，刚才还静静的屋子仿佛颤抖了。睡梦中的小麻雀们四散奔逃，想夺门而出，一时间我的上方如演奏一部悲壮的逃亡曲子，惊恐，焦急，胆怯，勇敢，迷茫，失望，奋争。而我的眼睛在微弱的烛光中看清了，大孩子的网子在空中如鹰隼一样惬意地吞噬，满肚子的小麻雀成了活着的猎物。而那些漏网之鱼则紧紧地用爪子贴着墙壁，喘着粗气，浑身颤抖，可怜兮兮等待厄运的降临。

这次的收获很令大孩子满意，他们就喜滋滋地描述即将开始的屠戮的精彩，一团吞噬的火焰会将小麻雀烧成肉丸的，他们似乎已经嗅着香味了。我瞌睡得厉害，也没有耐心和希望，只得放弃品尝小麻雀的特别滋味，去梦里神游了。

第二天，当我向母亲眉飞色舞描述捕麻雀的趣味时，母亲轻轻叹了一口气，唉，真够可怜的！便向我们讲述我们未曾听说过的捕麻雀的故事，什么全村动员，老少男女齐上阵，敲锣打鼓热闹非凡。村民领到了或多或少的打麻雀任务，一时间，麻雀全无藏身之处，只得拖着疲倦的身子在乡村上空四散奔逃。不久后，村子里便极少看到它们，若是望见，也是惊恐的尖叫的逃亡者。啾啾的声音满含哀怨。

麻雀远远地遁逃山林，好在这一乱哄哄的景象持续的时间不长，当春天来临时，人们已经无暇与小麻雀战天斗地了。好奇的我们有时候还去房屋墙壁窟窿掏鸟蛋，但麻雀见到人再也不会有如临大敌的感觉了，开始浮现一丝丝勇敢的姿态。我们曾经像闰土一样支起筛子空地捕鸟，常常是虎头蛇尾，草草收场。小麻雀倏忽落入院中，一颤颤踮着脚尖，机警得左顾右盼，然后放下心来，埋下头去啄食地上散落的米粒，当听到一声哪怕轻微的响动，便倏忽地展开双翅，箭一般的飞入蓝色的天际，啾啾声袅袅地飘散，荡漾，直至消失。

一晃多年，现在，人们面对麻雀啄食粮食，非常宽容了。想想也对，人们向自然索取得太多了，小麻雀的肚子里能装多少粮食呢？我再回到乡里小住时日，我家的院子里时常落入一些小麻雀，叽叽喳喳的声音很耐听。它们行走的姿势像一位芭蕾舞演员，踮着脚尖很潇洒地挪来挪去，小脑袋不时低下去，昂起来，很满足的样子。院子里有母亲打谷子落下的一些谷粒，虽然我的眼睛看不见它们的影子，可是小麻雀的眼睛能发现。窗下的月台上曾经堆着一大垛玉米，父亲和邻家的亲戚们帮忙打完粮食，装袋子的时候，总会有漏掉的玉米粒子。过去，一粒玉米都是好的，都要捡拾到簸箕里，如今却是谁也不会在意了，这些都能成为小麻雀的好食物。只是我有一点弄不明白，过去的茅草屋泥坯的缝隙之中时常成为小麻雀的小窝，而今天红砖大瓦房的墙壁严丝合缝，它们会住到哪里呢？或许聪明伶俐的它们一定不会被难住，否则它们落入院子中时就不会有安闲气定的样子了。

山野竖起了一根根水泥杆，拉起了一道道铁丝，像皇家禁地般的神圣，山羊绵羊驴子黄牛肆意山野的时代成为它们静静卧在圈里的美丽回忆。乡村中的孩子们不再逮麻雀烤熟了弥补饥饿的味觉，鸟类是我们的朋友的说法常挂在他们的嘴边，小麻雀的自由时光来了，我希望它们一直自由下去。

（刊于《成都文艺》2015 年第 1 期）

老田头

学生们背后都管他叫“老田头”，这样的名字总会让我想起乡村中淳朴厚道的农夫，亲切，随和，温暖。

老田头像被重物从头到脚挤压过，如一枚岁月打磨的橄榄。据了解他的同学讲，老田头毕业后在院里教历史，知识渊博，无所不晓，很受学生们欢迎。后来，他被下放到天津海边的一个盐场劳动，整日背负重重的盐麻袋，他那时不过三十余岁，几年过去了，脊背弯成了一张弓，大腿粗粗的，浑身上下的肉好像一下子都堆在身体的中间部位上了，成一枚橄榄了。

老田头尝尽了艰辛，但是倔强的他没有吭一声，所幸，动荡的历史好像一阵风刮过去了。海风凉爽的一个上午，老田头告别了那所盐场，回到学校教书，历史课上他神采飞扬，书也不拿，好像两河文明、英国文官制度、隆庆新政、巴比伦的空中花园等知识全部装在脑子里。最令人叫绝的是学生问他问题时，他开口就说，你看看第二百三十页就明白了，学生好像忘记了还是故意想考考不拿书的老田头脑子里是不是真的装着那么多的知识，接着问，那一页啥内容了，我想不起来了。只见老田眨眨眼，竟一个字不落地说出口，这一回是学生们惊呆了，偷偷打开历史书一看，一个字都不差。

越是优秀的老师，学生们越喜欢对他刨根问底，打破砂锅也不罢休，要是能问倒老师好像也是一种光荣，能在自己的求学历史当中烙下重重的痕迹，将来与旁人谈论往事的时候，也觉得非常有趣味。或许是这种心理，喜欢问老田老师的学生越来越多，但是，结果只有一个，他从来都是乐呵呵地回答你，根本不用翻书，很多在课本上根本就没有，还是感兴趣的学生去图书馆翻阅图书才发现的。

一传十，十传百，老田在院里被学生们和老师们称为历史的“活字典”，能成为他班级中的学生简直是一种很大的光荣。

我第一次见到老田头的时候，他已经五十岁左右，正管理着学校的阅览室。那时，他安坐在阅览室的椅子上静静地看一本书。我喜欢《纵横》等历史杂志，便向他借了一本。他头发很短，慈眉善目，颇像弥勒佛，总是乐呵呵地给你找杂志，沙哑的嗓子还不忘夸奖几声“读这样的书好！”之类。看到我借这本书，他很高兴，向我说：“读史可以知兴衰，小伙子，好好看，还要自己动脑筋思考。书是死的，脑子是活的！”

有一天，我想到了一个历史疑难，想了很久也没有答案，去图书馆找资料，如入茫茫大海，小小孤舟不知归向。我想到了老田头，可是，我的一位同学悄悄说，你不用问他，你问他，他也不告诉你。我感到很奇怪，难道现在的“活字典”闲置下来，因为年已渐长，有些遗忘了？还书的那一刻，我望着他慈祥的神情，几次想张嘴问，又欲言又止。老田头好像看出了我的心思，悄悄地问我：“是不是有啥问题呢？”我封闭的堤坝在那一刻决堤了，我说：“田老师，南宋经济文化这样发达，为何还说它‘积贫积弱’呢？”田老师很高兴，娓娓诉说很多研究者的判断，最后说出了自己的理解，论据充分，合情合理，无懈可击。我简直呆了，我发现，我的旁边聚拢了好多学生，当最后一句话结束，竟传来一阵掌声，虽然这里是安静的阅览室。

老田头招了招手，示意安静，乐呵呵的脸上多了几分庄重："希望同学们以后读书一定多问几个为什么，古语说，'尽信书不如无书'，有了问题还要独立思考，不能解答就多多查阅资料，这也是一种积累，也是一种比较，时间长了，谁都会学有所成的！"

但不久，我却见到了老田头雷霆般震怒的情景了。

那一天，我正沉浸在《读者》的一篇文章的境界中，忽然，仿佛一声霹雳从云霄划过，震动大地，一屋子的人忽然惊醒了，不约而同地向阅览室柜台望去。老田头脸色铁青，像被什么东西击中了心脏，瞪眼怒目，像一只受伤了的狮子，嘴里还在骂骂咧咧："真是不像话了，还像一个学生吗？自私自利，好好的书本弄得像什么！"

我跟着一些人来到柜台前面，老田头两手捧住一本书，打开的书页像被人剜去了双眼，一张彩图都没有了。对于喜欢书的人而言，那是一种咬噬心灵的创伤，怎能不生气呢？我们建议田老师查一查，毕竟，以他"活字典"的威力，谁借的这本书，他该不会没有印象吧！他看了看那本书和我们怒冲冲的神情，摆了摆手，平静下来："算了吧！都是孩子！从农村来的孩子，我体会深。"

过了几天，这件事就像大海上的波涛，日升日落，渐渐淡去。

在一个下午，我拿着笔记本匆匆来到阅览室，却听到了一个好消息，在老田头休息，廖琳值班时，那位毁书的学生偷偷地用从报刊亭买来的新书"赎罪"了。而老田头在那次怒吼之后，依然乐呵呵的，对学生像弥勒佛。

他也偶有令人费解和疑惑的时候，不知道这怪异的背后藏着什么。

一次，我看完了书去还，临班学英语的大个子要借《名作欣赏》，老田头弓着腰打量他一番，问："你是英语班的 ××× 吧！"大个子说是。老田头忽然说："不借！"大个子一脸茫然，"为啥不借？""为啥不借，你看懂了吗？"老田头似乎有些不屑，任凭大个子苦苦哀求，就是没借给他。我当时想，如果因为看不懂，更应该借给他看，何况他那番苦苦求人的样子，总不能打消他的热心吧！

后来，我渐渐读出一些端倪，大个子看书犹如走马观花，许多书随便翻阅就还回去，很难安安静静地坐下读书，不知道是不是这一点引起了老田头的注意，总之，没有问过他，也不知道自己想的是不是。或许因为这一次的“闭门羹”，大个子以后借书不借专业之外的了，什么《英语沙龙》之类，坐在那里也像一株吸风饮露的庄稼苗，贪婪至极。

不久，我离开了学校，后来，我的母校从小城迁走了，我再也没有见过田老师，不知道他现在什么样子了。每当我置身于城中宽敞明亮的阅览室时，总会想起那个和蔼可亲，一笑就像弥勒佛的老田头。

（刊于《青海湖》2013年第10期；转载《小品文选刊》2020年第9期；被选为部编版语文八年级上册期末检测卷，山西大同阶段检测题，选入《万维中考真题分类卷》等。）

乡村的节奏

我喜欢乡村的节奏，每次回乡，就像离巢久了的鸟儿，落在那儿，被一种浸润心魂的温暖融化，缓缓地、静静地拥抱乡村。古老的乡村像一块沉积了千年的磁石，不管外界怎样喧嚣，我内心的尘垢都在那一瞬间剔除掉了。乡村，我的乡村，她的脚步不会慌乱，不会迷茫，不会在现代的包裹中逝去，她坚定地走着，内心的包容力量谁也不可小觑。

我不喜欢时下乡村会走向没落的荒诞论调，即使城市再无限制地扩张，也难以吞没乡村的广袤。

行走于乡村，既是一种膜拜，也是一种回归，那是精神宁静的安养、心灵倾斜的抚慰和思想的咀嚼。

炊烟依然，缓缓地上升，在早晨的阳光里散发着植物的味道。玉米味、槐树味和松香味混合在空气中，随着时光的飘转发酵，扩散到村庄四面的丛林中。一代一代的坚守，虽然偶有烟煤的烟尘从远远的城市飘来，试图包裹山野的昏暗，但在山山川川的绿色的屏障中，在原始一般的炊烟中还是败下阵来，灰溜溜地走了。我试图从生物学的循环系统中找到答案，那是很遥远的解释，只有眼睛和思维落在泥土地中，落在乡村强大的生命力上，谜底也就不成为谜底。

在雾霾如此猖獗的时刻，多看一看乡村的早晨的炊烟脚步，或许有所裨益，虽然我隐隐还有些担心。街巷中，老头、老太太安详地坐在树下，坐在石台上，细数着岁月的影像，饱经沧桑的脸庞就像意蕴深厚的诗行，他们的语调如平缓流淌的溪水，舒缓的波痕轻轻漫过你的心头。那是岁月沉积的大度与包容，是酸甜苦辣咸——人生滋味浸润的智慧。

不知何时，孩子们蹦蹦跳跳出来了，仿佛一个个小精灵钻来钻去，又像一只只轻盈的蝴蝶时而安静，时而翩翩而飞。一位女孩子的马尾辫在清风中左右甩着，如蝴蝶头上触摸春天气息的触角。有的孩童滚着铁圈，有的抛起纸飞机，有的吹着柳笛，还有的放着风筝，一根长长的线系着一颗放飞的梦想。老与少，安详与灵动，在乡村融合成一幅和谐的图景。

农田里，古老与现代的音符飘来飘去。从春天飘到冬天，从冰冻飘到花开。在暖洋洋的天气里，春天的田野热闹起来，乡亲们有的手扶犁杖，犁杖弯弯的尖头上顶着圆圆的柳条筐，筐里压着一块厚重的河卵石，他们以手紧紧地握住犁杖前的横木柄，沿着整齐的田垄弹拨音节，那新翻开的泥土气息在田垄上微微荡漾，与不远处山上的春草花香融化在心底，就在农人的心头氤氲起一个个美丽的秋收之梦，仿佛那一株株迎风而立的饱满玉米就在他们的眼前炫耀。若是累了，便蹲下身子，坐在地边矮矮的石墙上，吸一袋纸烟；或者目视太阳打几个响响的喷嚏，从地头的柳筐里取出早早预备的山泉水，咕咚咕咚驱赶劳累。

快到中午了，太阳爬得老高，一位位小商贩好像赴约而来，在杨树底下，在街巷中，放开喉咙吆喝，粗犷的，高亢的，悠长的，沙哑的，“小米煎饼哟！”“家做的大豆腐！”此起彼伏，一些农妇步出家门，买好食物，很快消失在街巷深处。袅袅炊烟渲染乡村的祥和与温暖。

短暂的静谧在太阳的游走中悄悄流逝，不久，乡村又回到了她自己的节奏中行走。

我喜欢乡村的节奏，那是纯净无瑕的，是沉淀许久的厚重与瓷实，是历经沧桑后的大度与从容，每当我的双脚踩在生我养我的乡村，我都喜欢融入这种节奏的行走中。

（转载于《文苑·经典美文》2014 年第 8 期；转载于《社区》2015 年第 11 期等杂志；选入东方出版社 2019 年《新课标·名师导学·高考第一轮总复习》丛书《习案·考点集训》；被改编成全国几十省区市几百地小中高考试题）

小城剪影

小菜店

小菜店只有一间，直筒子样，宽不过两米，两边货架子一挤，中间的过道更窄了。它挨着小区门口，居民买东西很方便。

我不知道主人姓什么，也没问过。她话语不多，脸上见不到阴云和风雨，沉稳如水，似乎不喜欢高声说话，买菜的在屋里挑来挑去，她就在一边站着，偶尔搭讪几句："这些豆角刚上的，来的人多，你挑选边儿上的那袋子，比这还新鲜一些，我太忙，还没顾得上往外拿。"有人嫌一捆韭菜太多，她不急不缓地说："可以拆开，选一点没事。"

过道两边挨着墙放着一溜木格货架子，一人高，左边的靠外一侧，摆着烙糕、发糕、煎饼等食物，跟外面的饼屋互补，再往里，则是生花生米、沙丁鱼罐头、粉条等。右侧的都是时令蔬菜，有长长的豆角、新鲜的青椒、水灵灵的黄瓜、圆鼓鼓的茄子等。我见过主人的丈夫——温和敦厚的宋师傅。他开着一辆出租车，我一般很早就去上班，常看见他的咖啡色的小车停在门栅栏一侧。宋师傅笑呵呵的，往店里一箱接一箱地搬运刚刚从城西菜市场批发来的新鲜蔬菜和水果。见到我，微笑着打着招呼。后来，宋师傅应聘城区公交车司机，一大早都是批发蔬菜的小商贩送菜到门，忙碌的就是菜店大嫂了。

下班后，我常顺便到小菜店买菜，菜店外面一年四季都放着几个大小不一的纸箱与槐树条编的四方篓子，暖和的季节，盛满了刚下树的甜脆可口的油桃、秋天果农摘下的红苹果、黄梨等。天冷了，冰冻的一板板小青鱼、一根根银色的带鱼、冻得硬邦邦的冻豆腐等，散放在长条纸箱里，一眼望去，内心就升腾出一缕缕生活的温暖。三三两两的买菜人出出进进，大嫂伸手接过来，麻利地装进袋子，搁到电子秤上，黑色的数字欢快地跳跃着，她默默看了显示屏几秒，轻轻地说："八块五，给八块吧。"

一次，我加晚班，到了小区外，路过菜店，看见门还开着，大嫂和宋师傅都在店里，我打招呼，这么晚了，还没休息。宋师傅毫不在意地回答，没事，再开一会儿。还别说，加晚班的停上几步，买回一些瓜菜水果，倒也顺当。

一转眼，菜店已经开了三四年了，大嫂已经和小区里的很多人熟悉了，菜店生意兴隆，大嫂依然恪守着便民、诚信的准则，上的菜新鲜，价钱公道，宁可少算也不短斤缺两。我曾经问过他们从哪里来，大嫂来自郊区，在城镇化的浪潮中进了城，丈夫会开车，干了一段时间出租，想有稳妥的工作就应聘成了公交车司机，她呢，只会卖菜，就做这个，许多人看不上眼，她认准了一条理儿：不挣小钱就挣不到大钱。

一次，我在单位忙碌，接到快递公司电话，取邮件，我左右为难，这时，想起了菜店，就请他放到小区门口那家菜店。隔了一天，我去取，感谢大嫂，她呵呵一笑，都熟悉，搁在我这儿也不占啥地方，没事的。可是，我的心里还是热乎乎的。

小书店

城市安静的地方很多，书店是特殊的一个，闲来无事，去书店转转，书本就像滤尘器，置身书籍的丛林，心里就安定不少。

我常去的那家书店是一座二层小楼，临街，粗算也有十几年了吧，我书橱里的文学书，好多都从这里买来。如果大言不惭说自己的书橱是一个小磁场，那这个小书店就是一个大磁场，倘若有些日子不去，心里好像空荡荡的。

书店中间是一溜低矮的书橱，一本本装帧精致、尺寸不一的学生辅导资料静静地注视着往来的孩子。一会儿，转过来一个孩子，拾起一本，窸窸窣窣翻看，在双目凝视的时刻，心灵之舟缓缓飘在奇异的河流，心海泛起的浪花都绽放在脸上。好书店是一座城市的良心，是一座城市的心灵花园，狭窄的空间内，孩子、大人、青年人来了，驻足书架间，俯身选择图书的那一刻足矣，一页两页……十几秒，几分钟……哪怕一个标题，一段话……不必苛求，阅读与生命的和谐需要时间与契机，小书店的门不会关闭。

小书店里间与楼上，有很多文学类的书，《战争与和平》《巴黎圣母院》《史记》……有些书已经放不下，只得置于书架的最高点，一摞摞的犹如圣塔。我相中了几本，指了指上面，店员悄无声息走过来，一看，笑道："好高啊！"搬动一角的凳子，站在上面伸手去取，她够不着，看着我。我说，我来吧。取下的书很重，文学的重量与高度需要有无数的读者拾柴添薪、薪火相传。我愿意做其中的一员。

我记不得自己多少次来书店，只要转一圈，总不会空手。我喜欢将目光交给书架，书脊的名字有的陌生有的熟悉，它们无声地看着我，或许很欢喜，期待远走高飞，陪伴主人渡过河流，越过溪涧，在静寂的夜空里与主人透彻地交流。信念有力量，书给你的原野撒下梦想的种子。

我的孩子喜欢阅读，与小书店也有缘。他在小学时，我有一次逛书店，在里间书架看到了《草房子》《青铜葵花》等系列作品，就毫不犹豫给孩子买了几本，我询问店员见不到的过些天会有吗？她说，我去地下室给你看看吧，那里是仓库。等了一会儿，她回来了，手里抱着一大摞曹文轩的著作。回到家，我把书交给孩子。他问我：“爸爸，这是给我的吗？”我点点头。他很高兴，拿起一本靠在书桌那儿读起来。室内静谧无声，孩子沉浸在江南水乡的光影里。我有时也读一读，愈加坚信，好的读物是不分年龄与国界的，它站在你的窗前，你的手里握着一颗大太阳。

小书店周围，店铺的名字与主人经常像流行歌曲一样，一段时间后就换了新面孔。唯有小书店仿佛扎了根，像一棵树一样葱郁。从街上走过，即使不去那里，也要望一望里面的灯光，有人推门进去，有人出来，风拂过，心底留痕。

水墨风

我看见一幅画，宛如水墨，飘逸如风，美丽动人。

道边，几株垂榆，停止了与身边轻风的亲密耳语，此刻，凝视树下一位弯腰弓背的老人。走路的年轻人，忽然停下流水一样的步履，驻足，观赏，几秒钟，几分钟，都是一样的重量。远远地，我已经看清，老人在水磨砖面上练习书法。

走近老人，犹如进入一片书法艺术的磁场。他身边摆着一个小水桶，地书笔蘸上清水，右手五指并拢，握住，深沉的目光凝视笔端、地面，充满了思索，圆润的笔头时而舒缓时而刚劲，时而圆润时而浑厚。刚写完的大楷字好像刚出浴的婴孩，浑身湿漉漉地闪着光泽，煞是喜欢。之前写过的在阳光与轻风中字迹漫漶，筋骨余存。细细观之，不禁在心里吟咏而出：“始以武功壹海内，终以文德怀远人……”这是欧阳询书帖《九成宫醴泉铭》中的句子。赵孟頫说：“笔法弗精，虽善犹恶；字形弗妙，虽熟犹生。”老人写过的一个个大字犹如列阵执戈、蓄势而发的将士，错落有致而张弛自如。字如其人，人如其字，老人笔锋之间的龙蛇游走，游刃有余，足可以明示一切了。

不用说，老人浸润书法已非一日，那些经典字帖《兰亭序》《快雪时晴帖》《玄秘塔碑》等就像他朝夕相处的朋友，一笑一颦、举手投足莫不清晰鲜活，一个个书法汉字或端庄俊朗或雄健磅礴或奔放如潮，犹如儒生雅士、雄伟豪杰、仗义侠客……俊朗的英姿，飘逸的神韵，饱满的意志等都装在老人脑子里，信手拈来，形神毕现。落笔成章，即使墨痕浅淡也无妨，就像一颗随风而飘的种子，哪怕在田野点染一点绿，亦是风景。路过的行人有的停下，默不作声地看着地上一行行或清晰或模糊的字迹，似乎在字里行间寻觅到了岁月的意象，一些往事如竹林映日，清晰可见。

端详老人，鬓角的白发如一丛丛不屈劲草，一袭天青色衣衫素朴整洁，双脚微分，静若古槐，气态安详，沉稳恬淡。他弯着腰，一点一画地书写着，好像不觉得累，这真是一种功夫，长年累月积累而成。习字者好像都有锲而不舍、心无旁骛的秉性，无论先天而成，还是后天修炼，透彻心扉乃至心魂的一种定力需要时间的慢慢融化。“喜则气和而字舒”，老人眉宇间的矍铄神采与硬实身板就是一面镜子。

敬慕老人的时候，我忽然想起了之前在广场见到的类似一幕：几位老人，立如松，手里挥着长长的地书笔，在硕大的地砖上写字，身旁行人来来往往，那一行行浅淡如墨、似鸿鹄高飞、气若游龙的大字组成了一幅飘曳流动的中国画，风散四溢。

修自行车的汉子

在小城翠花胡同，有一个修自行车的地摊。李师傅敦实、肩宽、腿壮，就住在这条胡同里。

墙角，一辆安静的手推车，车厢里满满当当，小至螺丝钉、螺母，大至内车胎，等等，在一个个小木盒子里面，密密麻麻、井然有序。车旁，戳着几只个头不一的充气筒，黑黝黝的，留了好多疤痕。不远的地面，坐着一个脸盆，里面的水漂着细微的橡胶颗粒。

我的自行车后轮瓦盖上的螺丝杆不见踪影，一到路上，就叽里呱啦地叫唤，弄得人心烦意乱，就去找李师傅修车。天很热，短短的百十米路，我已经大汗淋漓了。

他正坐在墙壁边儿阴影处纳凉，一把大蒲扇，扇来扇去。他见我停车，喊了一声："兄弟，这是咋了？"我指了指还在微颤的后轮瓦盖，说了缘由。他站起身，走到车子旁，火辣辣的太阳烤着他裸露的臂膀，那上面清晰地现着一道道烫伤的疤痕，在阳光里格外刺目。

他蹲下，左手扶着车子，斜着身子看车瓦盖子与车胎之间的凹槽，我明白，他这是看需要多大尺寸的螺杆和螺丝。我也蹲下，用手扶着车子。他很快站起身，从推车边一只木盒子里用一只改锥翻来翻去，那些尺寸很小的螺杆和螺母蹦蹦跳跳。十几秒，他挑好了，手里小心地捏着，先放到推车的一个空盒子里，然后将车子倒过来置于地面一块干净的塑料布上，从车胎和瓦盖子狭窄的空隙中，将这根十几毫米长的小螺杆顺着瓦盖子中间的窟窿眼塞进去，这还真不是一蹴而就那么容易。中年汉子以一只小钳子夹住螺杆头，一个闪进，只听见"叮当"一声，穿过去了。

拧紧螺丝，他用手握住后轮瓦盖边缘，慢慢摇了摇，说："行了。"我询问费用，他摆了摆手，不屑一顾："拉倒吧！小玩意，块儿八毛的，免了。”我强要付钱，他依然不收：“我说不要就不要，以后赶着来就行。”

我拗不过他，只好作罢。时间长了，我车子有毛病就去他那儿修理。没事时，也在他的摊子待上一会儿。他和善厚道，技艺娴熟，小零碎的活儿，都不要钱。人很健谈，车子周围，一到周末，常聚拢一些熟人，在这里侃大山，“反腐”“就业”“拆迁”“升学”，等等，话题不断。

小巷隔了一条街不远，好多住户已经拆迁，他似乎并不担心未来：“到哪儿，修自行车也是我的老本行。”一种职业，时间长了，倦怠情绪总会像野草一样芜杂，不过，很多人内心中依然眷恋，并非守旧，是匠人心中的那份情。

几年过去了，汽车快要淹没街道的时候，街道上骑车的人也越来越多。中年汉子不管夏日还是冬日里，早早出摊，不用遮阳伞，就在小巷出口的一角，他的车摊子往里挪了挪。无事，坐在马扎上静默沉思；来活了，干着活与客人聊着天，说到精彩处，爽朗地笑着。周末，一些喜欢下棋的人招呼他，对垒一番，车马炮厮杀在一起，棋子落在棋盘上，就像刀与剑碰撞。

那一刻，难得的闲适与安逸。

美丽一瞬间

我最初并没有注意到这辆公交车上的年轻司机有何不同，直到那一瞬间。

上了车，我在刷微信，沉浸其间。车子在下一站停下，忽然，我耳边飘来清亮的声音：“前面的乘客，看一看谁给这位老大爷让个座，谢谢！”我坐在车后面，抬起头向车门处望了望。一位步履蹒跚、须发皆白的老人上了车。别说，司机一提醒，旁边的一位中年汉子站起身，说：“大爷，坐在这儿吧！”老人颤颤巍巍坐下，脸上满是感激。司机回头见老人坐好，提醒道："请乘客坐好，站着的抓好自己的扶手，下一站到……"这一提醒还真管事，有些人的手在那一瞬间抓紧了栏杆上的扶手。

我笑了，接着看书，不多远，就是道路转盘。一站站的路况都在司机心里装着，他接着提醒："前面拐弯了，请大伙注意。"这一路上，遇到上车领着小孩的乘客或是岁数大了的老人，他总是提醒让座，就是下车前，他也不怕麻烦地多提醒乘客几遍："前面到某某站，有下车的请摁响门铃或者招呼一声。"

司机的声音好像抹了一层蜂蜜，或者镶嵌了一层陶瓷，既柔和又有穿透力。没有木头棱子的味道，散发着阳光一般的温暖。我心想，真是一个好司机。

在终点站，乘客下车的那一瞬，司机站起身，说："慢走，欢迎您下次乘车。"目送着每一位乘客下车。前车门打开，他依然轻轻颔首，同每一位上车的乘客打着招呼，温馨弥散在每一个乘客的心间。

我坐车的时间固定，而公交车每十分钟轮换一趟。等我再一次坐上这趟公交车已经是几天后了，上车的瞬间，他微笑着，眉宇间一缕春风。他有时就习惯性地站起，提醒上车小心脚下，遇到上了岁数的老人，就伸手搀扶几下。一位阿姨坐在车子的门口处的座位上，嘴里不住地夸："这小伙子好啊！你看看人家那服务态度，没得挑！"年轻司机只是一笑，谦逊地说："谁都会这样的。"

这辆公交车我已经不知道坐过多少次了，每一天，年轻司机依然友好地提醒乘客不要忘了给老人、小孩、孕妇、行走不便的人让座，提醒乘客注意拐弯和变速，不要摔倒或者滑倒。一瞬间的举动自然就像花蜜感染周围，在公交车上，给人让座的情景常常出现。

一次，我在等车，一个小伙子看见那辆车来了，就跟同伴说："最美司机来了。"同伴有些诧异："真的？""真的呀，乘客评选的，我还投票了呢，不信，你问司机本人。”

那一瞬间，我的心里翻卷起阵阵浪花。

一瞬间的美丽习惯来源于内心的修养与职业素质，什么行业都如此，心里记挂着他人，自然就会把点点滴滴的温暖送给他们。

（《小菜店》刊于2016年7月8日《中国建设报》;《小书店》刊于《小品文选刊》2016年第9期;《水墨风》刊于2016年12月26日《景德镇日报》;《修自行车的汉子》刊于2017年5月4日《北京日报》，转载于《美文精粹》2017年第10期，被改编成试题;《美丽一瞬间》刊于《做人与处世》2016年第5期下）

春暖燕子飞

燕子嗅春的感觉很灵敏，当南国温暖的春风轻轻拂过，燕子便追随它们一路北归，回到思念已久的家园。

湛蓝的天空下，桃李扬起花苞，接续绽放笑脸。燕子在树丛间自由自在地飞翔，呢喃婉转动听，宛如一支春之曲。

燕子唱够了，便轻轻地落在电线上朝四周眺望，它看到了小溪流和溪边的那一口大沿井。万物复苏的季节，需要水的滋润，水车缓缓地碾过岁月的脚印，晃悠悠的水桶洒落了一些水，闪着亮汪汪的光。

人来车往，大沿井前成了一条流动的小河。若没有了人声喧哗，燕子便毫不客气地做这儿的主人。它们兴奋地呼朋引伴，呜啭嘤嘤，忽而又俯冲下落，用精巧的喙啄起泥巴，扑棱棱在空中剪出一道飞虹，继而飞向寻常百姓家，辛勤地筑巢抚育。一幅“曾与佳人并头语，几回抛却绣工夫”的温馨画面，在我脑海中摇曳不已。

我曾仔细观察过燕子筑巢。倘若屋檐下有陌生面孔，它们会焦急地在空中来来回回地兜圈子，叽叽喳喳地“说话”。盘旋几圈后，燕子觉得陌生人并无恶意，便如箭似的飞过来，用灵敏的双脚攀住墙壁，歪斜着身子，一点点地搭建燕窝。燕子的小巢就是在这样紧张而有序中日复一日地垒好的。

“雨细山间落，风轻燕子斜。”燕子期盼的春雨很快来了。小山雾霭朦胧，像轻罗一样轻盈。雨中飞翔的燕子从容沉静，翅膀剪出一帘帘雨幕，飞够了便停在电线上，任清风细雨沐浴。还不时回过头，用喙轻啄羽毛，在雨中梳妆打扮。片刻后，一声呼唤，燕子又呼朋引伴地飞入细雨帘幕，栉风沐雨不再回头。

燕子好像从来没有感觉过劳累，筑好巢后便开始了生儿育女的忙碌。小燕子刚刚出生时，屋檐下热闹非常。一缕晨光中，燕子早早外出觅食，当它们口衔虫子返回来时，小家伙们早已按捺不住兴奋，叽叽喳喳地叫个不停。燕子轻轻地踩在燕窝的边缘，将口中的虫子伸向一张张向上张着的小嘴，好一幅感人的育儿图！小燕子一天天长大，终有一天，会在母亲的深情注视下，自由翱翔于蓝天。

在我的家乡，辛勤筑巢、捕捉害虫的燕子深受人们喜爱。的确，燕子从来不会像贪嘴的小麻雀那样，在院中四处找寻现成的粮食，而是展翅飞翔，去田地间、草窠里、树林中，寻找那些小虫子。

我家老屋的檐下曾有好几处燕窝。每到春天，房檐下的一只只燕子飞来飞去，甚至有几次我们在屋中吃饭时，几只燕子呼啦啦地飞了进来，在我们的头顶飞舞。啁啾鸣啭引得我们几个小孩好奇地睁大眼睛抬头张望，但是谁也不会去驱赶。母亲从小就告诫我们不要伤害燕子，不要学有些人家嫌弃燕子在檐下吵闹，就用一根长长的竹竿将它的家戳破，使燕子伤心地离开。

我们最喜欢在檐下看燕子飞进飞出的轻盈身影。那时，爷爷总捋着银色长须，乐呵呵对我们说：“燕子进门，家有福气呀！”

时光飞逝，我渐渐长大，走出了山村，见到家乡燕子的机会越来越少。

年年春风，年年燕归来！我仿佛看到家乡的燕子追寻着春天的脚步，在那片天空中自由翱翔……

（刊于 2023 年 2 月 3 日《中国民族报》）

防水工的素描

正午十二点，我拨通了老徐的电话，电话嘟嘟嘟响着，无人接听。隔了几分钟，再拨，老徐说话了："我这会儿正在油画城干着活儿呢！等晚上咱俩再聊！"撂下电话，老徐右手握着喷枪的身影再一次清晰地浮现。

1

"这大热天的，一会儿就晒秃噜皮了！你只管放心好了，我们在哪里干活都不会糊弄的。"老徐斜坐在房顶黢黑平铺的卷材上，右手提着一杆呼哧哧冒着火苗的喷枪，提醒我下楼避一避热。"我……我……"我一时语塞，还是轻描淡写地说，"难得上来，我也没事儿，就当体验体验生活吧！"我不怕晒，怕失去一个近距离与老徐接触的机会。

"那你就慢慢体验吧！我得干活了。"

说罢，他慢慢站起身，喷枪头幽蓝色的火苗子喷射出一股热流，跳跃飞腾的火焰从下往上灼烤，卷材的外延渗出了黄豆粒大或者小米粒一样细密的黑色汗珠。老徐仔细倾听着激越呼啸如风雨的喷枪在歌唱，他可以准确地调节音符的节奏。火苗暂时缩小的那一瞬间，预示着下个蓬勃节奏的延长。

我相信，黑色的喷枪好像他的另一只眼睛，可以清晰判断哪一处衔接的防水卷材需要多一些淬火，哪一处少一些。

老徐小心翼翼地从屋檐处向上走，走到离半步到屋脊的地方忽然停下，手里的喷枪吼着、扫着，腾起的热流与陡然飘舞的烟霭顺风卷走。我的“体验”，有些代价，几米外的热浪倏忽间变了风向扑来，我慌忙踮脚扭头躲避。再回头看，枪头尖儿的外壳，烧得红红的，好像一汪炭火。老徐头上只戴了一顶灰扑扑的遮阳牛仔帽，只是眯缝了几下眼睛。

我递给他水瓶，老徐直起腰，看了看脚下，情不自禁地显摆道：“这弄得溜平的！一点水也漏不进去，又没了太阳能热水器压着磨损。”

我疑惑的眼神直白地袒露：“你说得再明白一点。”他哈哈大笑，盯了我几秒，手里摩挲着脚底下小工送上来刚铺展开的卷材，说：“这材质柔性的，与聚乙烯不一样，”我耐心听着，“聚乙烯卷材刚性，得用水泥浆，SBS 弹性沥青卷材三层保护，就是低温与高温都不怕，热了膨胀，冷了，就好像缩头乌龟。”说罢，又一阵大笑，他好像很欣赏自己这么直白又巧妙的比喻。

“上面覆了瓦片，不会有问题。”他撂下这些话，仰起脖子，喝光了水瓶里的水。

他坐在那里，像一尊雕像一样，宽阔的脸膛呈现深厚泥土地的颜色，锻铜色的光泽毫不掩饰几十年风来雨去常袒露在外的劳动锻造的印痕。

我夸赞他的好身板。他笑了，眉宇间褶子，好像深深浅浅的田垄，慨叹道：“一天一天老了，再有些年我也干不成防水了。”

盛夏午后两点，没有一丝风，灼热的紫外线火辣辣地刺向大地，裸露在火焰口的老徐像旋转的陀螺，时疾时缓。

吸烟的空儿，老徐一口接一口吸着烟，享受这几分钟的空闲。此刻，天空上的云朵——骆驼、狮子、老虎、绵羊等，都在赤裸裸的太阳曝晒里昏了头。我心里冒出了参差不齐的尖刺，那是抵御炙烤变异而成的。老徐灰色长袖，牛仔裤将双腿裹得严严实实，头顶不过黑边白色牛仔帽，他不觉得热吗？

午后一点半，我去小区外的商店买来一些矿泉水和雪糕，回来的路上，一抬头，看见老徐右腿蹬在楼顶屋檐上的斜坡，喷枪搭在屋檐外延的钢筋上，火苗子呼呼地冒着。

老徐几个人每天上午十一点半收工，去外面小吃店简单吃一口，午睡几乎不属于他。这不，每天一点，已经像准时的钟表转上了。累了，他自己一甩手就歪坐在地面上歇一会儿。

我慢慢踩在拆掉了瓦楞的斜面上，喊了一声："老徐，来，吃雪糕凉快凉快。"

他手摆得像风吹白杨树叶子，依旧猫腰闷头干活。他右手握着一只嘴巴长得铜铃一样的喷枪，呼呼喷火，左手还不误抻一抻、啪啪啪轻重不一地拍打刚刚喷涂的卷材，展露娴熟精准的节奏，卷材与卷材的边沿严丝合缝。粗犷的老徐，心细如发。

放眼看老徐几个人这几天铺好的卷材，黑黝黝闪着幽深的光泽，如同一角深沉的天幕覆盖在楼顶。

2

吃雪糕的空儿，我挨着老徐坐着聊起来。

他的脸膛宽阔，似曾相识，我询问他是否认识我的一个朋友，我描述模样，提到姓名，老徐微微一笑，眼角边儿的皱纹挤成了几道沟壑，好像土里蠕动的蚯蚓。

"我叫徐海申，我们三百年前是一家子。"

“这么说，你是双洞子的了？”他点点头。双洞子是城南一个四面环山的山村，村里在城内从事擦玻璃、清洗抽油烟机、刮大白、做防水等职业的农民工不少，肯吃苦，做工细腻整洁，信誉好。

我说防水这活儿危险系数不小啊！他说眼前这活儿真不算啥，这坡度不超过四十五度。有一年，我们在天津给尖顶阁楼做防水，阁楼那么陡啊！他将左手竖起足有八十度的角。他看我吃惊的表情，微微一笑，接着说，从上面放下软梯子踩着干活，晃晃悠悠，那可是三十几层的楼顶，你认尿，行吗？没有金刚钻，就别揽瓷器活，是不是？习惯就好了，给人家做防水，得叫人服气才成。

老徐年轻时曾在县城东侧杨树岭煤矿井下作业干了十八年，那是一座小型煤矿。每天，下到深井里，面对黑黝黝的时空、晕晕的灯光。

老徐这个硬汉，不会皱眉头，他掷地有声地说：“怕那些，没用。你心细了，危险都跑远了。”

后来，企业改制裁员，他离开了这家企业。这山不成那山成，他选择了做防水这工作。忙时，把媳妇也带上做帮手。这个铁打的汉子，在他的脸上显现最多的是微笑与大度。或许，是生活的磨砺、世事的锻造，个性的释放等，铸就了他这种乐观幽默的性格。

他站起身，去那边干活了，下午三点的太阳火热，流云都不知道躲到哪里去了。我想给老徐留几张工作照，便盯着脚下光溜溜的斜坡好像一只笨猫那样一步一步爬上屋脊处坐下来，看几米外正喷涂的老徐。

他低头弓背，喷枪火苗子呼哧呼哧吼叫，来回舔舐卷材的边缘，那是他手中的画笔，那是他年年岁岁留给生命的一处印记。

他的脸颊汗水淋漓，后背、前胸的短袖湿得真能拧出一碗水来。他曾说过，我们一天流的汗没过秤，真要过秤，都不止十几棒子矿泉水。

喝完两瓶水，他用壁纸刀子切割一块方方正正的卷材，扣在楼顶通风口白塑料管上，手掌啪啪啪拍着，取下，未见圆圈痕迹，又一次传来沉闷厚重的手掌啪啪声。

我的目光游走在喷枪上，喷枪除把手磨得锃亮外，枪管还粘了一层层的沥青块，像老树皮生出的疤痕，那是记录辛劳的神秘符号。

“把枪给我。”我递给他，呲呲冒出的小火苗烫得透气孔外包裹的卷材沥青外沿酥软，他右手那个三角尖头小铲子开始沿外圈涂抹出一道细细的黑墨痕。

蹲伏的老徐直起身，喘了几口气，鬓角的汗珠冲刷出一道清晰的溪流状。

我夸他这活儿比一个巧妇还细巧了，他好像想起了往事：“我原来的一个熟人老冯你认识吧？”他向我描述那个人的样子，我一脸茫然，如一团云雾遮掩，一点印象也没有。他并不在意我的茫然，看了看脚下的沥青卷材：“不少年前了，他承包一处工程，本来两层的防水，他就给人家做一层，我看着不顺眼，问他：‘这么做怎么行？’”

老徐噘起了嘴巴，眯缝眼睛，活灵活现地模仿老冯的神态动作与语气：“‘行’，老冯的手像麻雀叼豆腐，一个劲儿地比画，‘行，就这么干吧！’”他这一番描述，那个老冯好像就站在我们身边。

“他这么唬人，我从那天起就再也不跟他了，老冯不走正道，挣的那些黑钱后来很快就挥霍光了，连几处房子都弄没了，还进了监房……”

“坑蒙拐骗那把戏，玩不转的，这做人还是得讲信用不是？”他说的话沉甸甸的。

天近黄昏，我和收工的老徐下楼，老徐洗了一把脸，换下工装，认认真真从衣袋中取出了整洁的衣裤穿起来，我笑道：“这是赴宴去吗？”

他神色庄重地说：“回家我得穿干净点，要不，我那个孙女看着我，该不喜欢我了！”

我们都笑了。

3

几天后的那个清晨，隐隐雷声飘来，天色看起来风雨欲来，我忽然听见了楼顶上吐火的声音，没错，是老徐。

我便穿衣去楼顶。“老徐今天不是要去柳溪吗？”我打着招呼。他看了看云朵拥挤的天空说：“天气预报说今天有雨，看这架势，去了那里干不上活儿，也是白跑一趟。”

柳溪在辽河源附近，来回差不多得三个小时的车程。

一早就赶过来，他脸上难掩一些疲惫之态，我关心地问：“昨晚睡得好吗？”

老徐不经意间摸了摸心窝。经年累月的疲劳就像一把钝刀片伤身，一夜不可能愈合伤痕。我担心他的心脏，他也不看我，接着细言慢语：“吃过饭后，老婆去街上扭秧歌，我躺在沙发上眯一会儿就睡着了。”

他毕竟是快六十的人了。

不过，隔了一晚，老徐一个人要将昨天铺到我们几家屋顶还没有来得及衔接的防水卷材喷涂焊接上。他要扫除我们对暴雨来袭的一些不必要的担心。

正干着，那边天窗冒出一个白亮的脑壳，大声喊着：“老徐，你还认得我吗？”老徐停下手里的活儿，眯缝眼睛细看，兴奋地说：“真是你啊！老伙计，这都多长时间未见了，太久了……你也住在这栋楼？……”

在他们拥抱在一起细聊的时候，我却听到了一个意外的消息：“……我后来去杨树岭煤矿，发现档案没了……”说这话的是老徐。

我惊呆了：“档案丢了？”老徐曾经去原单位找了几次，那个煤矿已关门好些年了。锈迹斑驳的档案箱子没有，问了旁人，都找不到，去人社局找，也没有。

可我这些天见到的他幽默风趣、一脸笑意，他的常态如同我家乡的邻居老哥。

只有停下手里的喷火枪，坐在屋脊上默默抽烟，那丝丝缕缕的白烟禁不住风的撕扯而消失不见了，他眉头的皱纹挤在一起，藏着的一些深沉，连同混浊的汗珠，才渗透出来。他抹了一把汗，长吁一口气，感叹道：“怎么就丢了？我真不知道为何就丢了？我可是在那里干了十年啊！”

没了身份的证明，该是怎样的痛苦？我猜不透，也不好意思询问。老徐从煤矿工人转变为做防水的，至今已二十多年了，这是一份自己拼出来的沉甸甸的“文本”，文本留存在山村与城里的楼房顶子上，鱼塘水波粼粼、鱼儿欢快摆尾的塘底等处。一谈起这些走南闯北做防水的经历，他的眼里放着温暖的光，兴奋得很，表达的时候一脸沉稳：“不论在哪里干，都得对得起自己的良心，把活儿干仔细了没错。”

实际上，历史印记本身是丢失不了的，在老徐的心里，他自然记得分分毫毫。既然没有了这一页页笔墨书写简而言之的“文本档案”，他便将这防水执着、精细地干下去。那是他此后的收获与骄傲。

从楼顶下来，我去上班，下意识抬头看了一眼楼房顶端，影影绰绰，我看到了老徐。他停下来，不知道是不是看到了我打招呼的样子，也摇了摇手。天气预报说午后有暴雨，他呼呼响的喷枪继续在焊接时光。

几天后，我去楼顶与老徐告别，这儿的活儿完工了，他隔天要去柳溪等地继续他的防水之旅。

（刊于《当代人》2023 年第 4 期）

冬之韵

冰窗花

冬天喜欢巧手装扮出真实与朦胧、夸张与变形，冰窗花是冬韵的翅膀。

一早，居室的南窗北窗犹如大写意。湿气无法躲避零下二十几度的寒冷，凝结成宋画元曲。目光行走于雪林旷野，一株株树闪亮如星，那是晨曦微露的曙光，宛如横笛倾诉，宛如金色畅想。我看见了草木葳蕤的土地，一片留白。那是一位穿戴曲领、幞头的古老画师神思飞驰如雁翱翔的灵感凸显。

凝视粗壮的树，往事越千年，斑驳的雪鳞片层层叠叠。夏日花丛中的蝴蝶幻化成冰影。平日浸渍的水痕，此刻宛如沟壑千重浪卷天空，只是那一瞬间的翅膀再也不能摇摆如风，只在此刻，如静静的水墨丹青。

驻足，冰窗花为你开启意象之门。树下的石头笑出口，一丛丛艾草兀自沉静于冬日的荒凉。

绽放的美，奔放的韵律，哪怕停留一个清晨，半个时辰，都带给人们无限无序的艺术联想。阳光慢慢擦拭掉窗花的模样，明天清晨，另一幅冷寒之手裁剪出的冰窗花鲜妍夺目。只要冬色环绕山川田畴，窗花的韵律一天一个样。

冬天的记忆留给冰窗花，她是草木之心的凝结与升华，是冬韵的缠绵悱恻。

在另一面向阳的窗户上，自有另外一幅幅精巧细腻的窗花图。工笔似的线条曲曲折折，勾勒出挨挨挤挤的树干、大丽菊簇拥的花瓣，还有星星滴落的泪珠。

冰窗花，你是冬天的凝眸深情。

冬夜星

冬夜，星星格外地明亮，越冷越精神。

天河宛如深邃不尽的空洞，容纳无数朵冰雪不停地闪烁，汇聚成从古至今的飘曳。几点连线，装饰一个冬夜的浪漫。也曾在柔和的灯光下为缥缈的梦呓牵肠挂肚。蔓草一样的冬夜，给星星点亮一盏灯。

更多的时候，跑到深巷里，遥望星空，那一眨一眨的眼睛是谁的心灵？

耳畔，只有夜的波澜，好像千丝万缕的缠绕交汇，遥不可及，沉沉浮浮的思绪都比不过那颗星的明亮与透明。

我好像会飞的长尾巴雀鸟，那星星如一小舟，载着冬天的韵律飞走了。

枯荷

城南东侧的小湖，枯荷不枯。

它们闪耀的季节留在水的记忆深处，留在水畔肃立不语的柳枝的目光里，留在驻足凝神、渴望荷花装帧一幅画的摄影师的心底。那并非张扬的个性，即使内敛纯粹，也曾在整个春天夏天娉婷多姿、充满韵律。

现在，水瘦、风寒，荷叶落，宛如带花纹的大贝壳，倒扣的，斜躺的，已然变成了另一种生命的沉静。还有酷似天鹅埋头于水里觅食游鱼的刹那，枯叶还蛮有情趣。不少枯茎不肯低头，站立水中，如长剑刺天，如簇簇木管。有些叶子未落的拖曳在水面上，好像低垂的残花。草黄色的荷叶挨在一起的，仿佛色泽敦厚的一幅画。

时间久了，思绪如水上的波痕泛起涟漪，那擎在荷茎子顶端的枯叶宛如号角，那蓄势而发的姿态犹如沐浴春天的韵律，倘若仔细倾听，春之曲袅袅飘散。

小巷

只有小巷还固守田园的韵律。

轻柔的小猫攀住灰瓦，跃跃欲试，它的身前虚空一步宽的巷子，它瞅准了对面的房檐，一个纵跃，然后轻盈漫步，索性蜷缩一团，闭目养神了，轻风与它和鸣，炊烟袅袅，它安然享受清晨初升阳光的温暖。

弹拨这一舒缓如轻音乐的是树上的小鸟。它早早醒来，一会儿飞回来，嘴角衔着什么，站在树梢上摇头晃脑，它的另一个同伴，张开翅膀，不住地啁啾。谁家早起上学的孩子，只是好奇地仰望枝头，寻见，寻不见，都不在意，马尾辫甩出欢快的韵律，哼唱“叽叽叽对我笑嘻嘻，啾啾啾和我亲不够。风吹不散，雨打不走，鸟儿是我的好朋友”。

还有一位老人，我几乎每天遇见他，手里拎一只木桶，桶里盛放一枝枝木柴，门前立一铝皮围裹的炉子，他坐在马扎上，生火烧水。木柴吱吱爆裂，老远可闻木香。

草捆

郊外河畔的田地，伫立一捆捆秸草。

不是每一块田都装饰，此刻，寥廓平整的土地上，数不清的草捆站立成阵，宛如冬日校场阅兵，豪迈威武。土黄色的秫秸捆不会待多久，农民兄弟在某一个晴好天气，把它们装进三轮车，好像搭积木，运回家或者去远方人家。骡马的目光游弋在青石槽，咀嚼声好像风撕裂叶子，怜爱的农人撒些豆粒玉米粒，寸许的一截截秫秸裹着，仿佛一夜间淬炼了骡马的筋骨。农人的目光从冰冻的冬天望见了春天铁犁铧划开田野的欢悦，不久，禾苗将染绿韵律。

往日，这些秫秸，有的堆在一起成草垛，雨浸、雪落，慢慢腐烂成泥；有的燃烧成草木灰，滋养田地。不过，那烟霭迷蒙，实不可取；更多的填进了农家灶膛，热了火炕，暖了乡愁。

至今，许多农家早已观念革新，以液化气、清洁煤取代之。秫秸割倒，曝晒，深秋或初冬，用切割机切碎，压缩成袋，喂牛、喂马，岂不乐哉！

高铁桥

巨人一样的臂膀托举游动的长龙，黑土地上冬天的雪焐热了一个长长的夏天的梦，一粒粒种子飞跃丘陵、山地，越过绵延山岭上的长城，翻越的历史册页，书写无数的荣光。

滦河、瀑河、大凌河、辽河……势如安泰的双手，托举出生的太阳，任脚下的流水弹拨四季牧歌。一月五日，空白的纸页将滴落一滴墨，氤氲，每一个人的心底，从此多了一份记忆。苍老的岁月，即使安静千年的古城墙，也睁大了双眼，凝视那疾如闪电的游龙从天边——太阳升起的地方第一次走进故乡大地。

复兴号，和谐号，心灵与目光越飞越远。

（刊于 2021 年 1 月 14 日《承德日报》）

冬日光影

飞翔的木球

木球并非木头做的，常以乱麻碎布缠绕而成。变废为宝对于农家孩子来说，犹如“将军吃豆芽”一样。

每一个木球都裹藏着斑斓的光影。至今，它还会在某个夜色正好的时刻如流星飞来，击中我的思想。回首相望，那些场景好像“仰手接飞猱，俯身散马蹄”。

冬闲，几个孩子或者十几个孩子凑在村中央的空地。溪水结冰，山里失了绿意，散乱的话题很快枯竭，不知哪一个孩子一呼喊“打木球”，瞬间好像一团火，点燃激情。

一枚黑黝黝的枯树枝做笔，大地为纸，弯腰执笔，吱吱吱，犹如虫豸声。线条南北东西，俨如大大的“口”字。装得下千百次的木球，也装得下无尽的智慧。

势均力敌的两个男孩子面对面，眉宇间的眼神如深邃的大海，锤子剪子布，一锤定音，赢者为一伍，输者为另一伍。变换的手指简单而繁复，古老的规则就在举手投足间。谁先开球自然还需要来一次智力的比拼。

横幅的纸上瞬间立着一个眼神狡黠的孩子，只见他左手抓球，右手握约莫一二尺长的木棍，目光如犀利之箭迅疾奔向前面三五十米之外的孩子们。仿佛那一刻，他狠命甩臂击打的木球飞上天空，如一道闪电，击碎藩篱，没有几个孩子能接住。停歇几秒钟后，他喊了一嗓子，远处的孩子如临大敌，目光如炬，紧紧盯着孩子手里拎着的木棒和即将划破上空的木球。“砰”，木球兴奋地飞到村庄上空，它看见了一双双期待欢愉的眼神和如大鸟张开手臂的孩子们，它调皮地滚来滚去，一个趔趄，忽而坠下去，在地上蹦来蹦去，静静等待孩子拾起抛掷或贴地滚入不能挪移半步的孩子的胯下。那确实是得意之笔，小虎寻思了一会儿，忽然弯腰以木棍前头贴地撞出去。木球不情愿滚出去，几秒后失望地肃立，等待小虎木棒内心尺度的衡量。

攻守进退，姿势变换，尺寸叠加，飞翔与静止，你来我往，喧哗与沉默，笑意萦怀，遗憾丛生。浓缩的画卷，一笔一画皆是孩子们书写的舞台，一笑一颦皆是孩子们演绎。兵来将挡水来土掩，博的是睿智与豪情。

水瘦，树寒

冬一来，山谷溪水渐渐瘦了，溪岸之树慢慢寒冷。这是一幅舒朗简约的水墨。

山里的树从雨季开始就存储过冬的能量。风寒的冬日，溪水少了，汩汩流淌，一些树木开始沉睡，厚厚的冰层遮掩了夏日清凉、秋之语的呢喃。冰层越积越多，充塞狭长的山谷，俨然洁白无瑕的寒玉。谁家的孩子一早出门在巷子里玩耍，一抬头，那绵延凝固的冰层好像复活了，在心头碰撞。

水瘦，树寒，孩子们一来，冰面喜不自胜，擦亮眼睛，托举孩子们在上面溜冰，还调皮地趁孩子胆怯或者大意之际，摔一个惊险。连河谷里劲拔枯瘦的树枝都在风里长吟，鼓励孩子们站起。从小吃惯了苦的，谁还在意这些？站起身，接着溜冰，红衣、黑衣、灰衣，妆点冬天的单调浅淡。

有时，孩子们会沿着山谷荒芜的小路，寻找模糊不清而又似曾相识、遥远漫长而近在咫尺的风物，寒冷的冬天，他们的思维不时还停在火热的夏日。河岸边际一棵老杏树、破败无人居住的老屋，唤醒童年时在村中央柳树旁听老人讲述的古老故事。多少个冬天，很多影子已经化作风尘。随行的孩子，有善于联想的，他的眼里，似乎看见炊烟袅袅婷婷，瘦水变欢歌笑语。

梨树叶的香味

母亲进城拿来些新做的豆包，不少还沾着梨树叶。我已经嗅到了梨树叶的香味。

冬天一进腊月门，母亲自然忙碌各种与年有关的食物。淘米蒸豆包即为其一。

母亲喜欢梨树叶铺底儿。秋天摘梨后，天气晴好，母亲吩咐我和她一起去山前院子摘梨树叶。一片片叶子吸足了阳光的味道，从春至秋的泥土深处的勃勃因子也化作精灵一样，存储在叶子的脉络与心灵深处。这片梨园母亲侍弄已十几年，每一棵树都熟稔如朋友。春天繁花满树，雪香四溢。母亲疏花，担忧梨树累坏了身子骨。夏天，母亲怕杂草蔓延，伤了树，杂草冒了头，一棵树接一棵树薅草。多少光阴化作了鬓角白发，多少辛劳融入梨树的生命。

还未到深秋黄叶飘零的时候，梨树叶大多眷恋时光，母亲吩咐摘叶子饱满、绿意怡人的。手轻轻地折，只听见“咯嘣，咯嘣”的回音在耳畔。厚厚一叠，浅淡的香味如轻烟薄雾。

夕阳暮色，没几天，梨树叶干枯了，母亲穿线环接，悬于屋后檐下。

要蒸豆包时，一大盆清水，梨树叶浸泡，洗净，沉默许久的梨树叶舒经活血，柔韧温润，一枚枚的卵状梨树叶携手并肩，在圆圆的盖顶上环环绕着，托住了一枚枚黏豆包。灶膛之火噼噼剥剥，雾气升腾，宛如云海。米香、梨树叶香、豇豆香氤氲扑鼻，馋嘴的我每一次吃起黏豆包都想不起撕去梨树叶，与黏豆包一起咀嚼岁月的清香与滋味。年年岁岁，清香的梨树叶与黏豆包滋养我的故乡情愫。

离开故乡多年，西园的梨树愈发苍老，树皮褶皱，枝干盘曲遒劲，村里不少人家沿袭梨树叶托住豆包熏蒸的习俗。

黏豆包置于晴好的室外，冬寒瑟瑟，豆包冻得硬邦邦的，储存于大缸里。母亲常说，豆包为何好吃，离不开冷冻，也离不开长时间的熏蒸。是呀，冰火两重天，一枚枚梨树叶亦经历了跌宕起伏的磨砺。人生何曾不是呢？

腊月与正月，吃豆包时，冻成一坨的豆包浑身细密的晶莹剔透的雪花，来到室内不久，它与梨树叶就好像商量好了，从密不可分变得若即若离，只需轻轻一揭，梨树叶就远走天涯了。不过，母亲若在平屉上熥豆包，梨树叶就不揭了，一阵热火朝天，梨树叶与黏豆包形影不离。

（刊于《岁月》2021 年第 11 期）

一树枣

蛰伏了一冬的红枣慢慢苏醒了，脸色红润，母亲就将它们包进粽子里，等着我们这些在异乡土地上鲜有机会品尝家乡味道的人回来。

心灵深处摇曳的灯光

当城市的璀璨迷离了你的双眼，当你的脑海深处塞满了欲望的火焰，你的脑中是否还对乡村中昏黄的灯火留有一丝丝的记忆呢？你是否还感念心灵深处摇曳的那盏灯火！

每当回到乡村小住一些日子，我都喜欢静静地躺在家中温暖的火炕上，仿佛一下子贴近了故乡的心脉，能听得见故乡的声音。我任柔和温暖的灯光在室内流泻，洒在我的身上，那应该是乡村之魂对游子的一种眷恋和爱护，一种久违之后的喜悦，望着她，你的心里格外地舒畅，犹如有一双母亲的大手在轻轻地抚摩你的脊背。他乡的牢骚惆怅、不平愤懑、忧郁彷徨都渐渐地在一种平静中被销蚀掉，或许一直地待下去，心真的会如纯净的天空一样透明，那样最好！

我的故乡在一个山坳里，三面的山如一个摇篮，小村如静静地沉睡在摇篮中的婴孩，民居卧在北山坡，在阳光中安闲地享受那份宁静。每当夜幕降临，家家灯火，晕黄的光散发着温馨与幸福。灯光下的母亲忙碌饭食，点点背影映入我的心灵之中。闻着饭香，嚼着黄灿灿的玉米饼子，喝着故乡的山泉水，故乡的滋味就一点点地在氤氲着我的故乡之根。直到长出翅膀，飞出家园，在异乡的天空翱翔，直到苍老的一天回头洒下泪行行。

我的父亲喜欢抽旱烟，纸卷的那种，旱烟叶子是自家田地中产的。记得我小时候，父亲一担担地从村子当中的大沿井挑水，然后小心翼翼地迈过那条满是凌乱碎石的旱河，蹒跚地沿着一条羊肠子似的小径，担水到南山的烟田里。

夏日的阳光中，我和父亲一起收拾烟叶，一股子清香沁人心脾。真是很奇怪，我一辈子不吸烟，可是闻到那股烟味却从来不觉得呛鼻子。每一次饭后不久，父亲都要手指捻动着岁月的过往，轻轻地卷起一只纸烟，用嘴唇舔一舔发散着香味的纸尾巴，再掐一下烟头的卷曲的头，就安闲地坐在火炕上一口接一口地吸起来，袅袅升起的烟霭在灯光中如一团团仙云，缥缈的蓝色令人心驰神往。父亲那时很英俊，虽然衣衫一年四季基本都是蓝色的确良布裁成的，可是父亲收拾得很整洁，父亲那时是小学老师，他威严的目光中蕴含着一种慈祥，一种爱。

母亲饭后习惯在灯光下给街坊邻居做衣服，缝纫机的“嗡嗡”声如一群蜜蜂在阳光下扇动翅膀的喧闹声，很耐听。我的母亲心灵手巧，什么活一学就会，她是姥姥家十二个孩子之中最大的，也是最辛苦的。听母亲说，她不大就会做饭洗衣，也就是七八岁光景，姥姥就教给她绣花、纳鞋底、缝衣服等手艺，母亲做衣服的本领在全村乃至十里八村都是响当当的，一进腊月，灯光下的母亲就像一台不知疲倦的机器，一家接一家地给人家做衣服。

我八九岁时，已经上学，每一天晚饭后习惯盘腿坐在炕上，身前横放一小桌，在灯光下徜徉于小人书中。父亲慈祥地坐在一旁望着我，一身的柔和，父亲不爱吱声，只是看到我专心看书，就好像看到了希望在灯下燃烧，嘱咐我：“好好看，好好学！”

记得我参加工作后，在故乡的那些年里，我家的老屋中时常聚满乡亲，他们喜欢和我的父亲唠嗑，因为在乡亲们的眼里，父亲正直质朴又有学问，乡亲们喜欢平等的对话，心与心的交流。我记得他们谈及的话题很多，春天土地的墒情好坏，杏花是否会受冻，苹果树与梨树的管理，村东的河套在夏季洪水来临前要平整，菜地浇水费用怎么收取……也谈及村里的未来。

屋里时常被云雾笼罩，灯光里有一种淡蓝色的东西在缥缈着你的思维。我已经习以为常了，不会想什么二手烟的危害，相反，倒是觉得最有滋味的一种情感在灯光中升腾。直到有一天我远离故乡，再回到家中，那股子烟味却反而不习惯了，灯光下，我的鼻子第一次觉得那滋味生疏而刺鼻，我就想："我的味觉是否已经被城市的滋味惯坏了！"

上初中之前的每一个夜晚，灯光下都有数不尽的感动。

后来我去离家八里的乡里上中学，学校没有住宿条件，每一天风雨无阻地走读，母亲为了使我不耽搁时间，很早就起床给我们做饭。

我正是贪长（方言，形容发育快）的年龄，身高已经蹿到了一米七，如乡村田野里一株青玉米，需要雨水的浇灌、阳光的滋养才能长大。我记得稚嫩的我第一次一天走了十六里地感觉很疲惫，虽然我小的时候满山满岭间疯狂玩耍，可是那时候没有时间的限制，可以信马由缰，只是一上初中就不行了，为了不耽误时间，有时候就跟小跑差不多。

夜晚，我在柔和的灯光中睡得很香，直到晨曦微露，母亲在灶下"噼噼啪啪"的声音惊醒了我，我就爬起来，问母亲："为何不叫我？"猫着腰正炒菜的母亲理了理自己的眼前黑发，说："看你累的，多睡一会儿也好歇一歇！"可是母亲已经在厨房忙活半天了。我搬来一个小凳子，弯着身子给灶膛添木柴，灶膛的火苗舔着锅底，将自己的热量传递着，一会儿，母亲掀开了锅盖，一股热气包裹了母亲，灯光成了月晕，很美丽的母亲。

三年里，无论酷暑严寒，无论母亲多么的劳累，我是早晨灯光中的幸福儿。吃完饭后，母亲还要给我们带饭，父亲从爷爷那里继承下来的一个铝饭盒，斑驳着岁月的沧桑，盒盖布满了小坑，菜汤不能有，否则会淋湿了如珍宝一样的书本，剩菜汤留给了母亲、父亲和爷爷。

时光荏苒，我进了城，成了乡村多少年以来走出去的一员，这消息如一首报春曲拨动了许多孩子求知的渴望，母亲很高兴，每一天都合不拢嘴，父亲更是喜不自胜，他觉得我为他争了气，因为那时他刚刚被人做手脚被取消了民办教师的资格，可是我第二年将大红的录取通知书拿回了家，父亲怎能不高兴呢？我觉得父亲脸上一道道皱纹在那一瞬间被喜悦抚平了。

离开学的日子越来越近，母亲白天在地里，我也时不时地帮着他们做些农活，晚上母亲回到家，忙活半天后也不休息，在灯光中给我做衣服。我去城里上学的新衣服就是母亲花了好几个夜晚做成的，穿在身上，暖在心里。父亲还特意找了一个本村手艺最精湛的木匠，用松木板给我做了一只木箱，松木的气息很好闻，神清气爽的味道，等到在表层涂了亮油和油漆，在夜晚的灯光下它的侧面能清晰地浮现我的影子，如镜子一般，似乎能照见心灵。

开学那天母亲将我随身带的衣服鞋子等物品认真地装好，父亲用自行车驮着我和木箱到车站，上车的时候不停地嘱咐我要吃好，别忘了一定要好好学习，有事给家里写信……我郑重地点着头。

转眼间我已经步入了中年，母亲和父亲已不再年轻，父亲的头发满是花白，母亲的眼角深深地刻着岁月的印记。然而我们几个走出山里的孩子在母亲和父亲的眼里仍然是一只只稚嫩的小鸟，离不了他们的关心和呵护。

母亲最喜欢我们节假日回家。夜晚，灯光下的她还是如年轻时那样不停地忙碌，我们想帮助她，她轻松地一笑：“还是我来吧！你们找不着头绪！”说得我心里很不好受，这是我的家，可是我却找不着头绪。我只好拿起水桶去井边拎水，直到水缸满了为止。

我坐在灶下烧火，母亲炒菜，油烟子呛得她一声声地咳嗽，烟雾中的灯光有些昏黄，而母亲的影像在我蒙眬的双眼中却是无比清晰，她明显地苍老了，脸上的皱纹数也数不清。父亲还是喜欢抽旱烟，他一向不苟言笑，可是当他与我们的小孩子在一起时，满脸的微笑与慈祥，还不时地冒出几句："管孩子要有耐性，不要老训斥！"

我希望这摇曳的灯光能一直照在心里，一直温暖着，一直温暖着！

（本文首刊于《大众文艺》2011 年第 6 期；转载于《格言·讲述》2011 年第 11 期；2015 年 11 月 1 日在中央人民广播电台中国之声频道"千里共良宵"节目播出）

花针窕，绣时光

灯光洒满温馨的室内，只听见穿针引线的声音如卧在草窠里的微微起伏的鸟鸣。这是母亲绣花的声音。

我记事早，母亲绣花的场景犹如一幅幅图画，在心灵深处摇曳生姿。

冬天，农闲的时候，夜色入户，星光闪烁，月影清辉，母亲时常绣花。线穗子扁平，好像在河流上漂浮的木筏，丝丝缕缕的彩线撑起一片怡人的光影。它们平常都安静地沉睡在母亲的木箱里。

母亲水墨一样的黑发熠熠闪亮，眼眸一角的鱼尾纹言不尽岁月的风霜。她的眼神敏捷如飞燕，纤细的彩线迅疾穿过绣花针如蚂蚁眼睛的针口，她又像变魔术似的拿出一双鞋垫，密密麻麻的针脚如群蚁排衙，细密有序。一针一线像窈窕聪慧的女神，在朴素简单的布鞋垫上翩翩起舞。

巧手生灵秀，从小随姥姥草木间劳动，振翅而飞的蝴蝶、木讷滑稽的胖蜂子、茎纤细的蔓草在母亲绣花的瞬间一一展现。

她还喜欢富贵吉祥的牡丹、纯洁高雅的荷花，也不知道母亲是从哪里看到的，是家里的书上，还是村里放映的黑白电影？

一双普普通通的鞋垫绣出了一片生机盎然、灵动飘舞的光彩。

来我家串门的乡亲们，见到母亲绣着花的鞋垫爱不释手。

“这么漂亮的鞋垫垫在脚下，怎么忍心？”

“嫂子，赶明儿给我也绣一双吧！”

“你在哪儿学的？赶上画儿了。”

诺诺答应着的母亲与姐妹们闲话，一些往事缕缕浮现。

在母亲很小的时候，姥姥就教她绣花的手艺，别看母亲只上了小学，她记东西快着呢！会绣花，会做裁缝，炒得一手好菜……

清淡的岁月因为母亲的灵巧，多了浓郁的芬芳、斑斓的光影和对生活的憧憬。

我家草屋变瓦屋时，母亲做了新门帘。花针窕，绣时光。她的宝贝线盒里摆了很多彩线，樱桃红、孔雀蓝、柠檬黄、草绿、丁香紫、琥珀金，等等。门帘上方绣成一株不知名的山草，婷婷新绿，如卵的叶片缀在弯弯的草茎左右，好像在自由飞翔，绽放的花儿目视金红色的太阳，一双蝴蝶嬉戏花叶间。帘子下方水波旖旎，鲤鱼跃舞。门帘上母亲绣成几个梅红大字——富贵吉祥。绣花的门帘大方自然，连一向不轻易发表意见的父亲都赞不绝口，夸母亲绣出了一片新气象。

我成家后，我的孩子两三岁时由母亲看护。花针窕，几天的光阴她给孙子绣了一个红布肚兜儿，胖乎乎的孩子身前闪烁着金色的“福”字，喜庆宜人。

这几年我们回村看母亲，或者逢年过节母亲进城看我们，很少见到母亲绣花的情景了。一次我缝衣服，母亲说她来，我取来花针递给鬓发斑白的母亲，她拿线的手怎么也纫不到针眼里，戴着花镜也不成。

我暗自神伤。花针窕，绣时光，那一幕幕温馨美好的瞬间，已经成为一种不可复制的永恒之爱。

（刊于《文苑·经典美文》2017 年第 12 期；选入新疆青少年出版社出版的《典中点·九年级语文下》教辅书；选入 2021 年甘肃省定西市、山东省潍坊市寒亭区等地语文试题）

田地散章

拉石磙·薅苗

一般说，春雨不会误了季节，该来就来，就像赴约一样，年年如是，诚信也是老天爷的品性。这一点，一辈辈的农人早就摸透了天公的脾气，早早下种。骡马撒着欢儿，铁犁划开了田地脊背，一行行的农事诗歌蕴藏了多少农人的梦想。田地农事很多，那时，我十余岁，不能跟女孩子抢着拉波索，自觉干的就是拉石磙。

石磙子大小不一，形状相似，肚子圆鼓溜丢，两耳畔塞进木塞，上面嵌入尖利的细铁棍，弯弯的铁钩子附在上面，拴了一根长长的麻绳就可以拉着去地里。

石磙子沉默一冬，早就攒足了劲儿。我拽着去田里，石磙子碾过沙土地，像轻微的滚雷在天空滑过，时断时续跳跃出嘤嘤嗡嗡如蜜蜂飞舞的声音。这欢快的节奏舒缓有力，内心着实熨帖。我的双脚一落到田地，刚才的轻盈劲头就消失了。石磙子好像粘在了土上，再也不像在颠簸的山土路上蹦蹦跳跳了。不拽紧，它就猫着；稍一用力，它像使了定身法，在垄沟里一动不动卧着。我将绳子撂在肩膀上，生拉硬拽，双脚踩着软软的泥土，就像踩着棉花，很快，一条田垄被我甩在身后，我汗涔涔的。从东到西，从西到东，简单重复，重复并不简单。农人的土地都是用双脚丈量出丰收的。几圈下来，双脚酸胀，心脏犹如大海波涛，我几次想歇手，看了看田间不知疲倦的母亲、父亲、爷爷，就不管那些了。还别说，等我的汗水酣畅淋漓地冒出来，浑身竟然来了气力。

刚刚撒种的泥土地因为石磙子的碾压而密实，不太透风，种子暖和舒适，地气凝结，阳光照耀，雨露滋润，种子发芽后扎得深，站得稳。

十余岁一直到二十余岁，石磙子像一位沧桑岁月的老人，教会了我最初的田地技能，我的臂膀变得粗壮，我的智慧像田野里的禾苗，拔节蹿升。

走出农村后，我再也没有拉过石磙子，在春天里，我远在一个小城蜗居，从清晨到黄昏，机械地行走，我再也找不到田地里磨砺筋骨的感受了。

春天的石磙子，你还认得我吗?

如果说拉着石磙好像田间小调，那么薅苗犹如田园牧歌。

一粒种子，一粒生命，钻出田野的小苗贪婪地生长，几天工夫就在地垄沟里蹿出一片绿色的脊梁。薅苗时节到了。

薅苗得有一双好眼力，谷苗弱，谷苗强，一眼看分明。在春风里立不住根的谷苗纤细，个别的天生孱弱，脸色灰黄，一看就知道，发芽的时候，不是挑肥拣瘦，就是缺吃少喝。命运有时候就掌握在自己的手里。农人心里一杆秤，小苗和小苗之间就像邻居，离得太近招人嫌，离得远，显得生分，地里的肥料、天空的雨水，都有数，挤在一起，谁都长不好。

我家东山坡地的谷子苗，小苗不过三两寸，好像暖阳下扎堆看热闹的小孩子。母亲领着我第一次薅苗，蹲在地上给我示范。她就像魔术师，手指先轻轻而后迅疾地从一堆孱弱的苗中向下捏住，旋即，一棵棵根系拔断的小苗被扔到地上。母亲要我来，我哪有那个性子，一伸手，就薅下一撮，苗根都没断。母亲就嗔怪我不用心，要我慢慢来，用手指挨近小苗的底部，捏住了，一个寸劲往外拔就行。我试一试，果然，心里的急躁随着一次小小的成功而平复了。

薅苗与艰辛、疲惫相伴。田垄长得像一条羊肠子，蹲在那儿，背上太阳晒，脚下双脚缓缓移动，太阳烤化了农人额头上的汗珠，在太阳悬在头顶的时候，薅掉的小苗已经打蔫。我的双腿灌了铅，直起腰，酸痛无比，头上金星闪烁。此刻，农田里的小生命，在风中摇摆，似乎在嘲笑我。我蹲下，后背僵硬得犹如一块石头，没办法，我弯着腰薅苗，一会儿，双腿直挺挺的，像一根木杆子，再怎么弯曲都不行了，只好蹲下。

一半天，回家的路上，哪儿都是疼的。母亲若无其事，只是缓缓地走在凹凸不平的山路上。我也无心凝神松林里藏在枝叶间啾啾而鸣的山雀、路边风中摇摆的小白花，只是盼着躺在自家的炕上，好好睡上一觉。

当母亲喊我，我还在梦乡里徜徉。山路漫长，走进田地，步履沉重，只有走得多了，步履才会轻松。就是在这一次次的踏进田地，我蹿高了，挺拔得像一株小白杨。我不再恐惧田地辽阔对我心理的冲击，我也不再担心一些农活的遥遥无期。若干年后，回顾曾经遥远的田园劳作，我猛然醒悟，爷爷、母亲、父亲是把我当成一个标准的农民来培养的。这并不奇怪，二十世纪的七八十年代，农村娃“鲤鱼跳龙门”的寥寥无几，我们村子，多少年出不了一个大中专生，多数都得驻守田园，一辈子与泥土地打交道。虽然我的学习成绩从小就不错，到了初中在学校也属于翘楚，可是，我的家人并没有放松我对于田地农活的体验和学习。

不辍劳动，懂得了生活，懂得了憧憬，如一株株扎根于山川的白杨、垂柳、杏树等，在季节的风霜轮转中，郁郁葱葱，绿了风景。

耪地·苗肥

土地身穿几层衣裳？农人心里都有一本账。一个本分的农民，不会闲着，在他们的眼里，你给土地多少气力，土地就给予你多少喜悦。薅苗后，耪地自然而至。

春天，雨落田间，泥土地在太阳暖融融的风里，干了衣衫，一层皮儿就像土地的皱纹，在干热的空气里皴裂。田地也有血脉，在肌肤里滚滚流动，田地也会忧伤，如果少了防护层的遮掩，身体内贮藏的水因子就会缥缈如雾，小苗就遭了罪。

农人爱惜土地，爱惜小苗。扛着锄，太阳没出门，山峦雾霭里，就已经赶到田地，一个寸劲儿，咔嚓一声，脆响，锄头稳稳扎进泥土里，双手一前一后，蹬住了地，双臂来一个后撤劲儿，掀开了的泥土仿佛一层褶皱纵横的衣衫。后来，我明白，耪地就是给田地增加了一层布衫，太阳在熏烤，因为有这层衣衫的遮掩而减少田地血脉的流失，勤快的农人都在早晨耪地，保存的湿气就多一些。

是爷爷教会我耪地的。已过花甲之年的爷爷身板硬朗，锄头在他的手里简直就像玩具。他告诫我，锄头离小苗远，小苗不得力，离得近，伤了小苗的根，耽误长。那一株株欢蹦乱跳的小苗，难道就是爷爷的贴心小朋友吗？

有时候，天旱，爷爷反而耪地越勤，我摸不着头脑，就问爷爷。他平静地说，越耪地，土里那仅存的水汽就能越多留存，小苗根儿就越扎得深。

我开始了第一锄，锄头尖儿如石头硬邦邦砸在地上，只扎进薄薄的土层，向身后拉扯，锄头重如巨石，双臂软绵绵的。锄头在土层里游走，好像飘忽不定、心事重重的大雁。爷爷就呵呵地乐，说，一会儿就好了。这活儿真不是一时半会儿能学会的，所有的农活都需要智慧，都需要劳动的积淀。汗水流多了，便熟能生巧。

后来，我耪地也能像爷爷那样一招一式，有板有眼了，也算一个半成熟的农人吧。

禾苗越长越高，高过膝盖，就得苗肥了。

我童年时，苗肥用点种葫芦，模样古老，木制的方格空心管，通向圆圆的塑料葫芦。如今，它们已经被淘汰。苗肥那时用氢氨和少量尿素。二胺的气味好像狐臭味，离老远就熏得人皱眉头，尿素金贵，小圆粒亮晶晶的，犹如小珍珠。

初夏，阳光肆无忌惮地炙烤大地，即使早早上山，农人的脊背也汗涔涔的。农人的眼力仿佛能穿透大地，知道施肥的地方与小苗根系的合适距离。挖出的一枚枚小坑就挨着禾苗的身旁。我端起点种器，里面盛满了给禾苗的饭食，略一倾斜，尿素粒子就滚落成小小的瀑布，一个急停，双脚一抹，松软的泥土覆盖了肥料。一株株的施肥，直到太阳落山，晚风送归。

几天后，小禾苗的肌肤黑亮黑亮的，如抹了一层油，夏风吹拂，一枚枚叶片像翩翩起舞的女子手中的长袖，舞出力量，舞出憧憬。

我从小没少跟着母亲苗肥，从最初用点种葫芦到拎着水桶、小瓢舀苗肥。这些年，回乡偶尔与母亲、父亲去地里苗肥，有了变化，蹚地与苗肥融合在一起了。故乡这些年，养大牲口的越来越少，骡马成群已成昨日风景。蹚地苗肥少数还自己手拉铁犁，很多人家花钱雇柴油机驱动的蹚地。二胺少了，尿素和复合肥已经习以为常。

那年，我回故乡上山，双脚已经不再灵活，推着小轮车，车上搭着两袋子尿素，沿着蜿蜒起伏的山路颠颠簸簸推着，手臂越来越酸，胸口仿佛压了一块巨大的岩石，双脚摇摇晃晃，几欲脱手。我几乎用尽了气力，才把这一车子化肥推至我家的田里。禾苗挤挤挨挨，田垄中新翻的泥土气息、风吹来的草香，扑面而来，消解着我的疲惫。

没了田地里日复一日的劳作，我的筋骨已经变异。

割谷子·打谷场

谷物里，谷子算老前辈，神农尝百草，谷子开始滋养天下，厚德民众之人生智慧，谷物累积了文化的大厦。

谷子从来不居功自傲，长在山里，质朴自然，但不好流俗，它不屑与其他庄稼争地盘，也不屑与农人辩白播种的时间早晚，更不屑于农人有时候对于它的冷落。它只认准一个理，不管在哪一个田地，都攒足劲头，扎根下去，默默地承受着苦难与波折。风来了，叶片晃了晃，仿佛一阵阵波涛，好像驱赶风的狂傲睥睨；雨落了，一枚枚叶子好像儿女的小手，为母亲遮蔽衣衫；干旱袭来，热浪如魔王，所过之处，树叶枯干了脸膛，野草蔫蔫地垂着头。谷子勉强支撑，它想得最多的是儿女，炎热凝固了枝头的粒粒果实，粗鄙的不少，成色不多，即使大片地死亡，这也是一行生命耐力的诗歌。

谷子一般都承担着救苦救难的角色，当春天的玉米高粱苗受了伤——冰冻、干旱等侵袭，谷子就不声不响地出征了。春种夏管，秋色在不经意间染遍了原野。

一到秋天就割谷子去了。谷子地一般没好地，隐在偏僻的山林之间，一层层的梯田在山间蜿蜒出金色的油画。从家里到山上，磨炼双脚功夫，河畔沙地疾走，河滩踮着脚丫子迈步，遇到流水涓涓，就踩着溪水中弓起腰的青石，前脚慢慢蹬一下，没见它腰身塌陷，就跑过去。山路，九曲十八弯，陡坡陡得直担心，生怕一不小心，从土坡中间跌倒滑落。双脚踩一步就停一下，心里想，这样的路，割好谷子怎么回家？

穿过杏树林边际的狭窄的山路，就看见了我家的几块梯田，在绿色欲滴的世界，它们犹如画家用画刷随意涂抹的几道，耀眼醒目。

爷爷和我手里都拎着锋利的镰刀，仿佛拎着弯弯的月亮。在一块谷子田，爷爷教我。他一辈子与土地亲近，自然懂得土地的脾气秉性，啥地块种啥，都在心里装着。爷爷懂得丰收后的谷子的心思，双脚迈进田里，生怕踩疼了谷子的筋骨。风折弯了的谷子被他轻轻扶起，他宽大的手掌仿佛能容得下整个山岭，整个田块，整个沉甸甸的谷穗。

他攥着的一缕谷子，仿佛攒成的一片彩虹，谷子的根部从四面八方向爷爷膜拜。爷爷在这片谷田洒下多少汗水，他自己不会记得，他也从来不记得。他牵挂谷子就像牵挂自己的小马驹，就像牵挂自己的孙子。一个整整在土地上耕作过六十多年的农民，他的呼吸里都满是土地的气息，他的双脚、双手厚厚的茧子，就是土地的密码，他的筋骨里流淌着土地的血脉，他的思想深处，装满了土地的灵魂。

我那时候，眼珠子都盯着爷爷的一招一式。他的左手反攥着一大把谷秧子，右手挥舞镰刀，咔嚓嚓，咔嚓嚓，铿锵急遽的节奏声惊走了几只灰色脊背的山雀，黑色的翅膀闪电一般钻进了厚厚的密林。爷爷直起腰，割断的谷秧子被爷爷捋顺后，横卧在土地上，倾听土地跳跃千年的脉搏。

我学着爷爷的样子，笨拙地捋起一堆谷秧子，它们杂乱纷纷，我的小手握不住了，手中的镰刀割向谷秧子的根部，一些谷秧子好像散了架，没有折断就倒下去，从我紧握的小手中扽出去。爷爷见此，说："贪多嚼不烂，你手里攥住一些，抓紧了，镰刀一个寸劲儿，就行了。"我试了试，果然如此。割谷子，一会儿弯腰，一会儿直腰，一会儿甩胳膊、牵引，没有多远，就支持不住了，我想坐在绿荫下歇一歇，看见爷爷还在挥舞镰刀，就坚持着。爷爷看见我割了一长溜，就要我到大如华盖的杏树下凉快一会儿。

树影摇曳，细碎的琥珀透过树叶，落在地上。草丛间的螽斯在弹琴，不算好听；小蚂蚱在草窠中蹦来蹦去。夏风涌上山坡上大片的松林，犹如浪涛轰鸣，席卷万物。爷爷没有停下手中的镰刀，他已经走到那边的堤坝界，割断榆树梢子——柔韧性赛过柳枝条的一种灌木，他还要给他的小马驹割些青草。农人秋天，就像弹奏交响曲，一种音调太单调了，不像秋天的成熟与丰赡。

山里的几块田，割倒的谷子安静地享受阳光。几天后，炽热掏干了谷子的内核，爷爷再一次来到山上，捆谷子。一根根榆树梢子穿过时光，一地的谷子都站起身，犹如一个个精神的兵马俑或者说草人更合适。从一粒种子落进泥土，走过春夏，多少时光已经浸透了谷子的灵魂，那饱满的谷穗装得下农人洒落的一滴滴汗水，装得下天空，装得下从古至今的无穷智慧。

山路狭窄，只得运到山腰处一处平缓的地方，才可装到马车上。我和爷爷就往山下扛谷子。稚嫩的肩头上，搭着一捆谷子，山路弯弯，谷子晃晃悠悠，双脚一会儿踩在石块丛生的山路，一会儿越过人家的土坎子界线，一会儿小心翼翼地躲过荆棘丛生的葛针。一种姿势，容不得你随意调换，因为，谷子一旦从肩头滑落，就意味着只有等待前面的爷爷帮助你。几趟下来，脖子、脊背、肩膀难以形容地疼痛不已。

爷爷赶着马车就可以把它们运到南山脚下的打谷场里。村子里丰收气息在这里自由释放。一队队马车、驴车、骡子车，在谷场里见缝插针，左转右拐，停到属于自己家那块地儿，谷子堆成小山。空地腾出来，就赶紧摊场。谷捆子散开，爷爷、父亲、母亲、我几个人，手里握着掐刀掐谷穗。圆圆的谷场，谷穗子如弯弯的弦月，铺满了，一脚踩下去，可以听见谷粒簌簌滑落的声音，细细的，仿佛扑棱棱的小鸟悄悄穿过林间，翅膀触到了树叶的声音。

家里的骡子套上了缰绳，捆好了肚带，尾巴后的绳索系到石碌碡上，仿佛出征沙场的战士。爷爷一个响鞭，脆生生的好像云天裂石，那匹骡子就绕着谷场盘桓起来，一圈圈的时光都洒落在谷场上。谷穗子裂开了嘴巴，一粒粒金黄色的米粒仿佛小小的珍珠，在缝隙间滚动，还不时地在碎屑上跳动几下，闪闪亮亮的筋骨倏忽间淹没于一片碎叶的斑驳碎影里。

直到谷穗子如编织的草毡子模样，骡马就可以去另一家谷场转动时光。

起场的活儿我喜欢，手里一根钢叉，探进柔软的细碎谷秸子底下，稍稍托起，往前不住地游走，细碎的谷秸子就颤颤巍巍，如蹒跚而行的人，挤在谷场边际，杂乱无序。谷场单纯了色调，数不清的谷粒与瘪瘦的糠秕混在一起，考验农人扬场手艺的时候到了。

我家扬场的一般都是爷爷，这手艺非一日之功。风急遽不行，谷粒子会落脚无根，四散飘零，风轻了，糠秕不走，这火候非娴熟的扬场农人不可。还有，木锨的走向，节奏，角度，技术含量不低。

我至今还难忘月下爷爷扬场的情景。清辉弥漫了树林、村庄、田地，忙碌一天的山村依然难以入眠。打谷场上，爷爷的木锨飞过肩膀，飞过月亮，无数的谷粒在月色空蒙的时空激荡出朵朵浪花。坐在谷秸子上，我已经被爷爷扬场的韵律和节奏所着迷，那一板一眼透着岁月沧桑，透着与田地融为一体的热爱与钟情，透着追求生活的憧憬与自豪，透着身体力行的谆谆之心。

我跃跃欲试，站起身，跟爷爷说了，爷爷高兴地捋着胡子，将木锨递给了我。我手执木锨，站在如小山蜿蜒起伏的谷堆前面，铲起一些谷粒，忽然朝天空抛开，只听见哗啦啦，谷粒糠秕从天而降，我的头发，脊背，脸上，灰头垢面。爷爷就一遍遍给我示范，直到我学会。

以后，我鲜有机会再扬场，这也是田地农活中为数不多的我不太熟练的，我至今还记得，那月夜的打谷场。

（刊于《辽河》2016 年第 5 期）

母亲的“画儿”

读汪曾祺的《看画》一文，我也想起我的一些“看画”经历了，第一个是我的母亲。她的画都存在她的手工活儿里，她的农事里。心里有画，做什么都像画。

秋天田地里掰棒子，她喜欢将玉米皮剥得一点也不见，一颗颗玉米粒瓷实饱满，光灿灿的，咧着嘴笑。母亲的手就像画笔，那些玉米落在柳条筐子里。她站在秋熟的田野当中不停地劳动。田野之外，是绵延起伏的山峦，河边的白杨树郁郁菁菁，我想起了约翰·康斯太勃尔的《玉米田》中的情景。

我的母亲那时只有三十多岁，我是一个七八岁的孩子，跟随母亲的身后，总也撵不上母亲的脚步。她弯腰拾起我从远处丢到了筐子外的玉米，她站在一株株玉米秧中间，大口喘着气，然后扬起脖子咕嘟嘟灌水的样子，都像一幅画，这是母亲年年都自己去呈现的农事画。她不戴口罩，灰色的衣衫，风卷出沟壑状的衣褶，那是她现在额头上层层的皱纹。

夏日，她领着我去村西小西山果园薅草。果树枝压得很低，头垂下，曲背弓腰，好像一个踟蹰者。一场雨后，杂草吸风饮露，蹿得扬扬得意，母亲那双手好像除草机，挪移几步，她身后杂草全无。红苹果绿叶间笑呵呵的，我问母亲，现在薅草，过些天杂草又冒出来了，这一遍遍地薅草，真麻烦。

她笑了，说，不过日子人家的果树盆里才尽是蔓草呢！人勤地不懒，果园干净，果子都舒心地长呢！

她说的话，流的汗，果树园里的晨影，都跑到果树的绿叶子内，跑到了一颗颗红润炫耀的苹果、鸭梨里。秋熟之画，醉人。

年复一年的劳作，年老的母亲腰弯似弓，她打趣道，后院的老高一见面就说，嫂子，你现在真成了“弯锅”了。我母亲姓郭，这样的谐音，母亲只是呵呵乐。

那年秋十月，我回故乡。一进院子，瓦檐前的窄窄空地摆满了谷穗，拥挤，凌乱，这是无数次捶打的样子。母亲就坐在台阶下，手里攥着一根长木枝，啪啪啪，谷粒跳跃，飞起来，落下去，飘起的碎屑像烟雾一样，母亲呛得直咳嗽。我招呼“妈”，她手里的木枝悬在那里，笑了，左手扶地，“哎”的一声艰难地站起来，我的眼泪滚落到谷穗里。

这幅画，我拍过照片，只是，在相机面前，母亲已不像我进院子前那样的沉浸其间的自然，她看着我的镜头，故作轻松。

饭后，我坐在木凳上，像母亲一样捶打谷穗。母亲端起簸箕，唰啦，唰啦，她的双臂抖动，碎屑颠簸，下落，金色的谷粒宛如细密的精灵，成群地向后游走，游走出一片片干净的画儿。

母亲喜欢做佼佼者。农事如此，手工活亦如此。

自蜜蜂牌缝纫机进了家门后，入了深秋到过年的大多数夜晚，母亲即扎在缝纫机前了。穿衣镜前的母亲婚嫁时做的柜子上垫了一层工作布，东邻西舍人家拿来的斜纹布、卡其布等，很多直到现在我也记不清的灰色、藏蓝布等颜色的布一次次铺在柜子上。母亲右手拾起一根白粉笔，布上便映现出一个人大腿与臀部的简笔画，咔嚓嚓，咔嚓嚓，清脆的剪子声音里，一块布剪成各种形状，后背状的，如矩形的。她的心里装着很多画。

然后，我们趴在被窝里便听到了如群蜂飞舞的声音。母亲坐在缝纫机前，脚踏板时起时伏。我从睡梦里醒来，母亲还在忙碌，那个侧影一直留在心里。

“灯笼裤”，我喜欢这样称呼母亲做好的一种裤子。左邻右舍拿起衣裤，啧啧称赞。

我曾写过一篇《花针宼，绣时光》，摘录一段：“振翅而飞的蝴蝶、木讷滑稽的胖蜂子、茎纤细的蔓草在母亲绣花的瞬间一一展现。她还喜欢富贵吉祥的牡丹、纯洁高雅的荷花。”这是童年时期，母亲手工绘就的一幅幅美丽的画儿。

时光急匆匆而过，母亲两鬓白发，她的农事、手工明显力不从心了。

这几年，适逢秋收，我和她去田里掰玉米，我只留给她两三田垄，她依然喜欢用筐子装玉米，她依然喜欢将玉米棒上的皮撕扯干净，慢下来弯腰捡拾筐子外的。她要挎筐子，我赶紧伸手，拿过来。她便叹息：“这上岁数了，体力真跟不上了。”她不服老，可是，她的那些精致的“画儿”大多留在记忆里。

这些年，我回故乡，有限的时间，有限的范围，我也在田里、心里画一幅画，更多的是用文字，献给我的母亲。

（刊于 2021 年 10 月 14 日《长江日报》）

爷爷的马驹子

我去庭院外，遇见了老池，闲聊的时候，我问起小苗是否已经露头了，墒情还行吧！他忽然问我："农家活儿还熟悉吗？"我心一震，是啊！离乡多年，犁地耕田的农活当初多么熟悉，可是今天竟然像分别许久的老朋友，淡忘掉了。真不知道在春天的原野上，当我手扶犁杖的时候会是一番什么样的情景。

当初，我的身前就是身板硬朗的爷爷扶犁杖，母亲点种，拉着簸梭（一种用来掩埋种子的农具），我在爷爷的身后拉着沉沉的石磙子，木犁像田野脊背上不停书写的一支笔，在泥土幽香的时刻，划开一道道波痕，那波痕翻卷着潮乎乎的泥土，拾起来，黏性，凉爽，发酵的气息像草香扑鼻。

木犁霍霍地走着，一条麻绳子绷得紧紧的，那头枣红马驹子闷着头，弓着腰，呼哧呼哧地喘着，木犁深深地掀开泥土，泥土像翻卷的浪花急遽地闪在两旁。爷爷目视前方，手稳稳地操着木犁，双脚娴熟，像一位身经百战的将军，又像一位踩钢丝的艺人，犁杖不会歪斜半寸。

太阳又长了一竿子后，爷爷一勒缰绳，马驹子停下来，喷着鼻子，浑身像是淋湿了一层细雨，亮晶晶地闪着。爷爷从小推车上的袋子里扯出一筐干谷草料，喂养马驹子。

爷爷对我家这头马驹子最有感情。

家乡的山山岭岭绿树葱郁，草木繁茂。我记得那时候，几乎家家都有大牲畜。最初，家里有一头母马，这头母马生了一头马驹子，马驹子很小的时候，浑身毛茸茸的，就像一个顽童，一点也不老实，在院中的空地上来回撒欢，嘚嘚的声音好像敲响的战鼓，累了就在爷爷身前蹭来蹭去，或者一个歪斜侧倒在地上，四蹄蹬踹，用力翻滚，轻云细雾般的灰尘袅袅地升腾。

农村的孩子土里来土里去，几乎从小都跟着大人屁股后学农活。我常常跟着爷爷去东山顶上的坡地，重活干不了，就跟着爷爷薅草。空闲的时候，去草丛里逮蚂蚱，捉蟑螂，采龙葵果，采榛子。爷爷每一次去地里，都要牵着那头长得壮实的马驹子，找一处平阔的田边杂草地，目测一下距离，估摸着拴着缰绳转圈的马驹子不会踏进别人家的绿油油的庄稼地才放心，从脚底下抓起厚重的石头咣咣地砸着拴马驹子缰绳的铁钎子，直到大部分没入泥土中才住手。

我稍大一些，不薅草了，而是锄草，爷爷依然牵着那头马驹子。

爷爷溺爱他那匹马驹子就像溺爱自己的孙子一样。马驹子有时候很任性，跟在爷爷的身后还不老实，不是用头蹭爷爷的后背，就是扯着缰绳像要使劲地挣脱，马头高高地仰着，一副桀骜不驯的样子。爷爷就佯装发怒，用力地一勒缰绳，像骂小孩子似的："你这个王八羔子，还长能耐了不是？"马驹子好像看出来爷爷的脸色有些怒色，就乖乖地埋下头，吭吭吭地在泥土地上来回吐气，弄得灰尘四起。

爷爷见状，嗔怪道："不要急，一会儿就有吃有喝的了！"爷爷拴住小马驹子的常常是青草茂盛的地边，杂草丛生，有蒲公英、干打蕾、桔梗草、拉拉藤（故乡人俗称"拉拉蔓子"，学名葎草）、水心草、艾蒿等，马驹子伸着长长的脖子，挨近草地，一只回旋自如的舌头来回地衔着杂草的茎或者草尖儿，一副贪吃的样子。

锄草的间歇，我蹲在杏树底下乘凉，爷爷手拿一柄镰刀，寻找茂盛的九尾草。这种草长得壮实，亭亭玉立，微雨后，水灵灵的草叶上粘着露珠，牲口最喜欢吃。不一会儿，爷爷背着一捆草回来了，这些都是准备夜里给马驹子吃的，俗话说“马无夜草不肥”，养牲口的农家，每逢夕阳落山，牵着骡马回家的时候，几乎每一个乡亲的肩膀上或者骡马身上总会有或大或小的草捆，晃晃悠悠。

夜幕四合，微星闪烁，山村慢慢寂静下来。饭后，爷爷挂念马驹子，在炕上歇不了一会儿，便下地去院子东边的马棚。爷爷身板硬实，肩挑扁担，铁皮水桶与扁担钩子摇晃出“吱妞吱妞”声，水井就在我家菜地旁边，站在院子里就能清晰地听见辘轳咕噜噜的声音和水桶倒水的哗啦啦声，以及嚓嘎、嚓嘎双脚交替踏地的声音。刚挑来的井水在清幽幽的月光中荡着一圈圈的涟漪，淘气的我想把手指伸进里面玩儿，爷爷嗔怪道：“弄脏了，马驹子该不喝了。”我就将小手缩了回来。爷爷将水桶稳稳地坐在马槽上，马驹子好像在感谢爷爷，喉咙里吸溜溜地咕噜着我听不懂的音符，爷爷轻轻拍着马驹子的脖颈子，摩挲着。直到马驹子喝光了桶里的水。

爷爷给马驹子喂草，我也跟着抱起草向石槽里增添，爷爷见状，拦住，说：“哪能一下子放这么多，细水长流才行。”夜里，我睡得跟冬眠的青蛙差不多，只有被尿憋醒才跑到外面，有时候就会见到爷爷站在马槽边，一动也不动，马驹子衔草咀嚼的声音格外清脆。

马驹子在爷爷的精心饲养中长得膘肥体壮，我家没有胶轮车，所以，这头马驹子得到拉车的机会不算多，只有秋收的时候，从后院二叔家借来车子，它才有机会得到锻炼。

秋后的田野像熟透了的蜜桃，像色彩斑斓的锦缎。去南山要经过一个陡坡，砾石横生，车子经过时，像一艘在大洋上颠簸的航船，爷爷坐在车头，手握长长的马鞭在空中摇晃着，“吁——吁——吁”，马驹子弓着脊背，呼哧呼哧地喘着粗气，胶轮车被马驹子拽上了山坡。

有一年，我刚刚放学回来，大门紧锁，一问才知道爷爷他们赶车去地里拉棒子秸了，我就站在家门口的石台上遥望。大约几十分钟，我看见了杏黄色的马驹子在东头的拐角处露面，小山似的秸秆顶上坐着爷爷，这一会儿，马驹子一改往常毛躁的脾气，车子很稳。可是，就在爷爷站在秸秆上摇动马鞭，马驹子向左边拐弯之际，车头忽然撅起来，爷爷坐在车上，被这突然起来的力量掀倒，像落叶一般贴着秸秆顶落下。我被这情景吓呆了，心一下子提到了嗓子眼上，慌忙向车子跑去，还没有到跟前儿，爷爷竟然一下子从地上站起来，拍拍身上的灰土，捡起马鞭朝马驹子走去，我以为从来不打牲口的爷爷会狠狠收拾一顿马驹子了。可是，爷爷俯下身子看了看，从马驹子肚子底下拽出一团缰绳。原来是缰绳没有系紧，中途晃晃荡荡就松了。爷爷拍拍马驹子的脑壳，重新找人将倾斜的车子拉平，马驹子又弓起脊背拉起车子了。

时光飞逝，爷爷到了耄耋之年，那头马驹子的鬃毛也结上了一层霜雪，春种秋收，马驹子在爷爷的手里依旧像一位勤快的农夫。每一天清晨上地，马驹就像爷爷的侍卫贴在身后，走向山野，爷爷的脚板子丝毫没有减弱多少，可是，父亲和母亲最终还是给爷爷来了一番说服，让他不要再上山牵着马驹子了。这一次，倔强的爷爷没有反驳。每当父亲牵着马驹子走出家门的那一刻，爷爷的眼神很复杂，我读到了不舍、挂念、遗憾、叹息，等等。闲下来的爷爷没有住脚，他常常去山里割草，一大捆草背回来，给马驹子消夜。

父亲成为村干部后，分不出更多时间放马驹子上山吃草，就跟爷爷商量处理掉。爷爷想上山放养，我们谁也不让。终于，父亲要拉着它去乡里的集市物色买主，爷爷不放心，走之前反反复复嘱咐父亲，多问问，一定要卖给可靠的人家，千万别给肉贩子。父亲前面拽着缰绳，马驹子咴儿咴儿地叫着，不时回头向院里张望，像是与爷爷告别。爷爷闷在屋里不肯出来，一个劲儿地叹息自己老了，老了，不中用了，要不然，马驹子也不至于被卖掉。院里再也听不见咴咴声了，终于，爷爷坐不住了，啪嗒啪嗒迈出家门，站在门前高高的石阶上，朝雾霭茫茫的那条曲曲折折的山路张望，那头马驹子像画上的黑点，越来越小，直到消失在一片土坡下。

院子里的马棚空荡荡的，石槽里还残留着一些细细零零的草屑，马厩里飘过来酵母菌一样的霉味。傍晚乘凉，爷爷坐在石槽边，自言自语："这马驹子要是赶上一个好人家，好好使唤，该错不了。就怕摊上一个邪乎人，那样就惨了。"

日子像影子一样从身边倏忽而逝。一天正午，我们正在午睡，忽然听见大门外传来咣当当的声音，像是敲门又不像，我一骨碌站起来，跑到大门口，惊呆了，爷爷的那头马驹子站在门外，用头一次次地撞门，我拉开门，简直不敢相信，这是爷爷的马驹子吗？浑身道道血印，眼神满是委屈和无奈。爷爷不知什么时候出来了，他破口大骂："缺心少肺的王八犊子，还有没有良心，这么狠心，真下得去手……"爷爷给马驹子擦伤，喂水，喂草料，回头对父亲说："干脆，我们把它买回来吧！"说是这样说，等到那个刀削脸的汉子来跟爷爷说好听的，一再保证好好侍弄，爷爷还是舍不得放手，马驹子临走的那一刻，爷爷轻轻抚摸着它的脖子，像是安慰，说："走吧，走吧！有啥难事，想开了就好了。"

等刀削脸汉子牵着马驹子走了，爷爷兀自叹息："真不知这一回啥样呀！真不如不卖呀！"

爷爷不服老，依然喜欢扛着铁镐上山，南山有一块荒地，看着可惜，就一点点刨出来，在歇息的时刻，望着田畔人家的骡马，他就念叨起来："咱家的马驹子就是倔强一点，就像调皮的孩子，你得顺毛儿捋，哎，要不是你爸，我现在牵着放它一点事也没有。也不知道现在啥样了。"我知道爷爷想它了，就想办法安慰他，可是，我竟想不出什么合适的话来。我看到爷爷遥望远方的眼睛涌出了浑浊的泪珠。

在一个集日，爷爷也不知道从哪里听来的消息，说那匹马被刀削脸的汉子卖给屠宰场了，爷爷坐在西屋的炕上，脸色像蒙上了一层阴霾，终于，倔强的他破口大骂："真不是人，这种两面三刀的人也不怕天报应。蛇蝎毒肠的人早晚遭报应呀！"一连几顿他都不吃饭，我们害怕了，纷纷劝爷爷，这个说："你可不能跟这种人一般见识，我们知道你跟这头马驹子有感情。但是，你要是有个闪失，这帮小辈们怎么办。"那个说："老爷子，你要是这么喜欢牲畜，赶明儿开春，我家的那头骡子就归你放了。"爷爷听到这话，竟不软不硬地回了一句："你还当我是年轻小伙子呢！你那头贱货谁也不稀罕。"

大伙的安慰管事了，这事情就像一场突袭的暴风雨，爷爷受伤的心慢慢平复了。可是，晚饭后，爷爷坐在院中的石台上纳凉，他那双眼睛还不时地朝东边的牲口棚子凝望，虽然那里已经空荡荡，只剩下一口不会说话的大石槽。

（刊于《辽河》2015 年第 1 期）

一树枣（外一篇）

那天，我收拾屋子，看见在阳台的袋子里，装着很多的红枣，干瘪，攒着密密的皱纹，这是母亲年前秋后送来的，晾在阳台的木厨子上，后来就收进了袋子里。

我常常遗忘它们，在钢筋水泥的丛林里我不敢停下脚步，我匆匆走着，每一天，都像一块机械手表一样，一天天旋转，不知所终，在这纷扰杂乱的生活里，我还有时间思考已经是一个奇迹，我没有时间去逛街，也没有时间去角落里看一看还有没有来自故乡的东西。

那些红枣，就是我遗落的故乡的一种痕迹。

红枣被摆上了茶几，洗得干干净净，透着一股幽幽的光，我好像在那一刹那，感觉灵敏了，味蕾复苏了，蹲在红枣的跟前，像一个孩子一样地匍匐我的身体与灵魂。我嚼着它们，慢慢嚼着，味蕾扩散着甜润的滋味，我仿佛在空旷的故乡原野中信马由缰。

我会一次吃掉一大堆，裸露的枣核裸露着思想。

故乡，几乎家家都有红枣。年年十月，我都要回一次故乡，丰收在召唤我的脚步，召唤我去田地里掰棒子，摘苹果、红枣。家里后院，一溜的枣树，我记不得是哪一年栽种的。听爷爷说过，之前的草屋已经有六十多年的历史，枣树大概就是后来栽的，如今，粗如大碗，高过了瓦房顶。

秋天，枣树上一粒粒的成熟枣子，好像红玛瑙。去后院，我踮着脚尖，伸长胳膊，拉扯横生的枝条，拉扯到跟前，摘下十几枚，然后，用水缸里的山泉水洗净，咔嚓咔嚓地嚼着，酸甜可口。

母亲就说，等走的时候，让你爸给你摘一袋子拿着。我推辞，母亲感到不快，你这孩子，不拿，树上的枣子也得白瞎了，我和你爸也吃不了。我就搬来一个铁梯子，驾到枣树旁边的房后墙壁上，一步一步登到梯子上，挂上柳条筐，拉扯枣树条，枣树叶簌簌飘落，一个秋天就在这种飘落中转身而去。一枚枚红枣被我扔进筐子里。树上还有数不清的红枣，我从小就没有练出上树的功夫，只好看着那些我无法够得着的红枣。

父亲已经回来了，好像知道我们上不去树，他上了梯子，一只脚迈上了枣树的枝干，双手揪住枝条，一个闪身，攀上去了。整个枣树都在摇晃，我担心父亲的身体，父亲已经是快到七十岁的人了，还要给我在枣树上忙碌，我看着父亲踩着颤巍巍的枝条，心里非常不是滋味。父亲还在攀着，他已经快要跟枣树一般高了，枝条不断碰着瓦房顶。我仰望父亲，在白云的背影里，他显得瘦弱而单薄。父亲的一筐子满了，他俯下身子，拎着筐子绑缚的木钩子，悬垂给我，我接下重重的红枣。

一树红枣，暖了游子的心。回到城里，不等晾晒好，我就在阳台那儿一粒粒捡拾着吃着，刚下树的枣子，还带着故乡泥土的芳香，在氤氲的浓香里，我阅读故乡的影像，阅读我的父亲和母亲。

这些年我回家，家中的枣树已经不限于后院，在西山田畔上的酸枣树，早被父亲嫁接成了红枣。野酸枣长得太慢了，好几年，都是矮矮的灌木丛，红枣有一种神奇的力量，在与山枣树的融合中，故乡的因子得到了膨胀和延伸。山里的枣树就喜欢山里的空气和水源，喜欢田地深处的哺育，一棵棵疯长，看似不粗，却有着如今孩童一样挺拔的身高。红枣汲取了酸枣的基因，比家枣圆润，有味道。我都是边摘边吃，没等采摘完，肚子已经盛不下了。

母亲岁数大了，第一次指望我回来帮助她和父亲掰棒子和摘枣，还不住地嘱咐我，明年一定回来，要不然，光凭我和你爸，弄不完就得在地里抓瞎。母亲心疼这些红枣，说得我眼圈红红的。我何尝不想回到乡村中与我的母亲和父亲相伴，可是，我已经不是青春年少时，想去哪儿就去哪儿，没有人拦阻的人了，我行走的每一步，背后都有很多双眼睛在看着你。

在异乡的土地上，每逢秋天，小区门口，忽然就来了一些卖红枣的商贩。我认不出哪一个是我故乡的卖枣人，只有听见他们开口说话，那浓浓的乡音飘过来，你才会格外多看两眼，甚至与他聊上几句，以确定他的家乡到底离我家多远，我是否还与他有亲戚。一大笸箩，红枣堆成了小山，一些碎叶子，散落其间，我明白，这也是一种特有的符号——刚刚下树，童叟无欺，来自故乡。

说来奇怪，买回来的红枣，我一粒粒品尝时，总想起我家后院和西山的红枣，这些枣子没有我家的枣子香甜。

母亲将剩下的枣子放好，来年五月节到来，她用泉水浸泡这些干瘪的枣子，蛰伏了一冬的红枣慢慢苏醒了，脸色红润，母亲就将它们包进粽子里，等着我们这些在异乡土地上鲜有机会品尝家乡味道的人回来。我一般不会违约，早早收拾行囊，回到家里。那些红枣就像安魂散，我在异乡的很多烦琐的思想都变得简单了，虚无烦乱、彷徨与忧伤都好像早晨东山的云雾，在阳光照耀的那一刻，消散无痕。

一树枣，一世情，这些枣树，是我故乡影像里不可磨灭的痕迹。后院的枣树默默地长着，它的生命力比人还要健壮，西山的枣树，一转眼，已经高得我伸长杆子都难以触摸到它的发梢。

红枣到了我家，就像一个熟稔的朋友，开始我还想着，过后就往往忽略他的存在。在不经意间，我看见它们落寞的背影，是我冷落了红枣，冷落了故乡。

真不知道，我将来是否能实现我的那些土地诺言，回到故乡去，回到我瓦屋去，在秋天果实成熟的时候，在后院里，我踩着梯子，在枣树上摘枣子，颤颤巍巍的背影里，夕阳还在满目灿烂。

一瓢水

母亲从地里回来，不顾一身的土和满脸的汗珠子，迈进屋，第一眼就奔向水缸，拾起水瓢，舀起一瓢水，咕咚咚地喝起来，水珠子顺着水瓢沿儿碎珠子一样落着。然后，一抹嘴，就下厨房做午饭去了。这样的情景我看了很多次，第一次，我担心母亲会喝坏肚子，可是，母亲啥事没有，中午眯一会儿，照样下地。

及至后来，当我一身热汗流淌，从薅草的山里归来，从掰玉米的地里回来，不顾脖领子因为落进一些碎屑，刺痒得难受，也径直走到水缸前，用那个大水瓢喝水，肠胃也没事后，才明白，农人家，只要为田地、为生活舍了汗水，用泉水滋润喉咙与肚子，就啥事都没有。泉水就是汗水的前世。

这水是家乡的山泉水，山泉水离村子好几里地，家家都用。一直到现在还在用。

山泉水长在深山的半山腰上，谁也说不清泉水流了多少年，村庄的历史一定没有山泉水的历史长。泉水名字就像山里的孩子名一样通俗好记——狐狸沟大泉子。山泉出水量大，天再热，再干旱，泉水好像已经存了好些年的储蓄，照样流淌不误，咕咕的泉水就是乡村的生命之源。村民们常常引以为骄傲。

远去的岁月里，不知道哪一个聪明人，脑子一晃悠，就跟村民绘声绘色地描述，这泉水，你是不知道，在地下一直有一条暗河与大河相连，于是，一传十，十传百，泉水被赋予了不一样的神话色彩。泉水好像不太在意村民这样的膜拜，依然不急不缓地流淌，一种节奏，一种声音。泉水是村庄的眼睛，她看得见村子里的风雨沧桑；泉水是村庄的灵魂，因为饮用泉水，无论游子走得多远，在异乡的哪一个角落，想起故乡，就会想到狐狸沟，和大泉子。

可惜的是，人们的欲望常常毁灭灵魂。泉水不急不缓的脾气，还是令一些思想激进的人看着来气，心里好像一片疯草在漫卷。这泉水既然脚下就是暗河，泉眼太细了，暗河的水都白搭了，满山腰都围着不知道能环绕村子几圈的水渠，如果将泉水眼睛剜大，泉水奔涌，梯田里的庄稼也就解气了。

于是，一些人就扛着锄头、铁锹，还拎着铁钎子，抱着雷管炸药等奔向狐狸沟、大泉子。一声巨响，整个山村似乎都跟着晃动了一下，浓烟与尘埃一起飘上天空，云影暗淡，等到人们从远处大石头边上直起身，急匆匆跑到大泉子面前时，谁也没有想到，大泉子里，污浊得好像地沟油，周围满地泥泞，乱石如杂乱的星斗，大泉子一下子经历了亘古未有的创伤，呜咽沉闷。泉水渐渐清晰之后，人们发现，一向喷涌得撒欢儿的泉水枯萎了大脑与思想，泉眼被炸漏了，再也没有持续千年之久的力量与节奏。

二十余年前，村子要将泉水引到村子里，挖管道时，我跟着母亲和父亲一起上山，管道一人多深，长得好像山岭之间盘卧的一条巨蟒。于是，家家都可以轻松地喝上一瓢水了。

我家院子不大，巴掌大的土地也是眼珠子，母亲年年在空地上不是种冬瓜就是种豆角、茄子、黄瓜等。冬瓜秧爬上了东厢房顶，翠绿怡人，一枚枚小冬瓜皮肤上冒着纤细的绒毛，好像一个个乳臭未干的孩子。母亲拎着盛满水的铝皮水桶，用水瓢一次次舀水浇灌。一瓢水滋养了菜园的生命，也滋养了我们的身体。饭桌上，水灵灵的黄瓜，土豆炖豆角，冬瓜馅的饺子，我的味蕾得到了那个年代最丰富的浸润与拓展。

后来，我离开了故乡。我不能将故乡的那一瓢水带到身边，我第一次喝异乡的水，竟然拉了肚子，肠鸣声就像故乡对我凄厉的呼唤。很长时间，我都不能适应异乡的那一瓢水，我归咎于异乡的水太绵软，故乡的山泉刚烈如骨、醇香如酒。等逢年过节，我回到故乡，已经很久没有喝那一瓢水，我站在水缸面前，水里映着我影子，一个来自异乡的故乡人，我拿起水瓢，畅快地喝着，清冽的泉水冲淡了我的思乡病，令我感到不可理解的是，我依然拉肚子。母亲就说我水土不服，她没等我下地，已经急匆匆走出屋子，去东街的药铺给我买诺氟沙星——一种治疗拉肚子的药。

药物令我的胃很难受，我只得吞噬这难受的滋味，药一停，还是厉害。在一次次忍受这样的痛苦折磨后，等我在故乡停留了三五天后，这样的症状就自然消失了。一瓢水真的需要游子在故乡的心灵沉淀久了才能无所顾忌地喝吗？只是那时，青春岁月的我，还没有看到这背后的缘由，等到我鬓角添了白发，母亲脸上的皱纹如土地田垄一样细密时，我才明白，一瓢水里含着故乡的心脉，离她久远了，就会遭受惩罚。

如今，我回到故乡，已经难以像当年那样去田里使力气，冒出一身汗，然后，回到家里，畅快得喝那一瓢水，灌满肚子，咕噜噜回响，然后，一个中午的酣睡，热气蒸发，再去田里，依然挥汗如雨，不会拉肚子，嗓子冒烟的时刻，那一瓢水最解馋。

人到中年，我已经很长时间不敢喝故乡的那一瓢水了，在异乡，我的胃肠早已经适应异乡水的喂养。我害怕拉肚子，我一点也不敢喝，虽然，看见母亲端着水瓢，痛快喝水的样子，既为母亲担忧，又想试一试，但我还是不敢尝试。我只能喝母亲一瓢接一瓢舀到大锅里烧开的水，我的肠胃在异乡的土地上已经被惯坏了，就是在异乡，我也不敢喝凉水，你说，我还有没有故乡的那个肠胃呢？

一瓢水，一旦失去，长久地不与她亲密地接触，就很容易断裂了故乡的印痕。一瓢水，我连绵不绝的乡愁啊！

（《一树枣（外一篇）》刊于《奔流》2015年第10期；《一树枣》转载《小品文选刊》2016年第3期）

父亲与小蜜蜂

1

小区封闭久了，父亲常念叨，我得回家了，还有三脾蜜蜂（“脾”，量词，冀北方言）呢！他神色忧伤，我安慰道，爸，你别老往心里去了，等槐树开花，老唐来咱这儿，你买他三五箱。一两年下来，怎么也能恢复到几十箱的。

父亲只是嗯嗯答应着。

母亲擦着眼睛，悄声说，你爸咋不心疼呢！一百多箱子蜜蜂，说没就没了。他睡睡觉，猛然醒来，就念叨那些小蜜蜂。说着说着，就抹眼泪……我心沉沉的，那些黑色的记忆，犹如一把刻刀，只要谈及，父亲的心头便流血。

去年中秋我回乡，推开木门，院子里群飞的小蜜蜂好像受了惊吓，惶恐乱飞，我游弋的目光落在地上，心犹如乱石穿空，疼痛、惊惧阵阵袭来。我失声道：“这些小蜜蜂到底得的啥病啊？”

蜂箱前，散落数不尽的小蜜蜂。有的仰面朝天，已无知觉；有的拖着歪斜的翅膀，费力地爬着，然后倒毙；还有的卧在那儿，犹有不甘地试图扇动翅膀，然后，摇摇晃晃飞起来，顷刻坠地；一只圆肚子的蜜蜂使劲向后拉扯一只死掉的同伴……

东屋里，父亲显得束手无策。我问，捎回来的药用了吗？他的脸色蒙了一层灰云，瘦削的脸上皱纹挤在一起，他尽力摆脱乱麻缠绕的情绪，“用了，好像不管事呢！”见我诧异，他一一道出：“后街李文的蜜蜂也折了十几箱了，还有梁前的老赵，胡营子的老胡，都没剩几脾了……”

“难道这是蜂疫？”我想起了历史上曾暴发的鼠疫等，父亲似乎并不赞成我如此沉重的定义，他说：“夏天时，蜜蜂起了蜂螨（俗称蜂子身上的虱子），抑制了差不多，这上秋了，地里一些人家种的高粱，撒药治腻虫（蚜虫，又称腻虫、蜜虫）。”我不解：“又有种高粱的？”父亲“哎”了一声，“还不是图省事，产量高，酒厂收，来现钱”。父亲接着话茬说：“早晨高粱起露水，蜂子饮水，有中毒死的，再有，前一阵子夏天好些天气温四十多度，蜜蜂采回来的荆条花粉，颜色都变异了。吃了后，肚子胀，再有，还有爬蜂病，就跟一个人有病似的，好几种病都跑来了。”

我听了父亲的描述，去网上搜索，找到了一种药，告诉父亲，他并没有表态，母亲一听，催促我，赶紧去买吧！我买回了药，父亲的忧虑一丝也没有减轻，他咳嗽了几声，丢掉手里的烟，“现在枯蜜期，正喂蜂蜜呢，环保的药，也得少用”。

2

父亲是在 1973 年开始养蜂的。

他那时是村里一名民办教师，吃不上皇粮，白天教学，夜里读书，假期种田。他期望考取公办教师，挤了几次独木桥都未成。

夜晚，父亲时常在晕红的灯光中看养蜂书，书页翻过，如自然质朴的音符飘过。只是那时故乡的山山岭岭像刺槐、荆条这样的蜜源草木还不多，荒山秃岭上植被更少，一连多年小蜜蜂总是瘦瘦的身影。

而不幸突然降临到父亲头上。

1985 年暑假的一天，我刚进家，看见母亲一脸愤怒，听见父亲说，不干就不干，有啥？我一惊，连忙问怎么回事。母亲掩饰道：“没事，你出去玩吧！”我更不放心了：“到底咋了？你告诉我！”母亲才含着泪水向我诉说。我心里犹如大潮袭击，一个村小仅有的三个民办教师遭遇了同样的不幸。这个总校长怎么这么霸道？他说不让谁当教师就可以不让谁当？

母亲对父亲请求：“你不是认识那个县长吗？你去县里找一找他吧！”父亲的神色如蒙上了一层冷霜，他只是坐在炕上抽烟，蓝色的烟霭缓缓飘着，他一言不发。

在失掉了教师岗位一段时间后，父亲将精力放在侍弄那些小蜜蜂上了，它们是他的新弟子。

夏日的一天上午，我瞥见地上忽然多了不少缓缓爬行的蜜蜂，蜂箱门外，一些蜜蜂像折戟沉沙的战士，倒在地上。我忙跑去找田里除草的父亲。父亲一听，张口而出，糟了，谁家给高粱打农药了。我瞬间明白，高粱起了腻虫，人家喷洒敌敌畏或者“1059”等农药了，可怜的小蜜蜂。

父亲急急忙忙往家赶，扔下锄头，将蜂箱封闭，忽然，又扳开了蜂箱门。我说，不关门，里面的小蜜蜂都得药死。父亲拧着眉头，显得无奈，天这么热，封了门，蜜蜂还不捂死？不封，听天由命吧，也许还有活的。父亲就蹲在那里，炽热阳光下的背影孤单而渺小。

第二天，父亲打开了蜂箱，用毛刷清扫死去的蜂子，蜂箱前黑压压一片。地上，一只只蜜蜂如散落凋零的花瓣，三箱蜂子剩了不到半箱。父亲说，我就不信这个邪了，等着吧，明年我一定有办法的。

之后连续几年的盛夏，父亲的小蜜蜂大多难以躲避被农药毒死的厄运，他的预言落空了。小蜜蜂像行走于险境的歌者，一次次遭受冷箭袭击，而父亲手中并没有一件足以防御的盾牌。其时，乡村尚在温饱中，高产的高粱可以多卖一些钱，养蜂的只有父亲，指望不给高粱打药又怎么可能呢？

秋天，山岭上的荆条花开了，米粒一样的花苞簇拥成一片片紫色的祥云，一只只蜜蜂为恢复种群而战斗。父亲的神色仿佛解冻的水漫漫洇洇，或许，他的心思与小蜜蜂一同奔波在梦想的路上。

蜜蜂要过冬了，他给每一张蜂脾上裸露的小小蜂巢贮满了蜜，蜜像金子一样闪亮，他给仅有的三箱蜜蜂外面堆了很多的谷糠，最外层用厚厚的棉垫裹起来。

冬天里，父亲每天都查看蜂箱子前悬挂的温度计，盯着黑白电视上的天气预报。一次，夜梦中我被惊醒，父亲悄声说："外面下雪了。"我想动身，他大手摁住我："快睡觉，没你的事儿。"他披衣出门了，塑料布"哗啦啦"的脆响割裂冬天的翅膀。雪花落着，一只只小蜜蜂飞进了父亲的心窝里。

春天里蛰伏一冬的蜜蜂长了精神，父亲坐在蜂箱边儿，望着湛蓝的天空，望着蜜蜂，望着太阳，那些小伙伴们，给父亲带来了焦虑、不安、牵挂，也带来了心灵的慰藉。

3

就在父亲养蜂处于困顿挫折与希望纠葛在一起时，1991 年春天，村民们将父亲选举成了"村主任"。

早在 1982 年，刚刚土地承包改革，父亲被村民们选为会计，他却选择了学校。世事难料，父亲眷恋的民办教师岗位在三年后被人暗中挤兑失掉了，他选择了养蜜蜂。这一次何去何从？

晚饭后，老屋来串门的乡亲挤了一地，烟雾缭绕，“大哥，这次你得干了，咱这老少爷们可是心气很高的。说句不太妥当的话，这是穷哥们将你抬进了‘联合国’……”，后院的高叔叔是父亲的学生，他的一番话，说得满屋子笑声。

父亲成了村干部，去乡里开会，排解邻里土地纠纷，从离村七八里的狐狸沟引自来水到村里，秋收前领着大伙修路，开白酒作坊……

他几乎没有多少时间照看小蜜蜂了，三箱蜜蜂剩了不到一箱。父亲干了四届村干部，十二年光阴下去，两鬓白发。“爸，这次选举，你歇一歇身子骨！”“真可以了，你看看，多少草屋换成瓦屋了，大彩电也进门了……”面对我们的劝说，父亲轻描淡写：“我没事。”

就在父亲准备再一次竞选村主任时，县里提倡村干部年轻化，年已六旬的父亲“靠边站”了，他颇不服气：“要是没有这一条，我敢说，谁也没有我的票数多。”来瓦屋串门的乡亲依然很多。

只是人走后，父亲总像缺少了什么。他翻出那几本蒙尘许久的养蜂书，夜晚的灯光里，小蜜蜂的身影时而闪现。

4

父亲再一次养蜜蜂是2008年，村里来了几拨儿南方的赶蜂人。

自从承包荒山后，不少刺槐已经枝繁叶茂，一到初夏，一穗穗槐花如悬垂的流苏，远方追花的养蜂人将几百个蜂箱摆在路边，嘤嘤嗡嗡。从地里一身汗回来，父亲像被一根弦拽着，溜达到了湖南人老唐那儿，先是唠嗑，自然扯到蜜蜂的事情，老唐很惊讶父亲还懂养蜂。

老唐很想看看父亲的宝书《养蜂手册》等长得啥样，“借了吗？”我明知故问。“当然借了，我还请他们爷俩来家里吃饭呢！”父亲与他们熟了，晚饭后依旧往村东跑，谈论蜜蜂与谈论自己的孩子一样熟悉。有一天，父亲提出买一箱蜂子，这是一个犹豫了一段时间的决定，他知道，一路追花采蜜的养蜂人有一个规矩，不卖蜜蜂的。老唐想了想，答应了，还多送给父亲三脾蜜蜂。

这一回父亲铆足干劲，西屋已经像父亲的养蜂车间，一个个木制蜂箱摞起来，贴近了天花板，专门盛蜂蜜的小桶摆了十几个……满屋子充盈着蜜香。

父亲精心侍弄，几年下来，房檐下的月台、月台下的墙边，摆了几溜三十多箱蜜蜂了。早晨，推门而出，耳畔蜜蜂嘤嘤，有的落在父亲的肩头；有的落在父亲的蜂帽上，憨态可掬地踽踽爬着。父亲手里拎着的蜂脾上聚集着数不清的小蜜蜂，透过缝隙，金色的蜂蜜在蜂巢内闪闪亮亮。

蜂蜜渐渐多了，父亲买来好几个沉沉的塑料桶，“一个能装八十斤，等我去城里过年，你们三家一人一桶”，父亲喜不自胜。他还买来一堆二斤装的食品罐，一罐二斤，开着电动车去集市上卖。

2015 年，我们给父亲在城里买了一处楼房，请父亲给蜜蜂过冬安排好了就来城里，好多待几个月。

腊月里的一天，我看父亲，客厅的几个纸箱里，一瓶瓶的蜂蜜紧挨着。我随意抻出来一瓶：“哦，爸，这是新弄的标签？”父亲正鼓弄快手，发家里养蜂的视频，他似乎不好意思，然后郑重其事地说：“这样人家买了放心，上面都留着我的电话和名字呢，你看，”父亲指着标签，“咱不能像有的个别人昧着良心掺了白糖卖假蜂蜜。”

饭后，我们一起给荆条蜜、槐花蜜、枣花蜜的蜜罐粘上标签，弟媳笑着跟父亲说：“爸，这么好的蜂蜜，你下次不能太便宜了。”父亲直言道：“人家一讲价，我就沉不住气了，一次买两瓶三瓶的，少算一些。”

5

前年初秋，玉米灌浆，连续好多天不见雨，父亲说，那是“掐脖旱”，山上的花儿也瘦了。父亲打听到，雹神庙那儿山上开了不少王母骨头花。

我给父亲打电话时，他正在离家四十多里的山沟里。我第一次听说还有这种稀奇古怪的花儿，疑惑而担心，劝父亲：“这种花儿有花蜜吗？爸，不行，就回去吧！你的腰再累着……”“有花蜜，有花蜜，这儿后山上满山坡都是。我没事，我和李文在一起，不用担心。”“那吃饭怎么办？还有，住在哪儿？”我担心父亲睡帐篷，上秋了，晚上露水下来，父亲得过腰椎病，怕凉。“我就住在胡子琪家，就是你二奶奶的侄子，他们家厢房闲着，有柴火，没事的。”父亲轻描淡写。

撂下电话，我的泪水滚下来。这么多年，父亲对于蜜蜂的这份感情，早已经不是昆虫与饲养者之间那么简单了，蜜蜂早已经异化成了我们的背影，成了父亲的精神寄托。一只只蜜蜂飞出家园，他的心也跟着去了远方。蜜蜂采蜜回来，他喜不自胜，像我们假日里归家一样。

国庆节我们照例回家去地里收秋，我们再一次劝年逾七旬的父亲将土地、果树送给亲戚管理，去城里养老，至于蜜蜂，卖掉。父亲颇不服输地说：“我可是没意识到自己多老呢！”“再说了，我每个月还有教龄补助，卖玉米，卖蜂蜜，卖锦丰梨，我不缺钱，我还干得动，用不上你们养我老呢！”

吃完饭，他照例去院子里看那些小蜜蜂。父亲喜欢跟我时断时续讲蜜蜂的琐事，比如，他不止一次说，咱们国家一年采的蜂蜜，人均食用量只有五十克左右，那个德国，人均三斤呢。听得我诧异，年已七旬的父亲似乎还有很多的梦想去实现。

母亲偷偷地跟我们念叨，你爸盼着你们一个个的都回来，摇蜜的时候，好帮着他抬抬蜂箱，没事学学这养蜂子啥的。要不然，他干不动了，谁来养这些蜂子？不是我夸他，这么多年，你爸他养蜂子肯钻研，已经很熟练了。母亲的话犹如重锤一次次撞击心灵深处，掀起绵延不已的波澜。我琐事缠身，身不由己，即使无事，也总能找一个理由不回乡。回乡的脚步已经越来越沉重，我与乡村已愈来愈远。

弟媳说，我想回去跟我爸学，可是，哪有工夫？冬天防火，夏天防汛，扶贫驻村……哪一个任务都沉甸甸的，连着多少个周末都不休了。

母亲叹了叹气，只有路军你能了。母亲寄希望于我。我说，不上班了，回家跟我爸学养蜂子。母亲笑了。我知道我言不由衷，只是想安慰母亲与父亲而已。

6

去年一场突如其来的袭击令父亲措手不及。

我中秋时已经目睹了父亲小蜜蜂的惨状，回城后我打电话。父亲极力在掩饰忧伤，不到半天就收一撮子死掉的蜜蜂。

我问他有没有用过托人买的新药。他说，用了还是不管事，我给远近不少养蜜蜂的打过电话，都控制不了了。他开始自责，要是知道害病这么厉害，早点预防。我的安慰显得苍白无力。

不到一个月，父亲一百多箱蜜蜂只剩三脾。这像晴天霹雳重重击打着父亲。父亲一辈子与蜜蜂分分合合，年岁越大越难以割舍，小蜜蜂是他的心头肉啊！

痛苦了一段日子，父亲说，那剩下的我已经让它们过冬了，太少了，太弱了，开春也不见得行，回头我跟湖南老唐打电话，问他明年来的时候，我再买十箱蜂子。

父亲回乡下了，没有了蜜蜂，他依然想着那些小蜜蜂。春分那天，他打来电话，蜂子有信了。电话里，苍老的父亲，依然透着不服输的语气。

（刊于《福建文学》2020 年第 7 期）

艰难的归途

1

父亲一早给我打来电话，语调满含期待，你东北那个老爷爷回来了，说明天要去街里看看你们兄弟几个。

我兴奋地惊呼，老爷爷真的回来了？什么时间过来？是坐火车还是打车？先到哪儿？父亲称，这会儿坐火车估计已经过了沈阳，晌午打过电话。挂断电话，一些碎片光影模糊而清晰地沉沉浮浮。

虎子爷是爷爷的叔伯兄弟，比爷爷小了二十六岁。1948 年，不满三岁的他和长辈一起离开故乡喇嘛沟，那时，他不会知道这一次远徙将彻底改变他以及后代的人生轨迹。那个三岁的孩子被父亲使劲抱住，放在一只棉槐条编成的篮筐里，另外一个筐子坐着他的弟弟，只有一周多。闯关东的遥远山河以及无法预测的风险坎坷，他并不知晓。那时，他的手里攥着父亲递给他的一个灰布袋，里面装着新鲜的泥土，那是父亲蹲下身子从草屋前的菜地用小铲子仔细铲起的。

逃荒的男子挑担，担子筐子里除了幼小的孩子，还拴着葫芦劈成的水瓢，几只破碗，女子背捆着溜圆的包袱。别离时，恸哭声一片。走的与不走的，愁肠百结。

草屋空落落的，门前的荒草疯长。人一走，屋子都好像少了精神，屋檐上的黄麦草冒出了一丛丛的蔓草。这是我十余年前去虎子爷老屋买药时所见到的。其时，老屋又换了两家主人，后者与我几乎同龄，是村中的医生。他买过房子后，在草屋前盖了一排水泥平顶，做药铺，后院也不住人，杂物凌乱，与七十余年前虎子爷走后的老屋几无所异。

我并不知道老爷爷的名字，爷爷只记得他的小名叫虎子。虎子的父亲还未来得及找一个识文断字的人讨一个吉祥名字，便与妻子去了人们想象的天高旷远、一筷子扎下去能冒油的黑土地。他们相信到了那里，凭一身力气，博得一处草屋几亩田地，吃饱肚子，也比等待荒年饿死好。

朴素的想法是简易行走的力量与信念。虎子爷一走，杳无音信。谁也不知道他有没有到了东北，即使到了东北也不知道他们落脚何处。

1948 年夏，爷爷当了民兵，攻打凌源县城前线支前，大雨瓢泼，大凌河水涨，一夜泥雨里往返二百里运送伤员，炮声雨声冲杀声交杂。喇嘛沟，我的故乡，干旱之后迎来新的生命。

爷爷当了队长，可是，他的虎子兄弟已远去东北。命耶？时耶？

2

最先得到他们消息的是三叔，他初中毕业后跟着村里几个已在东北闯荡几年的汉子闯东北。二十世纪八十年代末，故乡瓦匠木匠等打工的目的地多数选择东北。

三叔过年回来，一身黑色皮夹克，叼着云烟，眯缝着小眼眨呀眨，喜上眉梢。他来我家见父亲，聊着聊着东北干活的琐事，他忽而停下话语，看着父亲，眼神裹着一层神秘的气息，大哥，你说，我在东北遇到谁了？父亲奇怪地问，谁呀？莫不是虎子叔？不是，是虎子叔的儿子，焕峰。

父亲急切地问，真的？真的吗？快说说。

他们住在双城，虎子叔两个儿子一个闺女，焕峰是他的大儿子。再问一些细节，三叔说不出了。我在等火车时闲聊遇到的，时间只有几分钟，上车前，我跟他要了联系方式了。你等着，我兜里有他留下地址的烟卷，就写在上面。他随即手塞进皮夹克兜里，又翻几个衣兜，皆无。三叔刚才的兴奋劲儿消失了，满脸遗憾。父亲问他虎子爷的地址，他结结巴巴，什么乡？什么乡？他忘得一干二净。我不知道三叔为何会遗忘。世事如烟，有些事真说不清道不明的。

晨雾刚刚散去，还未看得清远山，人影稀疏，渺茫而模糊。虎子爷在远方平原的节日里会眺望故土、思念亲人吗？

刚刚脱离温饱的年代，爷爷几次提出去东北双城看看，他年逾八旬，家人谁能放心他去？去倒是好，见见几十年没见的虎子兄弟，只是连在双城啥地方都不知道，去了后怎么找？我们的担心并不能阻止爷爷去的想法，他信心满满，说鼻子下面一张嘴，去双城那里打听，总能找到的。

三叔几次去东北打工，辗转几个地方，再也没有机会去双城。虽然他有机会就探问一番，但囿于不知虎子爷爷的名字，模样也惨淡如雾，多少年来竟杳无音信。

这使爷爷一忆起往事，便慨叹，当初，不去闯关东多好，如今，连个音讯也没有。再过几年，我想去都走不动了。

年轻气盛的我则表达一种不同的看法。虎子爷不想念故乡吗？他怎么不回来看一看呢？当初闯关东的乡亲真的都忘了故乡吗？我们找不到他们，他们就找不到回故乡的路吗？

这疑问与诘责如石头，深沉，压抑，以至于我一说出口便后悔了。虎子三岁离开故乡，留给他的印象薄如树叶，风卷风飘，仅存的墨点一样的印象怕是都飘散了。对于虎子和离乡千里之外的乡亲们来说，故乡的重量是越来越轻还是越来越重呢？

1800年前后，先祖和虎子爷的祖先千里奔袭，辞别黄河北岸故乡，山一程，水一程，走到冀北一个小山村再也无力北行，于是停下，筑屋，耕田，几代人下去，异乡已成故乡，而原乡山东济阳路家桥已遥不可及。

谁能想到，时隔一百多年后，虎子一家也踏上了迁徙之旅，非因黄河水患，而是由于旱灾。1948年，新与旧的一个分水岭，一个并不识得几个字的汉子明白，能填饱肚子的地方，再远，再难走，也义无反顾。祖先的固守田园与迁徙寻梦的基因，在1948年的春天做了回答，爷爷留下来，希望一双手辟出金黄的黍、稷，虎子一家，无意中衔接上祖先闯关东未竟的脚步。

这是生命的轮回吗？

3

父亲再一次打来电话，你老爷爷已回来了，七十多岁的人了，身体不太好，你们能回来吧？

在故乡见虎子爷，与在钢筋水泥的丛林、霓虹闪烁的小城见，滋味与情感截然不同。我告诉父亲，下午即返乡。

妹夫的手机里，父亲传过来几张虎子爷的照片。哥几个在车上热闹地议论。看那模样，跟爷爷长得像啊！三岁的孩子一走就是七十年，再回故乡，已鬓发斑白，反差太大了，简直像传奇。

我无法想象出他站在祖先面前跪拜下去的复杂心绪，一别七十年，当初的稚子已两鬓霜白。异域他乡，故乡模糊不清的影子此刻如此清晰，又如此模糊。这是在几乎空白的一张纸页上的重绘，三岁时的时空盛得下这山山岭岭的风物吗？时空跨度如此之大，我相信那目光里含着迷惘、欣慰、遗憾、痛苦。

虎子出生的草屋还在，那些嗷嗷待哺的光影他还有印象吗？喇嘛沟故乡留给他的印象怕早已经如风飘逝，他的童年记忆底片只有双城农村的寥廓田野、白桦树林，那可以多层次立体填补他饥饿故乡的单薄、忧愁与快乐。

4

他比照片上还要瘦弱。见我们进了屋，茫然，在父亲介绍后，话语也并不多，他记忆的空白太多，几十年未曾回乡，故乡好像异乡。

吃饭的时候，他与父亲交谈，他好像怕人知道一样，小声嚅喏，我现在都变成另外一个路了？我没有听明白。父亲奇怪地问他，二叔，你说什么？虎子爷的眼角露出感伤的神色。都怪你老爷爷不识字，到双城后，登记户口，问姓什么，说姓路，哪里知道白纸黑字写的是耳刀“陆”呢！他极力克制自己的悲怆，我则有一种锥心刺骨的感觉，三岁失了故乡的印记，至异乡又意外失掉了自己的姓氏，我或许明白七十年不回乡的心结。

虎子爷忽而笑着问父亲，连姓都改了，还认你这个二叔吗？父亲的神色也笼罩几层忧伤，大声说，怎么会不认，二叔走到哪里都是喇嘛沟的人，都是一家人。我看见父亲的眼里含着泪，我的眼睛那一瞬间湿润模糊了。

饭桌上，话题一会儿在故乡，一会儿跑到了东北。虎子到达的那个乡村，最初日子一样的清苦，村子里大多数人口来自关内，沉寂许久的田地落下种子，攥一把黑泥土好像攥到了熟秋时黍、稷的饱满丰实。地窨子一样的屋子，躲避炎热与风寒，三岁的虎子伏在父亲背上承受着春秋变换与世事沧桑。

每逢除夕夜，他看见父亲跪拜大地，头向西南，默然祈祷，那一刻，心灵定然归了故乡。虎子娶妻育子，他的血液里已融入了东北乡村厚厚的因子。除了父亲深情遥望故乡的目光，那早已颓败扔到院子一角的挑担，父亲不止一次提到过的喇嘛沟——故乡已越来越远，越来越稀薄，越来越隐秘。

虎子爷端起酒杯，他纤细的声音混杂着一丝熟悉又羞惭的乡音：“这杯酒端起来，时间太久了，真该早些回来……我要是早几年回来，不也看着我大哥了。我对不住大伙儿了。”说着，他轻轻抿酒。我们知道他的心脏不好，劝他以茶代酒就行。他执意道，那样心不诚。那一刻，他的眼角溢着泪花。

中饭后，虎子爷提出去看一看七十年前的老屋。老屋此刻非常安静，木格门窗如深邃的黑眼睛，两扇木板门紧紧关着一个曾经慌乱紧张的世界。若穿越时光隧道，虎子的母亲抱着他站在院子里晒太阳，或者坐在火炕上倾听深夜的风声，饥肠辘辘时，那一声声的啼哭划破夜的惶恐和宁静……

去东北前，虎子的爹已将此屋转手给爷爷的一个远亲，用得到的一点钱，做盘缠。

站在草屋门前，他呆呆地看着，这是他出生至三岁短暂停留过的地方，许多故事是父亲在东北平原上给他讲述的，如今，他强忍着痛苦，寻找什么，又找不到什么，只是拄着拐杖一言不发。

“军子，”他喊我的乳名，“给我们来一张相片做纪念吧！”他要将老屋带回双城，在异乡安放一个心灵的故乡，每时每刻都可以看见它的影子。

晚饭后，虎子爷坐在一棵大白杨树下横放的圆木上，他双眼微微眯着，瘦弱的脸庞，似有所思。他轻轻哼唱《月牙五更》：冬季里呀 雪花又飞扬啊 / 王昭君呐 马上断肠啊 / 别了故乡啊 / 恨雪呀茫茫呀 / 恨雪呀

茫茫呀 / 回呀那个回呀回呀 / 回也回不去哎嗨呀哎嗨嗨呀 / 回呀那个回呀回呀 / 回也回不去哎嗨呀哎嗨嗨呀……

虎子爷的目光游走于喇嘛沟与双城之间——所有的苦楚与欣慰在这一瞬间释放。

（文中“虎子”等为化名，刊于《散文百家》2019 年第 10 期）

一株玉米的姿势

1

我抵达镇上时，天色皴染，如一团水墨。邂逅本家一位亲戚，送我穿行秋天的田野，直抵故乡深处。河畔那边，谁家的三轮车在沙土路上有节奏地哼唱，看不清乡亲的面孔，一株株玉米站在朦胧的夜色里，沉浸于秋天的味道。

我谢过本家，邀他来家里吃过晚饭再走。他憨憨地说，家里有人，忙着收秋。农忙的时节，家家如此。与他道别，一个人走在村子南边的乡路，风纯净如水，路边玉米叶子卷起海一样的波澜，时而铺展如毯子，时而如细雨绵绵。成熟的玉米，在沉静平和的氛围里享受欢乐。

村子里极其安静，好像一粒沙落在地上都听得清。它像一块修炼千年的磁石，即使喧嚣杂乱从很远的地方袭扰而来，也似乎可以过滤与沉淀。不过，玉米的风声，小溪的轻柔，深巷一声声狗吠鸡鸣、山羊的憨厚低吟，在寂静的时空反而烘托了山村夜的真实平和。

回故乡前，我给母亲打电话，询问何时掰玉米。母亲期待地说，你啥时候回来就啥时候掰啊！母亲年岁已高，秋熟季节，对我的依赖感越来越深。半个月前，她打来电话，说托人捎来一些红枣，末了问我，十月一回来吧？好帮你爸我们俩收秋。

一株玉米的精神早已经扎根在母亲心里。

母亲还有六七亩地，我和弟弟妹妹不止一次劝母亲将土地承包出去，来城里与我们在一起。母亲摇了摇头，谁包？一开春，打工的都走了，留下的都是老弱病残，没人愿意包，白送给人种都不要，我和你爸还干得动，玉米省事，自己种。母亲一番感慨说得我心里沉沉的。侍弄玉米，母亲耗费了多少体力与心思啊！我年年回家时间有限，近些年，十一假期最长也不过四五天。每年玉米成熟，与母亲去田里掰玉米，装车，卸车，没几天，已经腰酸背痛，手腕虚肿，指甲不敢碰，一碰就疼。母亲见我躺在炕上，关切问我累不累，她自己很少说累。我在厨房帮助母亲，她的腰更弯了，步履沉重。再累，母亲也不说。

何时？母亲能放下那片土地呢！

几分钟的沉思被门前父亲招呼我的声音打断。母亲见了我，怪我为何不给家里打电话，“好开电动车去接你”。我支吾道，原想明天回来，临时改变，也不知何时到镇里，就没有告诉。父亲比之前瘦了，胡须好几天没刮了，他外出放蜂子刚回来不久。

我问地里玉米长势。母亲的话一下子多了，村西边那块地大棒子可好了，过来过去的人都说好。我没跟你二叔那样把苗儿留得那么密，多数一尺八一棵，好多都两个玉米棒呢！今夏雨水勤，玉米腰杆硬，高的我还够不着呢！能掰了。今天我和你爸还掰了三根垄呢。母亲喜不自胜。我好像就站在田野间，挥舞镰刀，咔嚓咔嚓的清脆声回旋在风中。

2

第二天清晨，满天乌云，坐在去田地的三轮车里，冷风浸透，后背凉飕飕的，心里安慰自己，到了地里就暖了。

村西这块地，之前长着几十棵果树，现在都种植玉米，玉米的生命力比果树顽强。二十刚出头那年，我请要好的两个朋友来这儿摘苹果，母亲踩在树上枝杈间摘果子，头发乌黑，还不见白头发，而今，母亲腰弯背驼，依然舍不得土地。

玉米棒之好超出我的预期，我似乎问母亲又是问自己：有多少年未见这么茁壮饱满的玉米了？母亲笑着回答我，咋（方言，怎，怎么）也有三五年了吧。父亲沉思了一会儿，附和母亲，随即改口道，原来最好的年景也没有今年这么好的。父亲说得没错，今夏雨水来得勤快，村庄中央那口大沿井水与井台齐平，水都溢出来了。田里的玉米水足肥厚，怎能不倍儿精神呢！

何况，母亲从春到秋，一块田里洒下多少汗水？多少时光禾苗记得，成熟的玉米籽粒记得。一株玉米挺拔向上，它在向我的母亲致敬，向勤劳坚韧的农人致敬。一株株玉米棒低垂着头，红缨如刘海，在风里轻拂，它们在向土地膜拜，向母亲、向乡亲们膜拜。

母亲站在田里，像一棵老树，我甚至不愿看到她手的模样，长着粗糙的厚茧，一道道裂痕就从来没有弥合过。童年时，我刚刚会掰棒子那会儿，怎么也撵不上母亲的背影。绿叶轻摇，时光漫漶，年年十月的田里，我和母亲的身影越来越近，渐渐母亲落在我的后面，有时，看见我在前面娴熟麻利的样子，就笑着说，再也撵不上你了。

往袋子里装玉米的时候，母亲怕我弄到外面，非要自己端着沉重的筐子，我不许，看见几枚玉米落在地上，她弯腰去拾。不仅如此，她看见我在玉米秸中不慎丢落筐子外的玉米，不等我过来，已经一枚枚拾起，放在筐子里。母爱细微，细微之处，源于内心的澄澈与醇厚，源于经年累月形成的定式。

晨光中的寒凉，在细碎急促的节奏的驱赶中，飘得无影无踪。我甚至得意我竟没有感到疲惫。每年回乡前，总需“热身”一些日子——在单位打打篮球，拉一拉臂力器，在操场上奋力跑上几圈，气喘吁吁一身透汗。这一次，不用“热身”也不心虚腿软，我希望这样的力气一直延续。

一株玉米的姿势扎在我的心灵，在玉米面前，我怎能软弱得像一枚叶子？

3

苦活重活，总是扛在父亲的肩头。秸秆铺在秋意皴染的田野，父亲的电动车缓缓向后走着，嘤嘤嗡嗡好像一大群蜜蜂围着春天的槐花闹着。停下车，父亲挨近蹲坐在地上的一个大袋子旁，把它抱起来，就像抱着一个婴孩，走近半人高的车子，平放在车里。每一次，我都阻拦年逾七旬的父亲：“你就坐在车上往前开就行了，我来吧！”他只是轻声说，我没事的。

我加快脚步，抢在父亲身前，怀里抱起装得满满的袋子，也像父亲那样抱着婴孩。

我要跟车回去，父亲说，你掰玉米吧，我一个人就行。我看了看母亲站在田里的身影，目送父亲拐过了一处土斜坡，赶紧走进田里，一株株玉米犹如欢迎我一样，手舞足蹈，犹如海浪缓缓吟咏。耳畔舒展，好多诗歌从天而降，“农人作田务，耘者最辛苦。”“八月延秋禾熟天，农家富贵在丰年。”农人与土地，有着厚重绵远的血缘关系。

正午，三三两两的农人从田里收工回来，我家院子里堆满了金黄的玉米，在晴空太阳下越发耀眼。父亲站在那儿，默不作声，若有所思的情绪弥漫着，一会儿，他靠近玉米垛，双手捡拾籽粒饱满、健硕颀长的玉米棒装进编织袋，一层层垒砌。我蹲在地上，手拾起玉米棒，向上扔着。

最近几年，玉米价格并不高。与乡亲们在一起闲聊，他们有自己的理解——“高不起来啦，从外面进口的玉米比咱这收购价还低呢！”“干脆明年改种高粱吧，一亩地弄好了打一千七八百斤不成问题，一块钱一斤也合适啊！”……我插话道：“想办法搞点农业项目不行吗？”前院二叔快嘴快语：“咱这儿几乎全都是旱地，谁愿意弄项目？再说，现在不比过去，打工的打工，扣大棚的扣棚，指着土地种粮食发家，现在也发不起来。不撂荒就行了。”我无言以对，城市化浪潮席卷而来，城郊的土地寸土寸金，偏远的农村，土地受人冷落，一株玉米的姿势再漂亮，果实再饱满，也抵不过冷落的荒芜。

当青年人趋之若鹜地走向城市，乡村的衰老命运也日益临近。我的父亲母亲还固守着那片土地，春种夏耘，秋收冬藏，当第一粒种子落地，他们眼里仿佛已见到了一株株挺拔向上的玉米，那是传承千年的图腾。之后，谁来膜拜它们的存在呢？

想到明天，我还不悲观，当大量的乡村人涌向城市时，土地总要有人去种，一株株玉米的姿势一定有新的归属。

一株玉米的姿势是膜拜土地的姿势，也是乡村不老的姿势。

（刊于《岁月》2020 年第 5 期）

年轮的底色

每次回到老家，我总喜欢挨个屋子转悠，这儿瞅瞅，那儿翻翻，哪怕瞟几眼也心安许多。家中的一切物品，就像一棵流年光影里的大树，吸纳浮躁喧嚣。沉稳安详属于心灵深处的神色与镌刻年轮的底色，没有什么可以随意改变。

四五把炊帚静寂在柳条篮子里，母亲制作的手艺比不得爷爷，爷爷巧手制作的笤帚、炊帚在我的眼中皆为艺术品。一把把笤帚记录了爷爷的一段时光，累叠一起的笤帚就是爷爷写的一本书。深厚，繁复，非一日成。

西屋墙角还存有爷爷制作的一把笤帚，孤单寂寞，主人离去了，只有它静静等待不可逆转的命运选择，而它的身后没有同伴，只有空白的虚无。母亲舍不得用这把笤帚，我回乡的几年里，每次挨个屋子转悠的时候都能见到它。当我扫地的时候，手里拎着从集市中买来的笤帚，模样呆板，穗子粗糙，好像水泊梁山李逵的黑胡须，哪里有爷爷制作的笤帚那柔和目光与敦厚性情呢？

记得一次说起爷爷，母亲遗憾地说："炊帚我还能凑付几把，笤帚一点办法也没有，很多次见过你爷爷刨笤帚，就是学不会。"说得我的眼前便闪现出爷爷坐在西屋炕沿儿，双脚蹬系着油丝的走杆，双手转动笤帚的情景。我眨巴眼睛，眼角溢出一些眼泪。

爷爷没有向我们说过他制作笤帚的手艺师从何人。土生土长的农村人，谁的手里没有几样好手艺呢？瓦匠、铁匠、木匠等是一种根系在泥土的符号。我的三叔初中毕业后闯东北多年，之后抹灰快、平、亮。在手艺人身边，耳濡目染，农村人平时早磨砺出谦逊学习的品行。爷爷不屑谈论这手艺，只有当别人夸他的笤帚物美价廉时，他才附和几句：“那是，我刨的笤帚少说也能用上七八个月的，哪像有人弄的，一看就像病秧子，搁在那儿看着都砢碜（东北方言词汇，意思是长得难看、丢人）。”

爷爷喜欢刨笤帚，一把把笤帚散发着泥土的芬芳。冬天撵走秋色，田里安静了，乡亲们喜欢这难得的轻松时光。晚饭后，爷爷西屋的灯亮了，我趴在炕梢上读书写字，爷爷刨笤帚。爷爷刮削高粱穗子的声音格外好听，一只铁锨飞过，残余的高粱粒子便纷纷落入凡尘。一大把高粱秸褪了叶子，好像春雨刚刚润泽过，挤挤挨挨坐在木墩上。爷爷坐着小板凳，右手扬起一根木棒捶打，声如鼓点，木墩上的高粱秸断裂成条。

最初，我并不清楚刨笤帚用的高粱属于另类。秋天，它娉婷袅娜，去田里，一眼就看见它亭亭而立的样子。不过，它穗子上的粒子稀少。我不解为何如此，爷爷的解释简单，多少辈了，都这样，刨笤帚，别的高粱穗子哪有这么宽大的。这常常让我浮想联翩。当我渐渐疏远了农田，反而关注起故乡风物，我慢慢懂得高粱与谷子等农作物心灵深处的中国传统文化基因深厚绵长。笤帚同样镌刻深厚的历史文化印记。

高粱有“蜀黍”“木稷”等之名，《说文》记载：“稷，齋也。五谷之长。”在远古时期，它尊贵而敦厚，像一位长者。先民的筋骨与思想得到黍稷等谷物温暖的滋养和呵护。

爷爷上过私塾，刨笤帚的空闲，他喜欢哼唱《三字经》等内容，“稻粱菽，麦黍稷。此六谷，人所食”的声音依然舒缓在我柔软的心灵深处。

他记得不记得、塾师有没有告诉他，“黍稷”与今日高粱之间的千年血脉联系呢？我无从寻找。一代代人心里装着多少后人不知的故事而远逝了。

追溯历史，我们的祖先早就用高粱穗子制作笤帚一类的扫除用具了。夏朝少康以草、竹条制作扫帚，由此开启了先民扫尘净市的文明脚步。在我看来，大者为扫帚，小者为笤帚。我无从寻觅谁是第一个发明笤帚之人，我想，勤劳智慧的先民长年累月与田地厮守，“黍稷”风中轻舞的优美姿态一次次激活了先民的审美情趣，脱粒之后的高粱穗子等沉寂之后则迎来了嬗变。

爷爷与乡村一些刨笤帚的匠人正是这一传统手艺的承继者。爷爷刨的笤帚，穗子犹如整洁干净的毛发，上面鲜见高粱米壳子，以手拂之，纤细的穗子俨如地里不知名虫子双翅摩擦的窸窣，泥土地的气息袅袅飘散。笤帚把儿淡黄色的高粱皮一条条紧挨着，丝线环绕，仿佛拔节而生的竹子。街坊邻居来串门看到爷爷刨的笤帚，夸赞不已：“你看老爷子的巧手把一堆废高粱穗子弄成了漂亮的笤帚。”“大爷，赶明天你也教教我得了！”“你也就耍耍嘴皮子，明天说不定你又跑到天南海北打工去了，你有老爷子这份专注和细心啊！”

村子里，像爷爷这样刨笤帚的不过两三人，爷爷的手艺最好。时隔多年，回溯一幕幕往事，我甚至以为，在爷爷心中，笤帚是心灵的一种寄托，凝聚着他老人家对土地的爱，对家人的爱。

爷爷年年都种这种长高粱，与玉米套种，两三田垄。秋熟时，爷爷赶车拉回那些他牵挂的高粱头，冬闲之时，灯光柔和，坐在炕沿儿的爷爷脚蹬油丝，一簇簇缀着露珠的穗子宛如兄弟肩并肩，靠在一起。我的耳畔飘过“吱吱吱”的声音，好像听见了夏天田野里攀缘在高粱叶子上的刀螂的嘶鸣。

有一次，我忽然来了兴致，想试一试身手。爷爷一听，神色诧异，转而兴奋。当我全副武装，手里的高粱穗子怎么也不听使唤，脚丫子也忽然停滞，我没了兴致，好像逃兵匆匆而退。爷爷说，还是好好读书吧！

一年，邻人来家给爷爷拜年，说着闲话，见柜子上一摞摞捆好的笤帚，问爷爷："您老也不缺钱，八十来岁了，该歇一歇了。"爷爷显出一副并不服老的神态，轻松地说："我一点也没事，不刨笤帚，尽坐在炕上待着，心都散了。"的确，爷爷快九十岁了还曾去南地拓荒，刨笤帚不过小菜一碟罢了。这是爷爷农活之中的情趣所在，他把缜密细巧的心思都融在了一把把结实耐用、美观大方的笤帚上了，把一辈子与土地的深情厚谊凝聚在了一把把的笤帚上。

逢集，他背着笤帚步行十里去卖。他跟父亲讲："春天不用你买化肥，我买。"父亲怎么忍心用他这辛苦钱？爷爷叹息道："你们看我老了是不是？我能干呢，我说的话你们这次得听。"有一年夏天，那时我已离开家乡，忽然接到爷爷打来的电话，他询问我单位需不需要笤帚？"问问就行，别给人家添麻烦。"我问了数目，一百多，正寻思怎么解决，爷爷见我几秒没吱声，说道："爷爷现在走不动了，要是腿脚像去年那么好，我自己去集市就卖了。"说得我心里酸酸的。

爷爷去世后，刨笤帚的手艺并没有在父亲手上、我手上传承，父亲喜欢养蜜蜂，我喜欢写作。一次，我在集市上走过，看见一把把簇新而缺乏个性的笤帚，听人说，这都是机械化流水线制作的。我想起了爷爷坐在炕沿儿刨笤帚的温暖画面，耳畔响起了他脚蹬油丝的"嘤嘤嗡嗡"声。

（刊于 2022 年 12 月 16 日《河北广播电视报》）

一座城的背影

一个个汉字犹如比肩而立的儒士，仪态端详，风度翩翩，粲然如风。他们的心里装着礼仪典章，装着山川草木，装着小城的秩序尊严，装着土地房屋，装着一座城与广袤的乡村。

迎春中国风

红对联，中国风

迎春对联红色为底，联语协调，喜庆吉祥。

红对联的历史悠长。南朝梁民俗笔记本子《荆楚岁时记》记载：“立春之日，悉剪彩为燕戴之，贴‘宜春’二字。”这“宜春”字样的彩纸好像是对联之中“横批”的雏形，简单明了。贴在哪儿呢？木格窗来一帖，新鲜悦目；小花盆也不落下，迎春的气息飘向每一个角落。

这一习俗的生命力旺盛，有诗为证。唐诗“欲剪宜春字，春寒入剪刀”，宋词“看临小帖宜春，填轻晕湿，碧花生雾”，元诗“宜春帖子题赠尔，日日春游日日宜”，明诗“自裁新帖写宜春”。绵延千年之后，“宜春贴”蜕变成型为“横批”或者“春条”，如一副对联的红盖头，像合家祈福的迎春飞燕。

这红色古老得沉厚。“新年纳余庆，嘉节号长春”是她装扮的另一副模样。964 年春节，五代时期后蜀的孟昶见“门符”年年是怪诞丑陋的郁垒和神荼，出出进进家门，心里觉得有碍观瞻不够悦目，还缺少典雅庄重的文艺范儿，用什么新颖之法子装饰这流传了千年之久的桃符呢？站在光影斑斓、年味浓郁的庭院，倾听竹叶古风长鸣，见楹柱顶天立地，一时间，诗韵犹如天籁之音倾情涌动。孟昶命人取来笔墨，每一个人都要在桃符上题写对偶句，一时间，写毕，老孟溜达一圈，只是摇头——文采欠缺，对仗不工，少了年味。老孟也就不客气了，亲自上阵，只见他提笔在桃符上一挥而就，悬于室外。一行诗墨闪闪烁烁，犹如欢快孩童的眼眸，流溢新春佳节的喜悦与憧憬。

孟昶是否会想到他的这两句辞旧迎新的诗歌开启了对联的肇兴。宋代，木板桃符摇身一变为纸质桃符了，对联之语甚为工巧，流传至今的“千门万户曈曈日，总把新桃换旧符”成了那时春节最美丽的装饰，即使今天，我们依然能感受到那光影变幻之美。

至明代，笨重并且题字不甚方便的桃符一心一意做门神了，写在纸上的春联在朱元璋倡导下，开始风行。明代陈云瞻《簪云楼杂话》云：“春联之设，自明太祖始。帝都金陵，除夕前忽传旨：公卿士庶家门口须加春联一副，帝微行时出现。”老朱喜欢，上行下效，红对联之风从江南向外散播。

清代，红对联步入千家万户，行遍大江南北。清代《燕京岁时记》记载：“春联者，即桃符也。自入腊以后，即有文人墨客，在市肆檐下，书写春联，以图润笔。祭灶之后，则渐次粘挂，千门万户，焕然一新。或用朱笺，或用红纸，惟内廷及宗室王公等例用白纸，缘以红边蓝边，非宗室者不得擅用。”

民间红对联风气盛行，笔墨横姿，春联新鲜悦目，家家户户，迎春祈福。即使守旧的王公宗室，也阻挡不住这充满旺盛生命力的红对联的流行之势。

新时代，红对联作为中华民族传统文化之瑰宝，书写着厚重华章。

剪纸窗花

中国的好多民俗有上千年的文明厚度，展现了百姓们的聪明智慧。提到窗花，不能不说剪纸艺术，她的历史上可追溯至先秦时期。《吕氏春秋·览部》记载:“成王与唐叔虞燕居，援梧叶以为圭，而授唐叔虞曰:‘余以此封女。’”一枚枚小小的叶子，剪裁出“圭”字，如青玉，与尊严地位紧紧相系，也开启了剪纸艺术最初的步履。其时，物品之多样，镂刻剪裁，无所不及。执长矛厮杀的兵士皮革铠甲，小家碧玉的绫、罗、绸、缎等，剪出自然草木，日月山河；剪出春夏秋冬，家国挚爱。

纤维纸凭空出世之后，剪纸艺术开始步入一个新阶段。她不再粗粝与坚硬，清新之风扑面而至。一张红纸裁剪得圆如月亮，折叠时光，剪刀游走如风，碎屑奇形怪状，簌簌落花一般。即使在严寒的雪日，她的别样雅韵也点亮了春天的气息。纸张到了哪里，哪里就有了剪纸窗花的装饰，即使远在塞外雄关，千里驿路上的馆驿，荒郊旷野的城堡，只要一把剪刀，一张红纸，就剪出边关冷月，剪出壮士豪情，剪出驼铃悠悠，剪出多姿多彩的民族风。

红剪纸窗花，精雕细琢见的是百姓的心灵手巧，见的是生命与自然之间的和谐维系与梦寐憧憬。当一幅幅红窗花在迎春之日贴出来，自然激发了诗人的雅兴，

“镂金作胜传荆俗，剪彩为人起晋风”“剪彩迎初候，攀条故写真。花随红意发，叶就绿情新。”飘着大唐怡然自得的醇厚民风。“剪纸铺平江，雁飞晕字双。”“正月斗杓初转势。金刀剪彩功夫异。”流溢大宋的纤巧秀丽与细腻之功。周密在《武林旧事》回忆：“及金彩缕花、春贴幡胜之类，为市甚盛。”宋之繁华，剪纸剪出了一片云、一片天，即使身在南国，回望故乡，也剪不断那份思念故乡的衷肠。

“镂金作胜家家帖，剪彩为花树树妆”再现了明代长安迎春灿烂之

景。至清代，历史的丰富积淀，百姓一代续接一代的艺术传承与创新，他们手下的红窗花繁复精美，达于鼎盛。

我第一次看见剪纸，不过稚子孩童，木格窗蒙着朦朦胧胧的白纸，小圆窗花裁剪出蝶飞蜂舞。当时的农村集市，年根岁尾，红剪纸窗花与年画等一起叫卖，在寒冷的冬天，一抹温暖，鲜艳悦目，如行云流水。无论鸟兽虫鱼，还是“五谷丰登”“年年有鱼”“龙凤呈祥”等剪字，无不令驻足之人内心蓬勃起对于新生活的热望。一幅剪纸窗花，延续千年之久的生命力，她的底色是百姓的冷暖，是人间情怀。

至今，行走于城市的街巷，还不时闪现人家窗子上的红窗花。此刻，一段歌词映现耳畔：“一扇一扇红窗花，映出一代好年华。老辈的嘱咐女儿的爱，红红火火暖千家，暖千家。”

迎春挂钱红

在老家，贴“挂钱”的日子非得选一个风和日丽的不可，二十八不成，就二十九，或者过年那天上午。天公作美，“挂钱”迎春风里英姿勃发，来串门的亲友一进门，看见色彩斑斓悦人眼目的挂钱，喜悦感自然增了一层。

故乡的挂钱，红黄绿红四种颜色常见，其中，我最喜欢的莫过于红色，以至于张贴之际，红色居中，其他色映衬。过年，图的是喜庆，红色在中国传统文化里蕴含吉祥如意、热情喜悦之意。冬寒冰封，一张张色彩斑斓的挂钱，舞动着浓郁的中国风。

“挂钱”起源于“幡胜”。“幡胜”就是适逢立春，则以剪纸或绸布做“幡”，饰以头顶的一种民俗。唐朝诗人韦庄描述的诗歌略显一二：“雪圃乍开红菜甲，彩幡新剪绿杨丝，殷勤为作宜春曲，题向花笺帖绣楣。”“萧索东风两鬓华，年年幡胜剪宫花。”“头上两般幡胜影，一时飞入酒杯中。”在他们的笔下，“幡胜”是献给立春时节的吉祥礼物，百姓装饰其物，寄寓辞旧迎春、憧憬未来之意。

南朝梁民俗典籍《荆楚岁时记》记载：“正月七日为人日。以七种菜为羹；剪彩为人，或镂金薄为人，以贴屏风，亦戴之头鬓；又造华胜以相遗；登高赋诗。”那时的“幡胜”在过年之后的正月初七才派上用场，护佑人间百姓的平安。不过，在《续资治通鉴·宋纪一百二十六》中，则是“立春节，学士院始进帖子词，百官赐春幡胜”的景象，充满了浓郁雅致的人文气息。

至宋朝，“幡胜”已长大了长高了，开始悬于门楣之上。《梦粱录》记载：“街市扑买锡打春幡胜、百事吉斛儿，以备元旦悬于门首，为新岁吉兆。”悬挂的日子已经提前至旧历新年日子了。遥想当年，一幅幅鲜艳夺目的雏形“挂钱”，为新春佳节增添了多少的喜悦气氛。

清代，“挂钱”完全自立于春节民俗之列了。清代民俗著作《燕京岁时记》云：“挂千者，用吉祥语镌于红纸之上，长尺有咫，粘之门前，与桃符相辉映。其上有八仙人物者，乃佛前所悬也。是物民户多用之，世家大族鲜用之者。其黄纸长三寸，红纸长寸余者，曰小挂千，乃市肆所用也。”

挂钱自诞生至今，人们给她起了很多的名字，有“挂千”“门钱”“斋牒”“红钱”“吊钱”“喜笺”等几十个，可谓洋洋洒洒，地域民俗风多姿多彩。

“门钱”，清代姚兴泉在《龙眠杂忆时令类》有词描述：“桐城好，元旦贺新年，大族中堂悬福字，小家单扇贴春联，处处挂门钱。”

“门彩”，清代《杭州府志》记载：“剪五色纸形如旗脚，贴于门额，上书‘风调雨顺’‘国泰民安’等语。再有之，曰门彩，亦名斋牒。”

至于“挂钱”，以红色为贵，《帝京岁时纪胜》有文字为证：“头红、二绿、三黄、四水（粉）、五蓝。”红色为贵，与中华民族自古以来喜欢红色的庄重典雅、吉祥如意、热烈奔放、活力蓬勃等文化意义有关系。一枚小小的红“挂钱”，在冰天寒霜、草木萧瑟的季节，带给人们无限的迎春憧憬与岁月祈福之情。正月初一清晨，串门拜年，迎头看见“挂钱”上的刻字“人寿年丰”“吉祥如意”“国泰民安”等，好像温暖的阳光落入心里，融融的喜悦。

（《红对联，中国风》刊于2018年2月9日《济宁日报》;《剪纸窗花》刊于2018年2月7日《中国教师报》;《迎春挂钱红》刊于2018年2月15日《人民代表报》）

苏颂：重到胡疆百感生

平泉博物馆主建筑又称就日馆，坐落在平泉市西山公园内。

千年的历史并非过往烟云，在曲折漫长的和平驿路上，一个人的背影那样清晰，在就日馆的灯火映照下，他独坐书案，时而惦记国事，思念家园，夜不成寐，时而研墨挥笔，诗意勃发，笔下的文字如一行行雄豪奔放的诗歌。

他就是给后世留下了五十八首使辽诗，与平泉就日馆结下不解之缘的北宋名臣苏颂。

失地之痛如芒刺在身

北宋熙宁十年（1077）十月三日，北宋“遣苏颂等贺辽主生辰、正旦”。与北宋治平四年（1067）苏颂第一次使辽不同的是，苏颂这一次是正使。

七十年以来，辽和宋之间几无战事，倒是宋朝西北边陲的西夏、吐蕃以及西南的交趾给宋朝带来了极大的国防压力。宋为此靡费了多少物资与人力，牺牲了多少好儿郎？早在北宋熙宁七年（1074）三月，深知宋朝深陷战争旋涡无暇北顾之机，翅膀硬了的辽国打起了如意算盘，派遣特使萧禧出使宋朝，把搁置了许久的河东划界之争重新提了出来。

从北宋熙宁七年（1074）到熙宁八年（1075），持续六轮的谈判结束了，苏颂不赞成将长城以北的天池（今山西神池县内）让给辽国，唯一欣慰的莫过于辽国垂涎已久的险要之地黄嵬山（山西原平市北）并没有得手，至于朔州、应州、蔚州以分水岭为界，也是不得已而为之的策略而已。

追溯往事，北宋太平兴国四年（979）宋与辽高粱河战役如鲠在喉，苏颂内心如海潮一般涌上浓重的伤感。兵戈已停多年，苏颂非常赞成辽与宋之间的和平选择，既然谁也吃不掉对手，海内百姓都希望化干戈为玉帛，顺应民心是双赢的历史抉择。

此次出使，苏颂可谓五味杂陈，失地之痛如芒刺在身，国内反对澶渊之盟、试图对辽朝强硬之态的声音缕缕飘过他的耳畔，而辽朝内现在是什么样的情形？与十年前相比，这一次又有哪些变化呢？

他需要了解冀北草原之上包括契丹民族在内的各民族的一些风土人情，甚至那里的天气、饮食、农事等都是他需要关注的，他希望多一些机会与契丹下层的百姓进行交流。

这一年，苏颂已经五十七岁，两鬓斑白。冀北秋风卷起落叶飞蓬，长天孤雁，鸟噪夕阳，寒林古道，飞沙走砾惊扰旷野狐兔，险峻山路试图滞缓他们前行的脚步。

重到胡疆百感生

过了白沟河，辽国派来了接伴使，历史的典籍中难以寻觅到他的名字，不过，从辽国倾心中原文化的历史背景、辽接伴使的规制来看，陪伴苏颂的契丹人非等闲之辈。

驿路与十年前相比，更为畅通与忙碌。驼影，烟树，马蹄，雪尽，辽国南下运往边境榷场的皮革、牛羊、香料、药材等源源不断；中原的商队，装满了精致漂亮的瓷器、布匹与籽粒饱满的粮食等物资，这是一条不会被后人遗忘的连接中原与塞外的丝绸之路。

当这些队伍从苏颂的身边如潮水而过，苏颂真是“重到胡疆百感生”。想一想从前，崎岖不平的古道，在辽与宋的战争中曾一点点被拉长、被放大。落败不堪的脚步和马蹄声如风一样一次次萧瑟归来，断裂的弓弩神色仓皇，僵硬冷冰的斧钺与长矛的闪闪寒光刺痛将士们的内心，疲惫不堪的战旗已经沉沦失色，热血早已冷凝如胭脂色，塞北的路上，战争的创伤如风雪弥漫。

好在这一切风卷云烟，和平的纽带将两国紧紧联系在一起。草原文化与中原文化在中国的北方交融互通、一起成长。

站在就日馆门前的驿路上，农人山岭中开辟田地、层层梯田星罗棋布、依依牛马在草原山地自由徜徉的景象一一浮现。散居的奚族人、契丹人和汉人，他们捧出了粟米酒和羊肉等招待远行的苏颂等客人，“依稀村落有华风”，这一幅幅和睦相处的图景令苏颂难忘。

“农人耕凿遍奚疆，部落连山复枕冈。种粟一收饶地力，开门东向杂夷方。田畴高下如棋布，牛马纵横似谷量。”（苏颂《牛山道中》）

物俗依稀欲慕华

就日馆以开放包容的姿态再一次迎接苏颂的到来。

馆驿长已经换了新人，当年他伏案读书、写诗的木桌还在，十年风霜，其间多少使节在此停留？难眠的夜空点亮忠诚国事的光芒。

就日馆的灯光摇曳飘逸、柔和迷人，晚餐桌上布满了乳酪、牛羊乳粥等食品，雕刻着牡丹、卷草纹的鸡冠壶，洁白精致的瓷碗，鲜艳靓丽的瓷盘，热气腾腾的茶盏闪烁着草原与中原文化融合的熠熠光辉。苏颂恍若安坐汴梁街巷的茶肆，小小的就日馆洗去了他行走的劳累。

苏颂依然喜欢找来馆驿长与契丹士兵等，与他们闲聊。机会难得，他很在意与塞外身处草根的民众交流。馆驿长的真情诉说向苏颂敞开了一扇扇大门，苏颂看着这个削顶重发、左衽窄袖的男子说着娴熟的汉语，看着围坐在他周围操着不同语言、有说有笑的士兵，内心暖意融融。这短暂的一幕幕光影，苏颂清晰地感受到了在辽宋和平之风的温暖吹拂下，草原文化与中原文化已经深入交融的图景。

送走了馆驿长等人，苏颂取出笔墨，翔实记录一天的经过，一页页的使辽实录凝结了他多少的心血与智慧？与十年前相比，苏颂感慨岁月易老、人世沧桑的无可挽回，他还有多少文化之梦、和平之梦需要继续书写？同时，在辽朝境内这一千多里的长途行走，贴近各层民众，倾听交流，使他对于辽朝有了一些新的认识与思考。

“行尽奚山路更赊，路旁时见百余家。风烟不改卢龙俗，尘土犹兼瀚海沙。朱版刻旗村赐食，青毡通幰贵人车。皇恩百岁加荒景，物俗依稀欲慕华。”（苏颂《奚山路》）

回朝不久，宋神宗对苏颂说：“欲修一书，非卿不可。契丹通好八十余年，盟誓、聘使、礼币、仪式，皆无所考据，但患修书者迁延不早成耳。然以卿度，此书何时可就？”（《宋史·苏颂传》）苏颂自信满满：“须一二年。”

书房内的灯火辉映，苏颂的遐思飞扬，他仿佛回到了北方浩渺的大地，回到了就日馆……一幕幕图景如浓淡相宜的水墨，清晰辽远。苏颂朝夕相接、灯火相伴，完成长达二百五十册书卷，神宗阅后大为称奇，赐名《华戎鲁卫信录》。

（刊于 2022 年 3 月 24 日《燕赵都市报》）

石子岭古韵

1

冀北，燕山余脉绵延不绝，山岭连着山岭，宛如臂膀，托举大地生命在岁月的行走中留下或深或浅的痕迹。在阅读《辽史·地理志》时，我脑海中浮现故乡现在的轮廓与千年之前郡县设置上重合的影子，一座山岭将其分成南北两部，北部归属归化县，南部属于泽州神山县。

契丹雄踞中国北方之际，一些山岭被赋予了新的名字，他们见到这个并不算高的小山时，并没有闲情逸致寻觅这个无名小山从古代至今何以称呼。那乱石突兀、草木萧瑟的无序并没有在文字繁复的海洋中采撷几多风韵的浪花，只以再普通不过的“石子岭”称之。这是我寻觅到的关于这座山的最早符号。

《辽史·地理志三》记载:“泽州，广济军，下，刺史。本汉土垠县地。太祖俘蔚州民，立寨居之，采炼陷河银冶。隶中京留守司。开泰中置泽州。有松亭关、神山、九宫岭、石子岭、滦河、撒河。属中京。统县二：神山县。神山在西南。滦河县。本汉徐无县地。属永兴宫。”

这座石子岭便是今天名之的乌勒呼玛梁（蒙语称呼）。故乡足以幸运，地阔天长的塞外孕育了粗犷豪放宛如云天苍鹰一样的游牧文化，中原平原大河滋养了古老厚重的农耕文化，两种文化自古以来的冲突与交融离不开一条通道，故乡可谓咽喉。多少跌宕起伏、豪迈云天、历史的天空为之惊叹的精彩瞬间在这片深厚绵长的土地上闪现，她们即使宛如夜空中的流星，也留给山岭与土地、草木与人民一点点的文明之光。

北宋景德二年以后，契丹人与汉族之间开始了长达一百一十多年的友好往来、合作交融的篇章，中华文化融入了丰富多彩的诗情画意。一批批来自东京汴梁的使辽使或坐着轻便马车或骑马越山跨河，途经故乡的山山岭岭，塞外的寒风飞雪、草屋穹庐、烈马弯刀等除了带给他们锥心刺骨的记忆之外，还激活了文人墨客抒写人生难得一遇的奇特风景。

乌勒呼玛梁幸运地目睹苏辙、欧阳修、苏颂、沈括、王安石等学富五车、道德纯粹、儒雅、飘逸之文坛巨擘来此走过。站立山岭，拭去额头上的几丝汗珠，眺望重峦叠嶂遮掩的山脉，内心如波涛翻卷。异乡的愁肠百结在这一刻倾泻而出，泪水盈眶，也难以阻挡北上完成契丹与中原和平友好往来的脚步，一个转身，向北而去。一首，两首，三首——年年而来的使辽使，为这座无名小山注入了充满文化韵味的勃勃因子，一座小山，不再孤独寂寞，即使行经千年，那些鲜活的印记依然清晰如初。

2

北宋大中祥符五年（1012）十月十五日“己酉，以主客郎中、知制诰王曾为契丹国主生辰使”（《续资治通鉴长编·卷七十九》），石子岭纳入一个才华横溢的儒士眼中。

王曾为宋代名相，在咸平年间参加了三次科举考试——乡试、省试、殿试均名列第一，他北上契丹这一年仅三十三岁，风华正茂。自幼喜欢山川风物而博闻强记的王曾不辱使命，他决心以敏锐的目光审视北方之地，用精炼真切的言语记录此次使辽的经过，为后世留存一份历史文献。

一过雄州白沟驿，王曾给后世呈现了一座座馆驿、一座座山岭、一条条河流的名字。古北口以北，山势连绵，偶有“川原平广”，呈现眼前的更多是山石险峻、山谷幽深、道路曲折，可以想见当年行旅之艰辛。夜宿馆驿，除了写作《行程录》之外，自然也少不了吟诗作赋。宋代不少的使辽使如苏辙、苏颂等人都写了很多的使辽诗歌，当年笔力峻拔的王曾岂可荒废？只可惜，时光湮灭了王曾的大部分诗歌，我没有寻找到与“石子岭”有关的诗篇，不过，他的《行程录》记载道：“至铁浆馆，过石子岭，自此溅出山，七十里至富谷馆。”铁浆馆位于今天的瀑河岸边的罗杖子村，离石子岭不足三十里，古道悠悠，王曾站在瀑河岸边北望，他一定看见了远比思乡岭（今河北省滦平县西南十八盘岭）、蛤蟆岭（今平泉祥云岭）曲线柔和的石子岭。草木荒凉的冬天，风寒萧萧，即使再远的路，也不能阻挡跋涉的匆匆步履。

石子岭如契丹馆伴使所言，山岭之上，乱石重叠，大者如牛，小者如拱出地面的新笋，狭窄的山路，马铃回荡，当一行人站在石子岭的山顶，疲倦困乏的心灵在那一刻见到山北旷野平畴，真的好像鸿鹄高飞，自由舒畅。

契丹时期，石子岭犹如一道分水岭。其南，奚族人、汉人等民族杂居，筑屋，耕田，收获黍、稷，聪明灵巧的奚族人还创造出了独一无二的奚族木轮大车。石子岭之南北，随处可见踽踽而行的马车，妇女儿童，老妪老翁，在时光的步履中走向远方。石子岭之北，契丹族势众，土河蜿蜒流淌在王曾的视野之内，水之湄，已辟出了一些农耕之田，田地之外，草场绵绵，烈马、牛羊，粗犷的契丹人高歌云天之曲。王曾眼里闪烁惊异的火花，即使出使之前，已熟悉前辈出使辽朝留下的资料，但那只是纸页上的凝固和粗粝，当站在石子岭之上，北望，云天苍茫，亲眼看到契丹风土人情，那曾经固执己见的偏见也许在真真切切的塞外情景冲撞的那一刻消散了。

如今，当我回乡途中一次次经过石子岭，千年之前的使辽使王曾的背影在历史的天空依然明晰。

3

给予这条普通平凡的山岭深厚的人文内涵的使辽使莫过于苏颂了。

北宋治平四年（1067）八月，老家福建的苏颂从一马平川的汴梁城出发，前往塞外会见辽道宗。苏颂，北宋的贤相，本身又是一名了不起的科学家、药物学家。一代文豪欧阳修盛赞苏颂“才可适时，识能虑远。珪璋粹美，是为邦国之珍；文学纯深，当备朝廷之用”。第一次使辽时，他是一名知制诰，给宋神宗做文秘工作。

数月的跋涉，苏颂的身影来到了故乡的山山岭岭之间，见惯了中原温润柔美的景象的苏颂，塞北的萦回曲折的山路，站在草屋门前、穿着皮袍夹袄说着他听不懂语言的奚族人都让他念念不忘，他甚至在石子岭的草木深处看见了老虎的足印，内心不免一惊，四下张望，了无虎影，悬着的一颗心遂复平静。当他夜宿馆驿，灯光辉映，这一幕幕情景激活了诗人吟诗的蓬勃激情：山路萦回极险难，才经深涧又高原。顺风冲激还吹面，滟水坚凝几败辕。岩下有时逢虎迹，马前频听异华言。使行劳苦诚无惮，所喜殊方识汉恩。（苏颂《奚山道中》）

在诗人的笔下，无论塞外环境如何的苦寒，他也不会畏惧，远途行经石子岭，见到此地奚族人和汉人和平相处，想到战乱消弭，中原农耕文化与北方游牧文化交融互补，内心升腾出神圣的使命感。

石子岭和冀北众多的山岭，在一百多年和平阳光的润泽下，草木慢慢葳蕤，生灵渐渐繁衍，文明之火慢慢点亮历史的星空。

十年后的北宋熙宁十年（1077）八月，苏颂再一次踏上使辽之路。当诗人抵达泽州属地，天寒地坼，接连数月的跋涉，时年五十七岁的苏颂骑在马上，因山路颠簸深感疲乏。那个时候哪有像现在这样平坦宽阔的道路，一些地方不过是狭窄、凹凸不平的石子路而已。就在石子岭绵绵起伏的山岭，诗人见到了一群牛羊吃饱了肚皮，卧在茂盛的牧草中安然入眠。一些飞鸟听见了行路之人的嘈杂声响，从眼前掠飞至幽深的林中鸣叫。苏颂可是没有它们那般轻松。这时，石子岭下的潺潺溪水泠泠作响，宛如弦乐驱赶走了内心的不适，诗人非常喜欢，不禁吟诗一首：

奚山缭绕百重深，握节何妨马上吟。当路牛羊眠荐草，避人乌鹊噪寒林。

羸肌已怯旃裘重，衰鬓宁禁霜雪侵。独爱潺湲溪涧水，无人知此有清音。（苏颂《次行奚山》）

苏颂使辽千里之途，北方已经步入冬天，昼短夜长，为了抵达下一个馆驿，夜色迷蒙中行路也是常有的事情。当一行人离开就日馆北向富谷馆，必经石子岭，体衰年迈的苏颂，行至四十余里的石子岭曲折山路上，大如圆盘的月亮从东方石岭间爬上来，几点疏星慵懒着目光，当他们气喘吁吁走上了石子岭，心情陡然一喜，只见远处的驿路上，火把游动，马铃丁丁，契丹派出的驿骑前来迎接苏颂一行了，寒冷的夜色因此弥散温暖的气息。从历史上看，契丹一直仰慕并学习中原文化，澶渊之盟后，千里驿路成为南北双方经贸、文化等沟通联系、交融互补的重要通道。契丹民族对于和平的珍惜，苏颂深有感触，这连夜迎接使辽使的灯火不过是和平往来千万事情的一个小小瞬间而已。离开石子岭，苏颂更坚定了为和平奔走的决心：戎疆迢递戴星行，驿骑奔驰束火迎。人向万山峰外过，月从双石岭间生。马蹄看即三千里，客舍今逾四十程。每

念皇华承命重，愧无才誉副群情。（苏颂《和就日馆》）

4

几十年的和平深耕，石子岭南北之地呈现出了不一样的文明景象。

石子岭之南至就日馆，地势如一道低缓的土坡，其中就日馆附近的陷河流域，泉水如星，河岸辟出了一些黍、稷之地，之外则草木绵绵，牛羊牧歌。石子岭之北，哺育契丹民族的母亲河土河源于马盂山，淙淙河水养育了广袤的河谷之地的契丹人、奚族人以及躲避战乱的汉族人。石子岭好像一位屹立大地之上的力士，双肩上挑着陷河河谷与土河河谷。

北宋至和二年（1055）九月九日，文坛翘楚欧阳修担任使辽使，行至石子岭，不仅仅见到“当冬万物惨颜色，冰雪射日生光芒”的清寒难挨之景，还有“地里山川隔，天文日月同”的文化惊喜，当他站立石子岭，一路上的豪情跃然而出：“古北岭口踏新雪，马盂山西看落霞。”

多年前我第一次见到此诗还不知道马盂山的历史厚度比她的海拔还要高深，我曾经试图站在诗人当年走过的河谷眺望西面的崇山峻岭，竟看不清哪一个是马盂山。直到有一天，当我隔着窗子眺望一场雪后初霁的景象，近处的和稍远处的山峦在阳光的暖意轻拂下，积雪融化几无踪影，而最远处的那个形似鸡冠壶的山岭高处，依然白雪皑皑。那不就是行旅途中欧阳修所见到的霞光绮丽的马盂山吗？他当年豪情满怀的诗句此刻再次浮上脑海，我伫立好久。

古老的云烟并没有渺无影踪，诗歌的韵律依然在冀北一座座普通的山岭间、草木间回旋。

北宋元祐四年（1089）八月十六日，三苏之一的苏辙使辽途经石子岭。驿路上，苏辙本身充满了异乡的惆怅与忧伤，不过，即使他的眼光再偏见，内心再固执，当奇特的北方风情闪现在他的眼前时，自然而然打动心灵，一点点融化积存多年的坚冰，让他难以忘怀：

“奚人自作草屋住，契丹骈车依水泉。橐驼羊马散川谷，草枯水尽时一迁。汉人何年被流徙，衣服渐变存语言。力耕分获世为客，赋役稀少聊偷安。”

这样的情景本身已经说明了契丹与中原和平温润的成果。多年和平光阴的累计发酵，骁勇如天上猎鹰的奚族人已经定居一地，溪泉淙淙，几位契丹人安坐在木轮大车上，傍依在如母亲一样温柔的水边，汲水煮茶、做饭，烟火气息浓浓，暖了多少异乡游子的情怀？与中原沃野千里，黍、稷满仓相比，北方山地河谷牛、羊、马、驼自由徜徉，逐水草而居，水枯则转徙，至于远道而来的汉人，世代居住在像石子岭一样的众多山地河谷中，几分汗水，几分收获，苏辙分明听见了熟稔的乡音，即使他内心多么的无奈与辛酸，用“偷安”二字表达不快，也难以掩饰“赋役稀少”的北方现实。

一百多年的光影与浩渺无垠的时空相比不过寥寥一瞬，千里驿路上，辽宋和平使者年年穿山越岭，吟诗赋词，撰写《使辽语录》，与不同民族之间展开对话与交流。包括石子岭在内的众多山岭，再也不寂寞，它们的内心也涌动着蓬勃的情思，绵延千年之后，厚重悠长的文脉依然延续不断，一座座岭的古韵已经注入了新鲜活泼的因子。

（刊于《中国地名》2018 年第 10 期）

吆喝声声入梦来

我所居住的这座城市，无论白天还是黑夜，都有不同的吆喝声划过耳畔，它们是这座城市的一个个标牌，听清了它们，也就认识了这座城市的一些风土人情，触摸到了这座城市的历史脉搏，透过吆喝声，可以感受声音里的历史沧桑与文化魅力。

1

小城的吆喝声到底起源于何时？从现存的历史资料中已经难以准确判断其踪迹。不过，在古老的红山文化的养育中，小城早在五千年以前就存在吆喝声，该不为过。那时，红山百姓正在辽阔广袤的冀北，专注于自己创造新家园的劳动之中，由此获得了各种物资与财富。在山谷、丘陵、平川中的大大小小的田畴沃野上，一些先民手握简单的石器，如石锄、石铲，挖坑种植黍、稷，还有埋头烧制陶器，冶炼青铜器，磨制玉器，修建房屋。冀北的滦河、老哈河、西拉木伦河等河流蜿蜒如飘带，每一天，晨雾飘散，光影拨动，独木小舟划开水面的平静，在光与影中，用粗糙的渔网，木制的鱼叉，在河流的深处捕鱼，迅疾捕鱼的那一瞬，一个民族改变生活的背影清晰可见，鱼鳞在阳光里闪烁着珠花。在草原的深处，牛儿牧歌，马群粗犷，粗壮的马鞭声嘹亮蓝天与白云，嘹亮壮士的豪情与梦想。晨雾中，一些铁骨铮铮的汉子走向山冈密林，猎豹一样的眼神紧紧地盯着远方，他们在等待野兔、野狼、狐狸等动物的出现，一声嗥鸣，石块沉重地投向远方，箭矢也像天空的流星，笨拙的轨迹，不能阻挡他们狩猎的意志与决心。

丰收的日子，黍、稷从田野中颗粒归仓，从林中捕来的猎物摆满了茅屋前面的空地，青铜刀切割，毛皮悬在树枝上或者摊在青石板上晾晒，河流中渔猎的各种鱼儿，挤满了渔船，一件件精致的青铜器在熊熊烈火中诞生，红山人曾经以漂亮的贝壳作为货币，不过，易货贸易更便利，更省事，没有后代人称之为榷场的地方，但就在村落与村落之间，那一声声清脆的吆喝声已经嘹亮地响起，以谷物交换陶器，以陶器交换青铜，以青铜交换肉类，以肉类交换谷物，交换物品的吆喝声，谁都能听得懂，有时候，手势语也掺杂其中，那一个个手指变换着各种姿势和疑问。吆喝声与先民创造文明的脚步声一同响起，在冀北，在黄河两岸，在中华民族创造悠久历史与文明的每一块土地上。

吆喝声与时代同步，看一看历史书籍中的记载吧。《周礼・地官司徒第二・司市》记载："大市，日昃而市，百族为主；朝市朝时而市，商贾为主；夕市夕时而市；贩夫贩妇为主。"那时候，设置了很多市场供百姓使用，每一种市场都规定不同的人进行活动，可以合理设想一下那时候的情景：正午时分，百姓带来的各种货物开始交易。不过，交易的时候有一项特殊的规定，看到色彩鲜明的旌旗悬于一座名叫"思次"（出自《周礼・地官司徒第二・司市》）的屋楼上才能开始交易，当发现旗子高高飘扬的时候，吆喝声也随之响起，到底喊什么，书里没有记载。如果说，百姓吆喝声可能过于简单而实用，长短不一的话，等到了夕阳快要落山的时候，男男女女的商贩来到市场，吆喝声可能就是一天当中高亢而多变的乐章了。

《汉书·食货志》也有“日中为市，致天下之民，聚天下之货，交易而退，各得其所”的记载。太阳中天时，人头攒动，百姓塞满集市，货物罗列其间，各种吆喝声喧嚣如潮，人来人往，在不同的吆喝声里，挑选自己喜欢的物品。

不过，也有令朝廷棘手的问题，如书里记载，“而商贾大者积贮倍息，小者坐列贩卖，操其奇赢，日游都市，乘上之急，所卖必倍”，说的是商人囤货放贷，博取数倍的利息，而小的摊贩，设摊贩卖，那一声声的吆喝声传递出来的却是谋取暴利的声音，不和谐的音符极大地干扰着国家正常的商贸活动，是汉王朝庞大躯体上的一颗颗毒瘤。

这些描写虽然写的是中原地带，然而，在承德这块土地上，自红山文化以后，值得书写的吆喝声，不能不提到契丹人建立的辽国。在《辽史·食货志下》中记载：“起榷务以通诸道市易”，从辽太祖开始，一些市场如星星一样，在辽国的广阔土地上熠熠生辉。到辽太祖之后，随着辽国臂膀的日渐强壮，商贸活动自然随之兴盛，包括泽州在内的州县，都设置了规模不等的市场，进行牛羊驮马、药材、皮革、布匹等物的交易，一道道木栅打开商贸之门。晨曦微露，一位位商贩带着不同物品，选定摊位，在那简陋的市场内，操着不同的语言高声吆喝，山地汉子的粗犷，草原人的悠远、嘹亮，汉人的质朴通俗，等等，都在这里生动呈现。契丹人并不排斥汉民族文化，许多契丹人都会说汉语，所以，吆喝声里掺杂不同语言，并不妨碍人们之间的商贸交流，因此，那些榷场中，吆喝声在冀北之地不同市场引人注目，商业的因子一直活跃，就像一条条血脉，滋养着契丹王朝。

辽宋澶渊之盟之后，双方商贸活动客观上是扩大了。雄州，霸州，安肃军，广信军，北宋境内四榷场的吆喝声，增添了新的内涵，来自江南的各等次的茶叶，花色不同的丝绸，香味丰富的香料，籽粒饱满的籼稻，造型精致的瓷器等物品，通过榷场这个中转站进入辽国，也进入遍布于大小州县包括泽州（泽州府在今天的会州城）在内的市场内，我相信，那声调各异的吆喝声中飘荡出的是更多的和平气息，更多的文化气息，更多的包容与谦逊。在一声声的吆喝声里，很多契丹人第一次才知道的瓷器、江南茶叶等来自中原的物品，进入他们的眼帘，也进入契丹人的各个家庭。

2

千年历史，云烟飘过，沉积厚了的吆喝声并没有消失，在小城的街巷角落，不时还有越来越清晰的吆喝声划过。

我在西城居住时，里面住着一家做碗坨的，每天，我都听见中年妇女的吆喝声，“碗——坨——”，前一个音儿拐着弯，好像碰到了厚厚的墙壁而被弹了回来，音调缓缓下沉，如草原之上的马头琴，绵长悠远，就在你以为已经沉入江底时，这声音忽然触底反弹一般，急遽上升，那一个“坨”字如入云天，回旋飘散，老远的地方都能听见。碗坨作为一种食品，在故乡这块土地上已经有几百年历史了。我还没有听见过卖碗坨的有别的吆喝声。不夸赞，不遮掩，透亮地叫卖，与朴实厚道的小城民众的脾气秉性很相似。

这样写实的吆喝声还真不少。一次，我穿过一条小巷，听见了“油——炸——糕——”的吆喝声，看不见人影，“油炸”这两个字之间间歇很短，好像两个一同生活了许久的街坊邻居这么亲近，后一个“糕”真是够高亢的，犹如振翅而飞的大雁，瞬间已经扶摇天际。拐过几个巷口，我看见了一个中年汉子，推着自行车，后座上放置一个方形的玻璃柜，里面盛着黄灿灿的油炸糕，令我垂涎。我走远了，那声音还听得见。

小城里每一天还能听见一种吆喝声，小城里的居民，有谁没听见过这吆喝声呢？这吆喝声与晨曦同步，似准时的闹钟，“灌——液化气——啦”，“灌”字一顿，犹如沉入江中的巨石，嘭的一声，干脆直接，令人想起猎枪上膛，扳机相扣之后，那声沉闷而急遽的声音，如果说，“灌”字是热身，是一出戏曲的帷幕，那么，“液化气”才是绿色草坪的比赛主题和戏份。至于后面的“啦”，因为中间几个字的峭拔和悠长，就像短促的尾巴，戛然而止。在我倾听过的吆喝声里，这声音很有味道。

不过，刚刚听完第一声，紧接着还有一声音尾随而来，“灌——液化气”，明显低了几个度数，不过，好像透骨的射线，沉闷的音响，依然飘过窗棂，钻进室内。不用循声而望，十之八九的居民，都知道灌液化气的这爷俩来了。人家说，见其人，闻其声，我说，什么声音也就看出什么性格秉性。这爷俩勤快，脚丫子快，力气足，看见他们，总会想到燕赵之地自古以来的豪爽与耿烈，这粗犷嘹亮的吆喝声，每一天都准时响着。

小区内，还有一种吆喝声，不常听见，颇有英雄气短的架势。“修理——缝纫机”，声调不高，似乎飘着无可奈何花落去而又试图独立支撑的音符，很快就淹没在遥远的地方。这也难怪，如今，许多年轻人见都没见过这曾经辉煌一时的物件，小区内的众多家庭，还有几家有缝纫机，或者用缝纫机做活呢？针针线线穿起我们这个民族的文化衣衫，缝纫机曾是一个时代的辉煌。如今，在小城的裁衣铺里，每一天还响着嘤嘤嗡嗡的声音。缝纫机的个体时代已经渐行渐远渐无声了。我想，这吆喝声最终是不是一种绝响未可得知，不过，无须伤感，旧的不去，新的不来，吆喝声传递着社会的进步与繁荣。未来假如还存在吆喝声，那透着文化、历史韵味的声音一定别样而生动。它又像一枚枚的活化石，凝固了一段段的岁月之痕。

“收头发，收——长头发嘞”，我的耳边还飘来低沉而有些沙哑的吆喝声。起初，我以为收头发的历史不会太长，属于现代的吆喝声。有一天，读了《世说新语》中《陶侃留客》章节，陶侃家徒四壁，时值好友范逵来访，在待客之难面前，陶侃母亲剪掉了自己心爱的垂于地面的长发，卖掉换来食物待客。那时候，就已经有买来长发做假发的历史了，这样看，这吆喝声的历史底蕴也不浅。吆喝并非简单的喊叫，这背后，总有或深或浅、或浓或淡、或长或短的历史文化的熏染。

街巷中还飘着“磨——剪子嘞，抢——菜——刀”，这声音曲折有致，和谐悦耳，一来一去，古老的韵味袅袅飘转。剪子在宋代已经跟现在的没有太大差异，一把剪子，剪出岁月多彩的装饰，剪出人情冷暖，剪出意蕴丰厚的文化符号。菜刀，伴随着中华民族美食文化的成长，舌尖上的中国，哪一样精美的菜肴离得开菜刀的舞蹈？这吆喝声的历史也短不了，在小区内，抢菜刀的比磨剪子的多一些，剪子不常用，主妇们哪能离开菜刀？家常菜传递温馨，菜刀功不可没。

如果说，上面这些吆喝声不分季节，那么，一些如“熟玉米了”“西瓜，解渴的大西瓜”“接对联了”“擦玻璃，搞卫生”“清洗抽油烟机喽”，则留有鲜明的季节特征。

一年四季，朝朝夕夕，小城里的吆喝声在岁月荏苒的时光里，不急不缓，坚定、坚硬，从来就没有消失过，也不会消失。即使游子身处他乡，梦里依然清晰地飘着。

（部分内容刊于 2018 年 10 月 28 日《燕赵晚报》）

辽鸡腿瓶

在故乡的土地上，包括会州城（辽代称泽州）在内，出土了绿釉莲花鸡腿瓶等许多式样不一、多姿多彩的鸡腿瓶，现珍藏在就日馆内。

安静站立在展架上的鸡腿瓶模样特别，身形夸张、古朴厚重而又憨态可掬：个子高，肚子大，嘴巴小。头上不戴帽子，是从来就没有，还是在岁月中散失了？它们穿的衣衫有绿色的、紫色的、黄色的等。

古老契丹民族的这些瓷瓶子怎么与鸡腿连在一起了呢？是契丹民族的图腾所致，还是古老的鸡文化开启了契丹人在烧造瓷器时候的艺术想象呢？

阅读一些资料，或许答案就在里面。南朝风俗集子《荆楚岁时记》说："正月一日……贴画鸡户上，悬苇索于其上，插桃符其傍，百鬼畏之。"中国鸡俨然可以辟邪镇妖了。更早的汉代书籍《韩诗外传》云："君独不见夫鸡乎？首戴冠者，文也；足傅距者，武也；敌在前敢斗者，勇也；得食相告，仁也；守夜不失时，信也。鸡有此五德，君犹日瀹而食之者，何也？"中国鸡被古人赋予了文、武、勇、仁、信五种美好的品德，中国鸡俨如君子形象熠熠生辉。此外，还有一种说法：鸡鸣之后，太阳初升，中国鸡犹如太阳神光照四方，给人们带来生活的希望。

这些内涵丰富的鸡文化，在岁月的涟漪中慢慢从中原传至草原，一向仰慕中原文化的契丹民族，在烧造瓷器上，以“鸡”名称来命名就顺理成章了，如鸡冠壶、鸡腿瓶。人们需要精美的瓷器提高生活品质，更需要一种文化的气息浸润民族的灵魂与精神。鸡腿瓶盛的不仅仅是牛奶、酒浆，还蕴含着契丹民族对于美好生活的祈愿。

除了这名号外，注目那件绿釉莲花鸡腿瓶，还会发现其中的纹饰显露着草原文化与中原文化和谐交融的特色：鸡腿瓶上雕饰着许多自然朴质的大瓣莲花，一瓣瓣莲花组成了缠枝莲花纹，环绕瓶身，动静相偕，绵延生长，寄予了吉祥美好、生命持久之意。还有的鸡腿瓶纹饰，是草原上不知名的野草，圆润弯曲，好像曼妙女子手中的绿飘带。细腻流畅的纹饰，彰显着一个民族对于自然的热爱。

包括鸡腿瓶在内的辽代瓷器，追根溯源，深受历史悠久、制作技艺精湛的河北定窑、磁州窑等窑口的影响。

契丹自耶律阿保机统一北方草原后，镔铁马刀刀锋不时指向丰饶富庶的燕赵之地，攻城略地之外，抢夺契丹需要的各种工匠与儒士成为壮大契丹民族力量的一条捷径。后唐同光元年（923），契丹铁骑攻占了定州窑，起初，骁勇的士兵并不懂得爱惜这一件件精美的瓷器，兵戈撞击，烈焰燃烧，瓷器碎片横飞，瓷窑坍塌沉落。野蛮与破坏如影相随。不过，在呼吸平静、硝烟散尽之后，契丹人凝视那一件件精美细腻的碗、盘、碟、瓶等时，多姿多彩的草木纹饰打动了他们。很快，保存完好的瓷器与不少的瓷器匠人以及大批民众，随契丹人北迁至幽州之地的广袤平原与山地河谷，瓷器的种子不经意间落在塞北的云天之下。有着深厚的泥土滋养，奇异别致的瓷器之花在契丹之地慢慢绽放。

翻阅《辽史》，契丹人不止一次掠夺中原。后晋开运二年（945）正月，契丹飞骑突袭“邢、洺、磁三州，杀掠殆尽”（《辽史·太宗本纪》）。唐时邢窑天下闻名，至五代时仍在烧造，唐《国史补》赞誉道：“内丘白瓷瓯，端溪紫石砚，天下无贵贱通用之。”技艺精湛的瓷器工匠随契丹人来到北方，在草原深处呼吸清新的空气，凝视辽阔的塞外风光，艺术细胞经历着一次次的撞击、裂变和交融。既汲取中原瓷器之营养，又鲜活再现契丹人审美意识的鸡腿瓶等瓷器应运而生。

从辽太宗开始，冀北的制瓷业已呈燎原之势。草原深处的乌台图河北面（位于今内蒙古赤峰）矗立着一座辽代最大的官窑——缸瓦窑。炉火一直燃烧了很久。北宋景德二年（1005），辽与宋兄弟相称，兵戎相见、鼙鼓惊天的紧张节奏舒缓平和了。千里驿路畅通无阻，榷场之门在繁花嫩柳的季节互相敞开了，宋朝的瓷器等物品走向草原深处，充实着契丹人的生活，杯、碗、碟、壶等瓷器的密码被契丹瓷器工匠一一解读。一个个契丹人、奚族人、汉人在作坊内忙忙碌碌，鸡腿瓶的姿态好像安闲自若的儒士，享受嬗变之后的平静。

鸡腿瓶——只属于契丹人的一种瓷器，它生成在北方草原，是中国古老的瓷器文化百花园中一朵风姿绰约的奇葩。

泽州城何来这些鸡腿瓶呢？剖开历史迷雾，轮廓渐渐清晰：北宋景德四年（1007）春天，土河（辽代称呼，今老哈河）之滨一座新城拔地而起，它就是中京。它的出现，与契丹人意欲与中原王朝友好往来，或与进一步控制富庶的农耕之地有关系。

而泽州城于北宋大中祥符五年（1012）自陷河（今平泉瀑河，辽代称呼）之滨肇建，成为拱卫中京之南的重要屏障。商贸往来，烟火绵延，一批批的瓷器从缸瓦窑来到泽州。一幕幕的生活图景，因为增添了各式各样的瓷器而丰富动人。无论契丹人还是奚族人的毡帐内，狩猎归来的勇士疲倦之余捧起鸡腿瓶，倾倒清香四溢的美酒、奶茶，和平安宁的气氛让他们沉醉。

之后，战乱毁了泽州城，鸡腿瓶等瓷器沉入厚厚的泥土，直到近九百年后，它们才重新步入人们的视野。

（刊于《当代人》2018 年第 7 期）

一座城的背影

这座塞外之城始于辽代开泰四年（1015），明初，建文元年（1399）冬天的一场大火毁掉了城垣瓦舍，从此，这座城淹没于萋萋荒草中。时光漫漶，抹不掉许多的光影流年，这座城的一些背影依然清晰悦目。

一方印章的诉说

在故乡博物馆内，展架上一件精巧的金代印章在暖融融的灯光中闪烁着悠远之光。游览者有的停下步子，凑近观赏；还有的凝神思之，似乎在倾听它缓缓讲述那古老的故事。

这枚印章镌刻着不平凡的历史印记。

印章字体是汉仪小篆体，采用了九叠篆式样。“汉仪”，这名字透着威严庄重、温和恭敬的身影，闪着典雅与方正的光环。印章像一扇关闭了很久很久的门，弯曲回环的线条如水一样细腻流畅，那是至今依然流动的陷河水吗？线条如山一样的绵延不断，那是远方大青山的巍巍风骨吗？金色的印章上只有四个汉字——神山县印。一个个汉字犹如比肩而立的儒士，仪态端详，风度翩翩，粲然如风。他们的心里装着礼仪典章，装着山川草木，装着小城的秩序尊严，装着土地房屋，装着一座城与广袤的乡村。还有这一区域内女真族、契丹族、汉族的生存与发展。县令的影子正，印章就行得正，县令的影子歪，则印章就身不由己，甚至助纣为虐。

这枚印章出生于哪一年呢？我在《金史·仪卫志三》里寻到了踪迹："至正隆元年，以内外官印新旧名及阶品大小不一，有用辽、宋旧印及契丹字者，遂定制，命礼部更铸焉。"

正隆元年就是1156年，"神山县印"好像一个新生儿降临于世。不过，金代的"神山县印"在新铸造之前存在着使用辽代印章的可能，这从历史上看，也不乏依据。

神山县最早设置于辽代，《辽史·地理志》记载："开泰中置泽州。有松亭关、神山、九宫岭、石子岭、滦河、撒河。属中京。统县二：神山县。神山在西南……"神山县管辖区域广阔，今天的承德东部地区大都在其中。泽州州府与神山县衙均在泽州城内。泽州旧址位于故乡今天一个叫会州城的地方。

《辽史·仪卫志三》规定了"神山县印"的材质与色泽："南北王以下内外百司印，并铜铸，以黄丹为色。"

辽开泰四年（1015）辽朝的泽州城建好，"神山县印"第一次走上历史的舞台，直到辽保大二年（1122）正月十二那一天夜里，神山县遭遇了一场历史变故。

塞外冬夜风萧萧，草木凋零，奇寒透骨。金人的骑兵如迅疾的冷箭，直奔泽州城而来。契丹人如惊弓之鸟，仓皇拾起镔铁马刀抵抗，很快，被金兵浩大声势所淹没，泽州城飘扬起金人的旗帜。金人沿袭旧制，泽州与神山县的名字没有变化，只是"神山县印"迎来了新的主人。

辽保大二年（1122）正月里的一天，金国的第一任神山县令安坐堂内，印章被他轻轻拿起，重重地扣下，一方纸页，融入了秩序与安定的几许期盼。

金灭辽，官印沿袭故人的，这也是没有办法的办法。沿袭旧制可以和平过渡，何况，百废俱兴，新的典章制度需要时间，需要汲取中原文化的营养。不过，国有国规，当女真人在北方扎稳了脚跟，就自然需要在印章之内的各种典章制度中烙上属于自己特色的文化印记。金正隆元年（1156），金人开始重新铸印。以“七品印，一寸二分，铜，重十六两”（《金史·志第三十九》）作为县一级印章的规制，并且采用九叠篆手法。

九叠篆手法源于北宋。《印章集说·国朝印》描摹道：“国朝官印文用九叠而朱，以曲屈平满为主，不类秦汉制。”契丹人仰慕中原文化，九叠篆之法传至塞外，金人沿袭下来。小小印章，汉风飘扬。

这枚金代“神山县印”就诞生在都城燕京礼部里。

刻制人是谁？他多大年纪了？他从哪里来？他的家乡在哪儿？他仅仅是一个工匠吗？……我一连串的疑问浮现脑海。匆忙而过的历史已经遮掩了一切。那一刻，篆刻人需要按部就班完成上司交给自己的刻印任务。他手里握着一把锋利无比的刻刀，在一方铜制的印模子上一点点游走，他的眉宇间凝成了一条河、一条沟壑。他的眼睛紧紧盯在铜印的正面上，灵巧的手刻出层叠弯曲、稳重整饬的字，甚至，停歇的瞬间，他的眼神如闪亮的火炬，绵延得更远。

这枚新的“神山县印”沉甸甸的，在一个春天从金都城燕京出发，来到陷河（今天的瀑河）岸边这座城。它来的时候是金正隆元年（1156）的春天，小小的印章在一个个县令之间传递着政令畅通的神圣使命。它见证了跌宕起伏的风云际会与岁月沧桑。

印章最后的脚印定格在金贞祐三年（1215）的二月。元兵来了，木华黎率领大军从攻陷的金北京（今天的宁城县）席卷而至，一场大火，烧毁了惠州（金章宗承安二年即1197年，改泽州为惠州）官衙与城池，这枚官印慌乱中落入地下，断壁残垣与厚厚的尘埃如同阴霾，遮掩了它的眼睛。

它有没有想到会有一天重见太阳呢？六百多年后，掸去泥土，它的光彩还在，它看见了一些陌生的面孔与奇异的服饰，看见了原野上坍塌了的土城墙和烧焦的黑色痕迹。

后来，它来到了博物馆，在那里，安静地沉思，谁能知道它在想什么呢？

筑城者的眼睛

筑城者的眼睛一直亮着，在邈远的地方注视着他们曾经留下的深深浅浅散乱叠加的脚印，注视着属于他们生命支撑、智慧凝结的密码之城。

辽开泰元年（1012）的春天，燕山之北的塞外依然林寒涧肃，雨雪常常来袭，陷河已经悄然撕开了一道偌大的口子，断裂的冰块沉浮不定，在急遽的河流中拥挤碰撞，停滞旋转，然后不可阻挡地在河流中远去，前面就是迎接它的凤凰涅槃的春天之光。

离河岸不远的一处木栅，这一天格外喧闹，将迎来历史上新的一天。

从南京析津府（今北京）以及其他各地而来的士兵、民夫、匠师们将一起携手筑城，见证一座城市的出生。

晨曦的清冷轻轻敲醒了毡帐的酣眠，阳光洒落日渐融化的陷河水面，旖旎繁复的波光好像无数的双眼，悠长高亢的牛角声划破沉寂的天空，飘荡的旌旗在猎猎风中如流动的河水。民夫、士兵们扬起镐头，广袤的泥土地震荡回旋，沉闷的声音如锤击厚重的牛皮鼓，激越铿锵。粗粝的土筐里装满了新鲜的泥土，你挑我扛，步履沉重，目光坚毅。甚至还有木轮大车，挥鞭嘹亮的马夫眼里，流溢憧憬，踽踽而行的车轮碾过田野丘陵，清晰的印痕就像道道琴弦。

正午的炊烟中飘来饭香，如蚂蚁一样负重地筑城，卑微的生命需要一点温暖，他们从一个方向走向另一种方向，也许只是一袋烟的片刻，急匆匆返回工地。在新生的事物面前，不乏活力与热情。

一座城就像一部机器，每一个部件都装在筑城总规划师的心里，他是谁？是一位装了一肚子城市学问的汉学匠师，还是善于学习营造的契丹人或是奚族人呢？追溯历史，从唐天复二年（902）阿保机指挥修建龙化州城（故址在今内蒙古西拉木伦河以南奈曼旗）至今，一百年的时光倏忽而过，契丹人早已经掌握了成熟的城市建造技术，北方之地多了很多的新兴城市，它们是中国古代城市文明的重要组成。设计者的眼睛里充满了文化自信。

这位无名氏的眼神无疑是辛苦的，夜幕遮掩了辽阔的谷地，毡帐里的灯光下，那堆满书案上的一张张纸页需要他一一查核，他的智慧与灯光一起点亮深邃的历史星空。

春柳秋雁，冰霜凝集，寒暑变换，泽州城好像出生的婴孩，一天一个模样。堑壕里的石块挤在一起，密密麻麻，一寸寸长高。时不时粗犷悠长的劳动号子犹如滚落的春雷。陷河水蜿蜒似飘带起舞，从城墙前环绕，旖旎波光如天上闪烁的银星。筑城者手里拎着木板在木架上与阳光对视，沉重的土筐磨砺民工的肩膀与脊梁，黝黑的肤色，岁月的风霜。

浩瀚的历史夜空，隐藏了多少时光册页。在有限的历史资料中，没有留下哪怕一个修建这座城市的数以千人当中的一个人的名字。当我行走于那片土地，只看见簇拥的绿油油的玉米与蓊郁的树木，还有坍塌的泥土与砖瓦碎片，菁菁野草，耳畔飘过神秘的声响。筑城者的眼神依然在历史深处熠熠闪亮。

辽开泰四年（1015），这些筑城者在城市建成后，拍拍身上的泥土，双手掬起清澈的陷河水，洗掉脸上的风尘，喝一口清冽的异乡水，就拾起行囊，甚至来不及回身凝望小城的身影，在光影中走向了下一座城市建设的路途。就像一阵风，只留下吹落的斑驳模糊碎片；就像春天田野里长出的野草，寂然无闻；就像脚下的泥土，滋养了黍、稷而从不炫耀招摇。历史的书页上没有他们的名字，他们用一座城的烟火给自己留念，他们脚下一寸寸拔节的城墙就是破译他们身影的密码，那里隐藏着无数的目光。

这座城就是辽代拱卫中都的泽州城。从辽代出发，历经金代（金承安二年（1197）改为惠州）。元代沿袭惠州之名，至明洪武二十年（1387）改为会州卫。几百年的光阴里，又有多少与这座城市有关的筑城者？一座城是无数的无名者劳碌身影的集成作品。每一粒泥土，每一枚瓦片，每一块青砖，每一寸木椽，每一条街巷，每一座商埠……都留有他们的余温。

明永乐元年（1403），会州卫在一场大火中被废，这一区域被明朝赐给了蒙古人朵颜三卫。再也看不到筑城者忙碌的身影和他们黑亮的眼睛。街巷的烟火袅袅，瓮城上身披铠甲的士兵、军旗飘扬等情景只留在了历史的缝隙中。城墙坍塌，蔓草丛生，遮掩了岁月风尘；螽斯低吟，豹河（今“瀑河”在明代的称呼）惆怅，静默的牛羊驮着粗犷的牧歌。

冯胜与会州卫

明洪武二十年（1387）正月初二，塞外春寒料峭，豹河稍有化解，不久，寒风肆虐，冰封无语。

在北平通向大宁（今内蒙古宁城县）的道路上，擐甲操戈的士兵绵延数百里，狭仄的山路，风萧萧、马嘶鸣，指向蓝天的兵戈锋芒耀眼，猎猎旌旗遮掩了天际，凛凛铠甲在阳光里闪着冷冷的光，一辆辆战马拖曳的火炮车，黝黑的皮肤上擦拭得油亮亮的，粗大的炮口指向遥远的东北方。他们锋芒所指是盘踞金山（今天的吉林双辽东北）的残元势力——纳哈出及其属下的二十万分裂之众。

这肩负统一中国重任的最高指挥是冯胜。一个“通兵法，雄勇而多智略”的明朝开国将领。兵贵神速，他首先拿下了北上的必经之路通州，然后，如离弦之箭，在二月初三，一举拿下松亭关（位于河北宽城西南）。多年在战争圈里出生入死，此次北征，他就像深谋远虑的猎手，格外留意塞外地理与此次用兵的联系。松亭关以北，豹河穿山而过，山路时而狭仄逼人，时而豁然开朗，时而关塞险阻，倘若残元势力在此集结，以险峻关隘阻兵北进或者来一个口袋阵包饺子，就像一盘殊死博弈的棋，关键之子没有在自己的手里，结局堪忧。

冯胜想到这里，不禁感叹，刚愎自用、犹豫不定的哈纳出只是以袭扰为主，还未曾有大野心，此时，如果不能筑城屯兵，以作战略后援基地，那么，倘若我军北出东北之际，遭到哈纳出的背后袭击，结果可想而知。

他需要修筑几座遥相呼应之城，作为这盘战略大棋上的几枚必不可少的棋子。“攻可进，退可守”，即使战后，作为屏障北方异族入侵的战略要塞，也至为重要。

何人筑城？边民在战乱之中，流离失所，元代的惠州城已经沉入萋萋荒草中，在废墟之上重新筑一座城，只能靠自己。手下有二十万众，修筑几座边城，还不算什么难事。

三月初一，他们北出松亭关。惠州城旋即迎来了新的生命。

这些身经百战的勇士，脱下厚重的甲胄，扔掉手中的锋利戈矛，弓弩箭囊安静在大帐外享受阳光，豹河（瀑河在明代的名字）岸边，沉寂了许久的土地热闹起来，烟火气息再一次升腾。对于习惯了战争节奏的士兵们来说，迈出这一步，变身为筑城的工匠，既兴奋又好奇。

夯筑的城墙一天天长高了，巍巍城楼满天星斗，刁斗森严，士兵们手里的长矛闪烁幽暗之光。从几千米之外的豹河水引入了环绕全城的护城河，铁炮轰鸣，士兵呐喊，冯胜一口气筑起了四座卫城——大宁、宽河、会州、富峪。冯胜目视北方，他的视线已经延伸到几千里之外的哈纳出分裂势力。这些卫所与冀北之地其他卫所一起变成了一张密不透风的大网，大网绵延不绝，向东北方向延伸，将一举捆住残元势力的手脚，统一辽东。

五月二十一日，冯胜离开会州卫，率兵北上，没有了腹背受敌的后顾之忧，冯胜直捣哈纳出大本营。残元势力土崩瓦解。小小的会州卫，在时隔一个月后，再一次迎来凯旋的冯胜的军队，河畔的杨柳揉碎了波光云影，豹河水卷起水花，年轻的士兵疲倦的眼神掩饰不住难得的兴奋，会州城还未来得及伸出手臂，挽留冯胜他们，十几万的士兵如滚滚河水，向南奔流。

会州卫留下了五千六百人戍守边关。明建文元年（1399），只存在了十二年的会州卫在一场大火中毁掉，朱棣南下靖难之役前，没有给朵颜三卫留下南下袭扰边地的战略棋子。他没有足够的力量戍守边塞，这给以后的土木堡之变乃至边塞危机埋下了伏笔。

一座城，在明代的身影极其单薄，还没有厚重的臂膀以及繁盛的面容，就裹进了历史的风沙与荒草里。

（刊于 2019 年 5 月 20 日《承德日报》）

瀑河之水天上来

瀑河这条河不像故乡的老哈河那样在史书中留下了零零散散的影子，要揭示它的含义、命名的缘由并不容易。瀑河之名太普通，以至于史书中，它不过是一些地名或者其他的附庸、点缀，似乎为另一个重要地位做证明。如《辽史·地理志》提到瀑河（其时名为“陷河”）：“泽州，广济军，下，刺史。本汉土垠县地。太祖俘蔚州民，立寨居之，采炼陷河银冶。”耶律阿保机得胜押解俘虏归来，夜宿陷河两岸。敏锐的银匠到了那里，他们的感觉都不容易丢失，即使无意中搬起石头压住帐篷的一角，垒砌简单的燃烧柴火的石头围，借着朦朦胧胧的月光，见到木柴燃烧后一些石头的扭曲变形，一个或者几个银匠眼神顿时惊喜，那一声呼喊开启了“陷河银冶”在历史中的永恒。不过，点亮的旷野之火，陷河不过只是一个陪衬或者牺牲。附近的山岭挖凿出矿井，一车车木轮大车将矿石运到陷河之岸的银冶之地，燃烧，淬炼，陷河水很难有片刻的安静。

废弃的矿渣堆砌，我疑惑，现在这些矿渣都哪里去了？是不是躲在厚厚的土层中——并不安静的历史的一角。那个时代的陷河两岸，除了奚族、契丹族，还有留下来的汉人工匠，人烟稀少。陷河淙淙流水，奔涌流淌，如今，我不知道，河床深处是否还有汲水陶罐残片等物。

银冶之火燃烧，历经辽金元三朝，直到明太祖朱元璋下令停止冶炼，才退出历史舞台。这条河流，重新恢复了宁静。朱棣南下发动靖难之役，此地赏赐给朵颜三卫，风萧萧，枯草黄，春天来临，野草泛青，野花绽放，偶尔可以听见粗壮的皮鞭滚落旷野的回响，便是安静。河流，与岸畔的绿树野草一同看初升的太阳，一起享受温柔的月光，一起安然入眠，只是，历史书里，再也没有留下一行行文字记录。这样的处境，河流不会遗憾吧？

陷河因河岸众多泉水而生其名。

“城池湫湿，多凿井泄之，人以为便。”写的是辽中京之地的地理情势，从更广阔的历史角度看，包括瀑河流域这一区域并不缺水，人烟稀少的年代，历史的时空厚积的水和草木相对密集。

明代陷河腰身很强壮，陷河改名为“豹河”，《明史·地理志》载：“宽河守御千户所，东南有宽河，一名豹河，下流经迁安县西北，又东合于滦河。”

何人将“陷河”变为“豹河”？我无从知晓，瀑河之水像猎豹一样迅疾凶猛，这是那个草木葱茏的时代常见的大小河流的一种丰满自信的神态。河岸之畔的山山岭岭、草木葱茏之中野兽出没，猎豹、老虎、野狼等寻常见。瀑河之水与猎豹之迅疾便自然而然贴合在一起了。以一种野兽之名称呼一条河流，翻阅地理史册，令人深思。

“豹河”之名今天已改为“瀑河”，少了猎豹之名，则变成另一番气象。瀑河岸边一座村庄叫“赶瀑河子村”，瀑河沿岸这样的小村庄的历史长者三百余年，村民的祖先一些从山西迁徙至此，口音遗存山西特色，还有二百余年的村子，祖先大多来自黄海之滨的山东。

他们定居于此，见瀑河之水奔涌，取名为“赶瀑河子村”。

清末已有瀑河之名。老照片中，河水宽阔，水畔河卵石光滑，纤夫站立河岸，眼神望着照相之人，透着迷惘与无奈。不远处，停泊一艘木质帆船，船上装的什么不得而知。瀑河两岸这座小城，清代有“拉不败的哈达，填不满的八沟”之誉。三省通衢，来自内蒙古的皮货、牲畜等，借助瀑河之木船，运至关内。故乡土地出产的粮食也借助瀑河之水奔涌不竭的力量，输往关外。有一句俗语说“八沟好像一条船，早晚下江南”，形容的就是商业繁茂流通的景象。如今从空中俯瞰，瀑河两岸，房屋毗连，河水穿城而过，形似一条劈波斩浪的船。这俗语透着雄心壮志，也透着瀑河水滋养的人民的自信与旷达。

将疾雨与瀑河之命名联系，是看到了天上雨水落入泥土，一点点渗透，聚集，水满则溢。辽代时，河岸两侧，星罗棋布一样的泉水像河水的肾脏，源源不断汇入河流这条主动脉中。“陷河”之名得此。

就在我沉浸于这样的跳跃思维能否长久和永恒之时，我读到了一些诗句：“瀑流还响谷（一作石），猿啼自应虚。”这是李世民写的《赋得夏首启节》诗歌里的一句。注解说“人谓泉涌高数尺曰瀑流，又曰趵突”。心潮涌动，那上面的一艘帆船将我的想象推向了瀑河岸边的泉水。

即使到了清代，瀑河岸边的泉水生命依然蓬勃旺盛。河西岸散生着不少泉水，其中最壮观的莫过于离河岸最近的那处泉水，冬春不枯，喷涌而出，经久不歇，名曰“平泉”。老辈人曾回忆，泉水冬天时，冰层一层层向外宛如莲花宝座一样，水向东流入瀑河。河岸两侧的一泓泓泉水像天使的脐带与瀑河紧紧维系。或许，正是因为泉水宛如“瀑流”（方言，喷涌的泉水），所以“豹河”成了“瀑河”。

我喜欢这样无拘无束而又谨慎小心的联系，这似乎回到了从前取名“陷河”的日子，因泉水而命名，这是瀑河自古以来的脾气秉性，是它流经谷地而泉水不断补充的历史走向。

（刊于2023年《中国自然资源报》）

老哈河，神奇之河

你是一条神奇之河、美丽之河，在历史的缝隙中蜿蜒穿行。我像一位泳者一头扎进这条河流的历史深处，或许流淌在血液中的因子因为水流的润泽而蓬勃，我忽然看到了零散的不成诗行的片语与不同时代的历史画面，但那一幕幕瞬间，我的眼睛、耳朵、思维充盈得满满的，我被深深地吸引和震撼了。

翻阅古老的历史，我的心在颤抖。那时，你有广袤数百里的胸怀，奔流不已的力量无人阻遏。你的生命流淌了千年、万年，依然生生不息。

岸边芦苇摇曳丛生，流动成一条条绿色的大毡子。阳光下的你欢快跳跃，鱼儿穿梭往来，一会儿翻卷上浪花嬉戏，一会儿潜入水里了无踪影。你用乳汁滋养的先民，坐在岸边，恬静的脸膛涂满金色的阳光，铁犁划出春天的诗行，静静的睡梦里畅想秋日的丰收景象。你喜欢水边茅屋顶上的炊烟，淡淡的，随风散出缥缈的影子，与小山峦周围的雾霭交融，交融出浪漫与温馨。

一条渔船离开岸边，与老哈河依偎。木橹声声，洒落细碎阳光的长网，收获的情愫没入水中。芦苇丛里的几只野鸭，嘎嘎嘎嘎叫着，腹中的生灵期待某一个时刻降生。渔人抖一抖双手，抻一抻时光的周长，还在遐想，一声欢呼划破长空，北方汉子黝黑的臂膀拽出你的慷慨。归航的号子涟漪一水的波痕，你的衣襟洒满闪烁的波光。

你与太阳遥望，倾听东方大海波涛翻滚之声，你相信时空的距离在心灵的默想中被渐渐地拉近，那是你百转千回后的生命归宿。你一路不肯停下腰脚，你剖开岸边的泥土，你嗅到了泥土的芬芳，滋润晃头晃脑的禾苗，一垄垄农耕的文化因子落入水里。你的双手擎起一片金黄的天空，你沉醉愉悦，像母亲用自己柔软的胳臂将黍、稷揽入怀中。谁不是你的婴孩？泥土地、黍、稷、芦苇、游鱼；谁不是你的邻居？太阳、月亮、星星、白桦林、草原、野鹿……

你依偎的草原开满了金银花，闪闪烁烁，林间的野鹿徜徉时光的河流中。它们曾安静地卧在蓝天白云的襁褓里，你的轻缓脚步催眠了它们的柔情。听，一列疾行的马队穿越时光的眼角，惊醒了的野鹿举起双耳倾听，旋即在白桦林中迅疾如风，一声声嘶鸣，划破天宇。野鹿与箭镞赛跑，力量与速度在风中争锋，倒下的永远倒下了，逃走的今夜不会在睡梦中安详地数着星星。你试图用夜晚的歌唱抚慰低垂的神情。

你希望周围一切都是宁静而平和的身影，太阳不会因为阴云的遮掩而失色，月亮与星星微笑相拥，白桦林幽静，一朵朵像盛开的白云似的毡帐，你我之前永远没有隔阂的眼神。

你希望日晷的影子一直这样，可以放心地欣赏农人的日出而作、日落而归，可是，历史老人的怪异谁能说清？那一天，你的纯净双眸飘过一团阴影，太阳的衣裳被屠戮的鲜血染红，鸟儿停止了岸边林间的歌唱，扑棱棱地飞走了，身后拖曳着一串串伤心的音符。

你失望的眼睛被扯得变形！

一朝又一朝，一代又一代的厮杀，草原、牛群、麋鹿、黍、稷……难以安宁。漫天硝烟遮蔽了你的美丽容颜，河岸遍地是血腥的惨痛痕迹与记忆。你哭泣的泪水映现一匹垂死的老马绝望的眼神，你被簇簇的箭镞穿透，胭脂色的血液流淌。啊！长生天降生吧！你或许能看到高扬的弯刀丢进河水，杀戮的哀鸣在漫天衰草里淹没，阳光红透了肌肤，热情地欢呼。

你累了，步履踉踉跄跄，你不想惊动脚下沉睡的，永远沉睡的魂灵。你伤透了心，郁郁寡欢，在夜色中难以入眠。大地一片惨白，今晚的圆月属于谁？你亲眼看到背井离乡的人，眼神充满绝望，包裹的厚重似乎能压垮你的柔弱与安静。你的黯然心情谁能读懂？那个红脸庞渔夫的鱼鹰，飞向了哪里？那个河边的汉子黝黑的脊梁是否能扛住猎猎的战旗的沉重？他是否倒在血泊之中，高扬手臂，指向苍穹，而眼睛还圆睁着，注视着脚下这片美丽的土地，美丽的河流，美丽的草原、树林，曾经安宁的家园。

你挣扎在历史的漩涡中，如柴的闪电点燃了猩红的眼睛，你在雷鸣声中愤怒地卷起波涛，你无数次地经历战乱与痛苦的折磨，千年的风霜叠加了厚重的瞩望。

废墟在一片斜阳中黯然倒下，历史的车轮滚滚向前。

翻越一页页的史书，老哈河记录着一幕幕的历史风霜与无数荣光。神奇之河，依旧流淌不息，往事越千年，如今，它的身上增添了迷人的光影。

（刊于 2022 年 6 月 23 日《承德日报》）

兜鍪的时空

它静静地端坐在故乡博物馆的展架上，好像一场大战带给它难以想象的疲惫与折磨，即使时隔千年也难以卸掉重荷。古铜色的将士脸庞凝固成风霜，只余这一只坚固冷漠的甲胄，像一道难以还原的谜语。

它从哪里来？要到哪里去？为何遗落在这里，连一个同伴也没有？

我的耳畔回响着雄壮奔放、慷慨激昂的词句："年少万兜鍪，坐断东南战未休。天下英雄谁敌手，曹刘。生子当如孙仲谋。"

被后人冠以"青兕"的男子如风卷过漫漫黄沙古道，兜鍪写意出一位年少英雄的雄奇英姿，他如猛虎冲入金人毡革之帐，手里的长矛无人可挡，瞬间，将叛徒擒在手中，又如风远走而去，留给金人的只有兜鍪、甲胄的背影。

只是这博物馆内的青铜兜鍪的主人并没有后世小子辛弃疾那般幸运，得胜而归，而是永远留在了他乡荒野。沧桑历史并非如行云流水，至今，它无疑是幸运的，每一个参观者从它眼前路过，那一双双迷惑不解满是诧异与惊叹的眼神是给予它的神秘褒奖。

这兜鍪的模样与《大秦赋》中燕国将军所戴的兜鍪相似。冀北苍茫雄浑的天地间，它曾经是烈烈沙场中醒目的装饰。

不过，“兜鍪”这个名号在春秋青铜时代还未出现，那时候，“甲胄”一词才是将士们衣着的流行语。

《尚书·说命中》记载：“惟口起羞，惟甲胄起戎。”可见，号令不可轻出，甲胄不可轻用。这是傅说给殷商王武丁上书所谈。和平何其珍贵，轻率用武只能带来危机。泥瓦匠奴隶出身的傅说辅佐武丁励精图治、安邦定国、融和四方，留下了彪炳史册的“武丁盛世”。那时候，此地为孤竹国之内，是商所属一个朝贡的方国，前1027年商汤立国时所建立。孤竹的首位君主是商君王的血缘宗亲墨姓。孤竹地处商与北方素慎等少数民族交往的咽喉要道，古老的驿道传递着中原文明点点滴滴之火，青铜冶炼之火也自然而然在此地燃起。青铜剑戈、青铜头盔（即“胄”），浇筑打磨，冷艳的光芒昭示甲士的豪情与威严。

有意思的是“孤竹”原来的名字是“觚竹”，“觚”为商周时期一种高足、喇叭口状的青铜酒器。“竹”为木简。出征前，头戴兜鍪的勇士豪饮一觚酒，以壮军威。得胜归来，以木简载文记功，伤痕累累的兜鍪无言诉说沙场上将士执戈矛血拼的勇猛。“觚竹”之名，文武兼备，一张一弛，既修武练兵，又文墨传世。

武丁在位时，曾在所属方国筑城，故乡东北方向至今存有一处遗址——顶子城，即为孤竹国所属。我想象不到那时的小小方城到底有多少兜鍪将士止戈而立，在石头与泥土垒砌、浇筑的简易城墙之上留下了坚毅的身影，或许，稀少得如草丛里秋天蔓草的果子。毕竟，兜鍪耗费的青铜，在那个时代还是紧俏物资，稀缺品，只留给那些军功显赫之人。

孤竹至商朝中期达到鼎盛。武丁盛世的青铜文明之光亦曾辉映远离黄河文明的冀北大地。甲胄在身的勇士，在和平的曙光里，染成一片金色；当遇到军情，则奔突于山原旷野，如勇敢的鹰隼闪击对手。

“甲”为“铠甲”，“胄”为将士们戴的保护头的帽子。汉代许慎的《说文解字》记载：“胄，兜鍪也。”这件“兜鍪”文物，名称“青铜胄”

才是它生命绚烂精彩的年代标签。

追溯历史，故乡之南在春秋时期是山戎、东胡的结合部，而山戎、东胡之南则是燕国。游牧文化与农耕文化由此激烈碰撞出的火花时常闪亮了漫漫星空。

燕国名将秦开曾率师北征山戎，骁勇善战的将军兵锋所指，“以涉猎而生、随水草迁徙”的山戎难以阻挡青铜矛戈的滚滚洪流，败退千里。山戎遂臣服于燕。

崇尚武力的燕国在战国后期的历史舞台上面对强秦的步步紧逼曾经不愿束手就擒，荆轲刺秦王之后，弱国的命运已不可逆转。那些兜鍪列阵的将士，南望燕山，心中惶惶。

或许，是仓皇出逃至辽东的燕国将军，在慌不择路的逃跑中遇到了北方匈奴飞骑的突然袭击，慌忙中还未曾拔出七尺剑，那弯刀闪亮而过，夜色中兵戈相击的声音转而消失了，只有那兜鍪摔落黄草丛中，面对着凄风冷月，黯然销魂。

至于主人，身首异处，那匹陪伴几年之久的栗色战马也不见踪影。此地重新归于沉寂。

荒凉的古渡，河流不停地流转，岁月之手慢慢将历史瞬间掩埋。兜鍪的双眼也闪现繁复多情的神色。春草花开，他能听得见遥远的草原的猎猎牧歌吗？最终，隐没在萋萋荒草中的泥土深处。

（刊于 2023 年 4 月 13 日《人民代表报》）